이정은 장편소설

그해 여름, 패러독스의 시간

나남
nanam

이정은 李定恩

소설가. 1989년 〈월간에세이〉에 수필로 초회 추천받고, 1991년 〈월간문학〉 신인문학상에 단편 〈부화기〉가 당선되어 집필 활동을 시작했다.

1994년 첫 소설 《시선》을 출간한 이래 가정주부로 창작에 몰두하면서 간결한 문체와 삶의 시련과 고통에서 길어낸 정교하고 감동적인 서사로 평단의 주목과 독자의 사랑을 받아왔다.

소설집으로 《시선》, 《불멸의 노래》, 《하얀 여름》, 《세 번째 기회》, 《세상에 말을 걸다》 등과 장편소설로는 《너의 이름을 쓴다》, 《신화는 계속된다》, 《태양처럼 뜨겁게》, 《블루 인 러브》, 《웰컴 아벨》, 《매혹》, 《그해 여름, 패러독스의 시간》이 있다. 공저로 《한·중 정예작가초대소설집》 등이 있다.

2009년 한국문학비평가협회상, 2011년 만우박영준문학상, 2012년 아시아문학상 우수상, 2012년 들소리문학상 대상 등을 수상했다.

현 한국소설가협회 중앙위원.

soohee327@hanmail. net

나남창작선 131

그해 여름, 패러독스의 시간

2015년 9월 20일 발행
2015년 12월 5일 3쇄

지은이	李定恩
발행자	趙相浩
발행처	(주) 나남
주소	413-120 경기도 파주시 회동길 193
전화	(031) 955-4601 (代)
FAX	(031) 955-4555
등록	제 1-71호 (1979. 5. 12)
홈페이지	http://www.nanam.net
전자우편	post@nanam.net

ISBN	978-89-300-0631-6
ISBN	978-89-300-0572-2 (세트)

책값은 뒤표지에 있습니다.

이정은 장편소설

그해 여름, 패러독스의 시간

나남
nanam

6 · 25 전쟁에서 치열하게 살다 간
영령(英靈)들에게 이 책을 바칩니다.

그해 여름의 처절한 상흔(傷痕)
12세 소녀의 전쟁기록 … 한국판 《안네의 일기》

고승철 (나남출판 주필·소설가)

'짧은 대하(大河) 소설'이라는 게 있을까. 대하소설이라면 모름지기
일단 길이가 엄청나게 길고 등장인물들이 누가 누구인지 헷갈릴 정도
로 많은 이야기책 아니겠는가. 박경리 작 《토지》는 21권(나남출판),
홍명희 작 《임꺽정》은 10권(사계절), 조정래 작 《태백산맥》도 10권
(해냄)으로, 다 읽으려면 시간이 꽤 오래 걸린다.

물론 분량이 많다는 이유만으로 대하소설로 분류되지는 않는다. 대
하소설로 꼽히는 작품에서는 대체로 작가의 역사의식이 드러나는 것이
특징이다. 격동의 시대와 작중인물들이 벌이는 치열한 공방(攻防)이
그려진다. 대하소설 작가는 문학으로 시대를 그리는 사관(史官)의 역
할을 자임한다. 마르셀 프루스트 작 《잃어버린 시간을 찾아서》가 빅토
르 위고 작 《레 미제라블》보다 분량이 많긴 하지만 대하소설로 분류되
지 않는 것은 사소설(私小說) 성격 때문이리라.

이정은 작가의 《그해 여름, 패러독스의 시간》은 원고지 분량 1,500

매 (200자 원고 기준) 로 여느 대하소설 길이에 비하면 턱없이 짧다. 그러나 6·25 전쟁이 한가족의 여러 구성원에게 미치는 영향을 다각적인 시선으로 깊이 있게 묘사했다는 점에서 대하소설 분위기를 풍긴다. 작중인물들은 전쟁의 분류 (奔流) 속에 휩쓸리면서 일상 (日常) 의 리듬이 깨짐은 물론 생사 (生死) 의 갈림길에 시도 때도 없이 직면한다. 그들 각각의 파란만장한 체험을 각각 별도로 묶어도 한 편의 장편소설이 될 만하다. 그러니 이 작품은 '압축된 대하소설' 같다는 느낌이 든다.

이 소설은 작가의 자전적 (自傳的) 요소가 강한 작품이다. 작가는 서울에서 출생했지만 청소년기를 경기도 용인 (龍仁) 에서 보냈다. 작중인물 가운데 화자 (話者) 로 등장하는 '나' (이수미) 가 작가 자신과 완전 일치하지는 않겠지만 작가는 이수미에 빙의되어 작품을 쓴 것으로 추정된다. 주인공인 고모 (이창희) 나 작은아버지 (이장호), 삼촌 (이태호) 등도 작가의 실제 친척 가운데 비슷한 인물이 있을 것으로 보인다.

고모의 담임교사 윤상현은 공산주의 이론에 정통하며 이를 실현하려 온몸을 던지는 미남 청년이다. 그는 실존인물 이현상 (李鉉相, 1905~1953) 과 엇비슷한 삶을 살아가는 것으로 나타난다. '한국의 체 게바라'라고 불리는 이현상은 대일 (對日) 항쟁기에는 노동운동으로 항일 (抗日) 해 12년간 옥살이를 했고, 광복 후에는 맑스주의자로 활동했으며, 6·25 전쟁 때는 지리산에서 빨치산부대를 이끌었다.

《그해 여름, 패러독스의 시간》은 12세 소녀 '나'가 고모, 작은아버지, 삼촌, 아버지, 어머니 등의 신산 (辛酸) 한 삶에 대해 서술하는 형식이다. 전쟁 체험을 기록한 점에서 유대인 소녀 안네 프랑크 (1929~

1945) 가 암스테르담 골방에서 몰래 쓴 《안네의 일기》와 유사한 형식이다. 안네는 13세 생일 때 받은 공책에 일기를 쓰기 시작했다. 네덜란드를 침공한 독일 나치군대 치하에서 유대인들은 참담한 삶을 살아간다. 안네는 그 엄혹한 시절의 절절한 사연을 절친한 친구에게 털어놓듯 기록했다. 안네 가족은 아우슈비츠 수용소로 끌려가 독가스실에서 숨진다.

《그해 여름, 패러독스의 시간》의 '나'는 전쟁에서 살아남아 훗날 소녀 시절을 회상하며 글을 쓴다.

줄거리는 경기도 용인의 관곡마을에서 6·25 전쟁이 터진 1950년 여름 이후의 이야기로 구성된다. 나의 우상인 여고생 고모는 담임선생님인 지식인 윤상현을 사모한다. 전쟁이 발발하자 인민군 간부가 되어 마을에 돌아온 윤상현은 고모를 인민공화국에 끌어들이는데 고모는 기꺼이 추종한다. 마을의 소작농 출신 김동혁은 도 인민위원장이 되고 머슴 출신 김옥동은 완장을 차고 인공(人共) 세력에 부역한다.

마을로 돌아올 무렵 유엔군이 인천상륙작전에 성공하고 서울을 수복하자 북한 인민군은 남한에서 물러난다. 관곡마을에 머물던 인공세력은 주민 수백 명을 고림리에 생매장시키고 북으로 사라졌다. 고림리 양민학살 사건이다. 마을을 되찾은 축은 이제 인공에 부역한 '빨갱이'들을 처단한다. 여맹위원장인 고모는 경찰서에 불려 가 발가벗겨진 채 모진 고문을 당한다.

중공군이 내려오자 다시 새로운 전쟁판이 벌어졌다. 서울을 다시 빼앗기고 오산, 평택까지 유엔군은 후퇴했다.

우리 가족은 어미 소를 끌고 산골짜기 마을로 피란을 간다. 새끼를 갓 낳은 어미 소는 집에 두고 온 새끼가 그리워 피란지에 도착하자마자 광란 상태로 도망친다. 우리 가족은 소를 찾으러 다시 집으로 돌아온다. 그때 어머니는 만삭의 몸이었다. 어린 남동생은 험한 피란길을 따라다닌 고생 탓에 장티푸스에 걸려 숨진다.

좌우 세력이 엇갈림에 따라 마을주민들의 운명도 바뀐다. 고모는 또 한 번의 변신을 감행하는데….

대하소설로서의 다양한 요소는 남녀 간의 원초적 에로스, 해방 후의 토지개혁 과정을 둘러싼 지주와 소작농의 욕망 충돌, 서출(庶出) 딸의 수난과 비극적 삶, 좌우 이데올로기의 적대적(敵對的) 대립 등으로 나타난다. 이런 요소들을 작가는 작중 인물들의 삶과 죽음을 통해 적절히 배치한다.

소의 역할도 중요하다. 암소가 새끼를 낳은 장면, 어미 소가 새끼를 애지중지하는 모습 등은 저자의 날카로운 관찰력의 산물로 이 작품의 주요한 모티프로 작용한다. 소가 주요 등장인물인 셈이다. 마지막에 전쟁 전야에 태어난 송아지가 자라서 새끼를 낳는 장면의 배치로 새로운 출발을 알린다.

이 작품을 읽으니 6·25 전쟁을 주제로 한 홍성원 작 대하소설 《남과 북》이 연상된다. 《남과 북》은 전쟁 전후의 남한과 북한을 배경으로 한 인간 군상(群像)을 그린 소설이다. 국군, 인민군, 미군, 중공군, 기자, 상인, 의사, 양공주, 건달 등이 나온다.

박경리 작 《시장과 전장》도 6·25 전쟁을 소재로 삼았는데 하기훈이라는 코뮤니스트는 이정은 작 《그해 여름, 패러독스의 시간》에 나오는 윤상현과 비슷한 역할의 인물이다.

작가의 따님인 안지민 풍림철강 대표는 어머니에 대해 페이스북에 다음과 같은 글을 남겼다. 작가의 삶과 치열한 문학수업 과정의 일면을 짐작할 수 있는 대목이어서 옮겨 본다.

우리 엄마는 농사짓는 가난한 집안의 맏딸로 태어났다. 나의 외할머니는 만삭까지 밭에 나가서 일하다가 집에서 아기를 낳았고 또 아기를 제대로 돌보지 못해 쉽게 아기를 잃었다. 그것이 1930~40년대의 현실이었다고 했다.

겨우 살아남은 엄마의 동생이 4명이었는데, 엄마는 농번기에는 학교에 가지 못하고 동생을 돌보고 집안일을 해야 했다.

엄마는 책을 좋아하고 공부를 좋아했고 또 무척 잘했다. 그렇지만 대학을 가고 싶어 한다는 것은 참으로 이기적이며 또 염치없는 일이었다.

담임선생님이 가정방문을 오셔서 외할머니 외할아버지를 뵙고 대학에 입학 등록금만 마련해 주면 나머지는 어떻게든 해결될 방법이 있을 거라고 간곡하게 청했지만, 착한 엄마가 스스로 포기했다.

20살에 결혼을 했고, 수줍고 꿈 많은 소녀가 상상할 수 없었던 시집살이를 열심히 했다.

공부의 꿈을 버리지 못해서 끝없이 끝없이 공부하고 읽고 쓰고 하는 시간들을 수십 년 보낸 후에야 비로소 학업에 대한 갈증이 잦아들었다고 엄마는 이야기했다.

이정은 작가의 문학세계에 대해 더 알고 싶어 지금까지 출판한 여러 작품들을 일별했다. 장편소설 《웰컴 아벨》은 언니, 여동생, 형부의 3각관계를 다룬 심리소설인데 핍진(逼眞)한 리얼리티 때문에 읽는 동안 내내 스토리에 빠져들어 소름이 돋았다. 그만큼 작가의 스토리텔링 기법이 출중하다는 뜻이다. 해병대의 해안경비초소 내부를 파헤친 장편소설 《태양처럼 뜨겁게》도 리얼리티가 돋보였다. 알고 보니 작가는 이 작품을 쓰기 위해 숱한 해병대 장병들을 인터뷰했다고 한다. 연륜이 깊은 여성 작가가 청년 장병들을 만나려 서해상 먼 곳 연평도를 비롯한 군부대를 여러 차례 방문했다 하니 그 열정에 경의를 표하지 않을 수 없다.

작가는 평소에 늘 수첩을 들고 다니며 세사(世事)를 기록하고 세인(世人)과의 대화를 정리한다고 한다. 골방에 앉아 상상력만으로 이야기를 지어내는 게 아니라 동시대(同時代)의 '고뇌의 심연(深淵)'에 작가 자신을 침잠(沈潛)시켜 오랜 번민의 과정을 거친 다음 부상(浮上)해 일필휘지를 휘두르는 모양이다. 그러니 관심사의 폭이 넓은 듯하다. 단편 〈다마고치〉는 컴퓨터게임에 몰두한 중학생과 그의 어머니에 관한 애절한 스토리를 다룬다. 작가는 아마도 게임방을 숱하게 들락거리며 청소년들의 행태를 관찰했으리라.

《그해 여름, 패러독스의 시간》을 읽는 동안 박진감 넘치는 한 편의 영화를 보는 느낌이 들었다. 영상 이미지를 연상시키는 장면들이 연이어 빠른 속도로 전개되기 때문이다. 언젠가 이 작품을 텍스트로 한, 〈웰컴 투 동막골〉 같은 명화가 탄생하기를 기대한다.

주요 등장인물

나 (이수미)	6 · 25 전쟁 때 10대 소녀. 소설의 화자.
아버지 (이면호)	서울에서 용인으로 내려와 농사를 지음. 농촌 지도자를 꿈꾸며 소를 사랑함.
어머니 (홍일표)	대가족의 안살림을 꾸리는 지혜롭고 강단 있는 여성.
고모 (이창희)	인민공화국에 부역한 다재다능한 여성. 나의 우상.
작은아버지 (이장호)	원칙주의자로 인공시절 구금당해 고초를 겪다가 납북됨.
작은어머니 (조순덕)	남편 석방을 위해 갖은 고생을 함.
삼촌 (이태호)	6 · 25 전쟁 초기 임진강 전투에서 낙오되었다가 후에 최전선에 투입됨.
할머니	가족의 좌우대립으로 고초를 겪음.
옥동 (김옥동)	머슴 출신으로 인공시절 완장을 두르고 활개침.
선이 (정선이)	김옥동의 처. 첩실의 딸로 태어나 평생 허드렛일.
윤상현	고모의 담임교사, 이론과 실천을 겸비한 공산주의자.
김동혁	소작농 출신. 공산치하 열혈 분자.
정진국	대지주 정 진사의 아들로 김옥동의 처 선이를 사모함.
미자 언니	나의 이웃 언니.
최기욱	가난한 집안의 수재로 사회주의자로 활동.
평산댁	최기욱의 모친. 아들 뒷바라지에 고초 겪음.

이정은 장편소설

그해 여름, 패러독스의 시간

차 례

프롤로그

내 유년은 영원한 현재다.
과거가 눈앞에 와 있고
고모와 나의 역사가 재현되고 있다.

고모가 보낸 〈한국의 소〉 초대장을 들고 화랑을 찾아 나선 길이다.
전시장에 들어서자 관절염으로 다리가 휘어진 고모가 뒤뚱거리며 다
가와 손을 잡는다. 젊은 날 반짝이던 모습은 아니지만 아직도 청정한
눈빛에 예술혼이 살아 있는 것 같다.
전시실 정면에 걸려 있는 소, 뭉툭한 손으로 그렸을 그림에 눈길이
간다. 근육도 살도 거세된 소의 몰골…. 모두 비쩍 마른 소들을 작품
소재로 한 것이 의아하다. 고모는 전시실 한편에 마련된 다과 테이블로
나를 안내했다.
"우리 조카님! 어서 오시게. 바쁠 텐데… 오느라 더웠지?"
"아니, 응."
고모가 권하는 차를 마시며 작품에 대해 물었다. 같은 소를 그렸어도
이중섭의 소와 고모의 소는 달랐다. 이중섭의 소는 코를 벌름거리며 어
디론가 뛰어올라 공격하려는 성난 황소였지만, 고모가 그린 소는 죽는

순간까지 인간에게 봉사하다 숨을 멎을 그런 소였다.

"그런데 왜 모두 병든 소야?"

고모는 이렇게 대답했다.

"사람들에게 희생당하고 사라져 간 소들에게 속죄하고 싶다는 의미라고 할까? 숨이 붙어 있는 한 일을 하다가 죽은 우리 소…. 권력에 속수무책일 수밖에 없는 소와 인간의 운명에 대해…."

고모가 받은 고통이 고스란히 그림 속에서 재현되고 있었다. 고모의 일생은 대한민국이라는 나라에서 딸로 태어난 것부터 불행한 일이었고, 평생 '인공'(人共)에 협조한 빨갱이라는 이름 때문에 겪어야 했던 고통의 역사였다.

내 기억의 소. 등에(파리목 곤충 흡파리 일종)가 소 잔등에서 피를 빨고 있었다. 소가 아무리 꼬리로 후려쳐도 등에는 그대로 달라붙어 있다. 머리 위에 올라앉은 등에는 용케도 꼬리가 닿지 않는 곳에서 피부를 뚫고 피를 빨다가 결국 배가 부를 만큼 다 빨고 나서야 떨어진다.

처음부터 소의 의지는 존재하지 않았다. 인간은 자신의 삶에 필요한 재산으로써 소의 목숨이 붙어 있는 한 끝까지 부려 먹는다. 결국 일만 하다가 효용가치가 떨어지면 죽음이다. 그런데도 인간에게 빌붙어 살 수밖에 없는 소의 운명….

고모가 하필이면 왜 소를 그렸을까. 소에 대한 관심이 있다는 점에서 나와 고모는 일맥상통하는 데가 있다. 마치 고모는 나에게 소에 대한 정보를 주기 위해 전시회를 마련한 것 같다.

"예전에 농사를 지을 때였지. 집에 늙은 황소가 있었는데 어느 날 머슴에게 끌려가서 온종일 논을 갈고 와서 외양간에 들어서자마자 쓰러져 그날 밤 숨을 거뒀어. 아버지가 어찌된 일이냐고 노발대발하시자 머슴이 볼멘소리로 대들었지.”

고모가 눈을 껌벅이며 잠시 쉬었다 말을 이었다.

“어르신이 논을 갈라고 해서 논을 갈게 했고, 소가 한 발짝도 떼지 않으려고 해서 채찍을 휘두른 죄밖에 없다고. 머슴은 자신과 한 몸이던 죽은 소를 어루만지며 눈물을 흘리더구나!”

옥토일수록 논이 차져 소가 일하기 힘들다. 산비탈 돌사닥다리 밭을 개간하는 일도 마찬가지다. 작년에 수확한 벼의 흔적, 찰진 흙 속에 처박힌 그루터기가 있는 논을 갈아야 하는 일은 힘센 황소도 버거워한다. 황소는 배가 논물에 젖도록 깊이 박힌 발을 한발 한발 떼어놓으며 헉헉거렸다. 죽지 않는 한 일을 해야 하는 소는 한참을 섰다가 겨우 한 발을 내민다. 눈이 튀어나올 것 같이 온 힘을 쓴다. 채찍을 휘두르는 주인의 명령에도 더 이상 걷지 못한다.

고된 일로 뼈만 앙상하게 된 소를 보며 고모는 이렇게 중얼거렸다.

“넌 어쩌다 소로 태어났니.”

황소는 고삐에 묶여 고개를 하늘로 치켜든 채 암놈 구경도 못하고, 늙어서 걷지도 못할 때까지 주인을 위해서 일하다가 죽었다. 동리 사람들은 너도 나도 죽은 소라도 가져가고 싶어 안달을 해댔고, 결국 소의 일생은 동리 잔치로 끝나고 말았다.

“매 맞는 소는 인공에 협조한 죄로 고문당하는 내 자신 같았어.”

고모는 소의 커다란 눈망울에 맺힌 그렁그렁한 슬픔에 일본에 조국을 약탈당한 민족의 서러움이 담긴 것 같아 동질감을 느꼈다고 했다.

무거운 짐수레를 끌고 가는 소를 볼 때면 얼마나 힘이 들까 하고 발걸음을 멈춘 채 안타까워 마른 입술을 깨물게 된다고 했다. 고모의 그림은 단순히 소 이야기가 아니라 그 자체가 자신의 한쪽처럼 여겨졌다고도 했다.

"지금껏 어떻게 살았는지 모르겠다."

고모는 인공 치하 시절을 회상하는지 회한의 한숨을 쉬며 말을 이었다.

"〈워낭소리〉 영화를 봤는데 만약에 내가 소라면 주인을 죽이고 싶었을 거라는 생각이 들더라. 주인공 할아버지는 소를 끔찍하게 사랑한다고 믿지만 그건 인간의 이기주의에 의해 나온 발상 아니겠어? 할아버지가 소와 공생하면서 싹트는 사랑에 초점을 맞추었다고 해서 인간이 소를 착취하는 죄가 면해지지는 않는다고 봐. 그것을 사랑이라고 말하기엔 인간이 너무 뻔뻔스럽지 않니? 소가 부가가치를 창출하지 않으면 그런 사랑이 가능했을까? 사람들은 효용가치 때문에 소에게 먹이를 챙겨 주지만 그 가치가 떨어지면 곧바로 시퍼런 칼을 들고 잡아먹으려고 달려들지 않아?"

고모는 목청이 높아지자 목이 막히는지 물을 마셨다. 고모의 말을 들으며 나도 소에 대해 잠시 상념에 잠겼다.

고모 세대의 소와 비교하면 요즘은 소의 역할이 달라졌다. 농기계가 발달함에 따라 소가 할 일이 없어졌다. 요즘 소는 일을 하지 않는 대신 빨리 자라야 한다. 키우는 목적이 달라졌기 때문이다. 인간의 먹이로서 부가가치가 창출되고 그 역할만 충족하면 된다. 육우가 필요한 마당에 군이 코뚜레를 할 필요가 없어서인지 코뚜레를 한 소는 거의 보지 못했다.

　나는 얼마 전 강원도 홍천 우시장에 다녀온 적이 있다. 그런데 예상하지 못한 풍경이 눈에 띄었다. 어미 옆에 서 있는 순한 눈을 가진 암송아지가 눈에 밟힌다. 커다랗고 선한 송아지의 눈을 바라보고 있으니 맑은 샘물 같은 청정한 기운이 느껴졌다. 긴 막대기에 새끼줄로 묶어 구역을 정해 놓은 곳에 어미 소가 새끼를 데리고 서 있었다. 어미를 의지하고 서 있는 어린 송아지는 아무것도 모른 채 한가롭게 눈만 껌벅거리고 있다. 고운 털로 예쁘게 치장했어도 아무도 찾는 손님이 없다.

　암송아지는 갈 곳이 없다. 예전에는 새끼를 낳으므로 번식할 수 있는 자산이 되었지만 이제는 천덕꾸러기가 되어 있다. 어미와 함께 끼워서 팔아야 한다는 것이다. 암송아지는 값을 계산할 수 없어 덤으로밖에 되지 않는다고 했다. 축협 관계자에게 왜 그러냐고 물었더니, 빨리 자라야 시장성이 있는데, 암송아지는 체구도 작고 먹는 양에 비해 성장이 늦어서 사료 값을 못해 수지타산이 맞지 않는다는 거였다.

　큰 황소들이 줄 서 있는 자리엔 거간꾼이 보였고 그 옆으로 수놈 송아지가 줄 서 있다. 하염없이 팔리기를 기다리고 있는 암송아지 주인은 애간장이 타는 모양이다. 훤하게 동이 트자 우시장은 벌써부터 파장 분위기였다. 팔린 소들은 각자 새 주인을 따라 트럭에 실린다. 새끼 달린 암소를 사려는 손님이 없어 파리만 날리던 소 주인은 입맛만 다시다가 집으로 돌아갈 채비를 하고 있다. 팔리지 않은 암소가 트럭에 실리고 소 주인의 어깨에는 사료 값 걱정으로 시름이 얹혀 있었다.

　텔레비전은 개성공단 뉴스를 방영하고 있다. 고모 얼굴을 흘긋 쳐다보니 젊은 시절 사랑이 떠오르는지 눈에 이슬이 비친다.

한 시대 이념을 공유했던 고모와 윤상현은 사랑하던 사이였다. 윤상현이 담임선생이 된 건 고3 때였지만 그는 당시에 이미 걸어 다니는 신화였다. 새로 배정받은 교실에 들어서면서 그가 앉아 있는 모습을 보는 순간, 제일 처음 뇌리를 스친 건 '이제 꼭 1등을 해야겠다'는 각오였다. 그게 그 '신화'에 대한 예의라는 다짐이었다.

그리스 조각품 줄리앙을 닮은 윤상현은 교재도 없이 늘 빈손으로 교실에 들어와도 동서고금에 대한 해박한 지식을 열강했고, 학생들은 그런 그를 마치 신이 만든 최상의 작품이라고 여겼다. 미남에 천재라니! 집안이 매우 가난하다는 얘기도 있었지만 그에겐 눈을 씻고 찾아봐도 빈티는 한 조각도 보이지 않았다. 형편없이 구겨진 와이셔츠도 그가 걸치면 최신 유행하는 옷으로 보였다.

"고모, 그에 대한 꿈이 아직 남아 있어요?"

"꿈이라기보다는 젊은 날의 향수지. 사춘기 시절, 이성에 대한 열정과 이상세계에 대한 동경이 합쳐진 그리움 같은 거지. 그 당시 나는 그를 위해서라면 기꺼이 죽을 수도 있다고 생각했지. 텔레비전에 북한 고위층이 나타날 때마다 혹시 윤상현의 모습을 볼 수 있을까 하고 살펴보곤 하던 때가 있었지만… 이젠 그마저 관심이 없어. 숙청되었을 거라는 소문이 있었으나 내 눈으로 직접 보지 않았으니 믿을 수 없어. 하지만 지금에 와서 무슨 소용이야. 시대를 잘못 만나면 천재도 무의미하게 사라지고 말아. 윤상현이 대표적인 경우지. 그는 시대를 앞서 가다가 실패한 사람이었어. 너무 일찍 태어난 것이 죄라면 죄지."

고모는 또 한숨을 쉬고 말을 이었다.

"그는 맑은 영혼의 소유자였어. 내게 미안하다고 했어. 아무것도 쓰이지 않은 백지처럼 순수한 영혼에 사상을 부추겨서 격랑에 휘둘리게 했다는 자괴감, 결과에 대해 책임지지 못한 자책 때문이겠지."

"고모, 북한 방송에서 윤 선생과 비슷한 사람을 본 적이 있어요? 남로당에서 활동한 주역이라 지금쯤 유력한 인사가 되었을 것 같은데요."

"아마도 숙청당했을 거야. 남로당 인사는 모조리 숙청했다고 들었어."

"왜요? 민족통일과 민족해방을 위해 애쓴 사람들을 우대해야지 죽이는 것은 이상하잖아요."

"그거야 보기 나름이겠지. 임무수행을 제대로 못해서 전쟁에서 졌다고 책임을 물었거나, 체제유지에 방해가 될 거라고 판단하고 숙청했겠지. 당시 월북했던 남로당원들은 북에 조직이 없어 불리했고, 유랑민 수준인 처지였어. 북로당의 견제에 의해 숙청은 불가피한 일이었지. 전체주의자들의 눈에는 남한에서 활동하던 남로당원은 자유로운 영혼을 가진 인간들로 비쳤겠지."

고모와 이야기하는 동안 내 유년 시절이 몽롱하게 떠올랐다. 그것은 내 의식을 뚫고 섬광처럼 지난날을 비추는 기억 같은 것이다. 갑자기 일어난 전쟁에 휘말리게 된 이야기다. 그 시절 기억을 남기지 않고는 죽을 수 없다는 것, 내가 사랑했던 가족과 이웃사람들 순백의 영혼을 지녔고 아름다운 심성을 저마다 지녔다는 사실을 선율에 실어 노래하고 싶었다. 인간은 자신의 의지와는 상관없이 거대한 힘에 끌려 희생당하지 않을 수 없음을 알았고, 그때 나는 열두 살이었고 삶의 이면을 보았다.

내 가슴에 단단히 박힌 옹이를, 아픈 사연들을 꺼내 적어 두지 않을 수 없었다. 나는 일기장에 경기도 용인읍 역북리 관곡마을에서 일어난 사건을 고스란히 모아두었다. 그것은 나의 청춘, 나의 방황, 어쩌면 내 인생과 문학에서 가장 꽃다운 증거물이라 할 수 있었다.

내가 겪었거나 들었던 이야기. 이를테면 빨갱이 고모, 동정과 순결을 교환한 삼촌과 화전민 처녀, 머슴 옥동과 천덕꾸러기 선이, 그리고 이북으로 납치당한 작은아버지까지. 그 많은 사람들에게 하나하나 이야기를 새겨 놓았고, 그 이야기들을 가지런히 모아 《플라톤의 국가》라는 까만색 겉표지로 바꿔 놓았다. 그 볼품없는 장정의 책에 관심을 가지는 사람은 없었다. 그 책은 오래도록 내 가방 속에 고스란히 남아 있었다. 그 책은 언제나 내 곁에 있어 주었고, 그도 그럴 수밖에 없는 것이, 나는 항상 그 책을 다락방 구석에 넣어 두는 간교를 발휘하고 있었기 때문이었다.

결혼하고 친정으로 첫 나들이를 갔을 때 다른 많은 책들과 함께 《플라톤의 국가》도 어디론가 사라지고 없었다. 장마로 다락방 지붕이 새서 거기 있던 모든 물건이 젖어 버렸다는 것이다. 그 책의 행방에 대해 아무도 알지 못했다. 미리 알았더라면 시집오면서 안전하게 이불보따리에 찔러 놓을 것을…. 그리하여 내 청춘의 일부이자 방황의 징표였으며 꿈결 같던 증언록은 사라져 버리고 말았다.

나는 일기장이 분실된 것을 알았을 때는 망연자실했다. 그러나 기억이란 일기장을 잃어버렸다고 없어지는 것은 아니었다. 그 후 내 기억은 왕성한 생명력으로 다시 생성을 거쳐 더 크게 더 확실하게 복원된 것이다.

24

그 모든 사람들을 위하여 오늘 내가 할 수 있는 일은, 자판기를 두드려 지나간 세월을 불러오는 일이다. 그리하여 자신의 아픔을, 조국이라는 이름으로 희생된 어느 혁명가의 마음을 잊지 말기를 바라며 그의 이야기를 아름다운 언어의 선율 속에 담아 두어야 한다. 이런 사명감이 가슴속에서 휘몰아치자 갑자기 마음이 급해진다.

"고모, 그림 한 점 부탁해요."

전시된 그림 중에서 유일하게 목가적인 풍경으로 그려진 소 모녀에게 눈길이 갔다. 푸른 들판에서 새끼와 놀고 있는 선한 눈을 가진 암소 그림을 가리켰다. 12호짜리 〈한국의 소〉였다.

"알았어, 택배로 보내 줄게."

전철에 앉아 집으로 가는 동안 많은 상념이 지나갔다. 내가 다니던 초등학교 옆 측백나무 울타리를 경계로 고모가 다니는 중학교가 있었는데 왜정 때 일본인 학교였던 것을 해방 후 중학교 건물로 만든 것이다(이때의 중학교는 5년제로 지금의 중고등학교 과정을 통합한 중학교를 말한다). 학교 앞을 지날 때면 고모가 무엇을 할까 궁금해 측백나무 울타리를 들여다보곤 했다.

오전반일 때는 조회시간에 울타리 너머로 들려오는 고모의 구령소리를 들을 수 있었는데 우리들 귀엔 교장 선생님의 훈화보다 고모의 호루라기 소리가 더 선명하게 들렸다.

쉬는 시간에 울타리 옆으로 가면 교복 차림으로 행진하는 학도호국단 열병식과 분열식을 볼 수 있었는데 단상 위에 높이 서서 지휘봉을 든 고모를 향해 학생들은 거수경례를 하며 지나갔다. 고모는 늘 맨 앞에서 호루라기를 불고 구령을 붙이는 학도호국단 단장이었다.

차려엇! 열주우웅쉬엇! 앞으로잇가! 우향우, 좌향좌! 하는 고모의 구령소리는 청청했다.

이제는 두 번 다시 돌이킬 수 없는 그 갈증의 계절을 노래해야겠다. 현재의 나에게 물어본다. 그러면 과거의 소녀는 고개를 끄덕이며 짐짓 심각한 표정을 짓는다.

모든 인간의 생활과 선택은 자기 자신에 도달하기 위한 하나의 길이다. 그것은 크고 넓은 길을 찾기 위한 시도이기도 하고, 작고 좁은 오솔길을 향하는 암시이기도 하다. 어떤 사람도 완전히 자기 자신이 된 적은 없다. 그러나 작가에게만은 오늘이 그러한 날이라는 사실을 확인시키려 한다는 그러한 본심을 알게 되었다.

그리고 기억의 느티나무는 무럭무럭 자라 이제는 아주 커다란 그림자를 만들며 용인 시내 한가운데 횡단보도 앞에 서 있다는 사실도 알고 있다. 가끔 용인 시내를 지나치며 차창 밖으로 그 느티나무를 바라본다. 언젠가는 한번 자동차에서 내려 그 느티나무를 만져 보려 한다.

1부

우리가 아는 것과
모르는 것

전쟁의 시작

우리 가족이 서울에서 경기도 용인(龍仁)으로 내려온 것은 태평양전쟁 말기 무렵이었다. 그때 나는 일곱 살이었다. 할아버지가 한약방을 운영하고 있었다. 우리는 할아버지 한약방 '백초당'이 있는 읍내에 임시 거처를 잡았다. 아버지는 퇴직금으로 이곳 관곡마을에 땅을 사기로 했다.

해방을 맞았다. 국가에서는 일본인이 남기고 간 적산가옥과 토지를 몰수해 개인에게 불하했다. 아버지는 그 토지를 사려 했다. 마을 사정을 잘 아는 작은아버지가 거래를 맡았다.

그 땅에 농사를 지어 먹고 살던 소작인들은 왜놈이 물러가자 그 땅이 자기소유가 될 것이라고 믿었다. 그럴 것이라고 근거 없는 희망을 부추기는 사회주의자들이 수두룩했다. 그런 판국에 외지인이 땅을 사려고 하니 소작인들의 반감이 컸다.

"외지 놈들이 우리 땅을 사들인다고? 어디서 굴러들어 온몸이 농사를 짓겠다고? 엉덩이를 디밀고 눌러앉는다고? 택도 없는 일이여!"

소작인들은 허락할 수 없다고 했다. 당연히 소작인들과 마찰이 생기고 동네사람들과는 적대감이 생겼다.

동네에서 소작인들을 부추긴 선동자 역할을 한 사람은 김환희의 아버지 김동혁이었다. 김동혁이 길길이 날뛰며 흥분하는 데에는 그만한 이유가 있었다. 그가 짓던 땅을 우리 작은아버지가 사들인 것이다. 김동혁은 주먹을 불끈 쥐고 작은아버지에게 대들었다.

"소작인들이 왜놈들에게 얼마나 악랄하게 착취당했는지는 당신도 잘 알지 않소? 해방 조국에서는 농민들에게 땅을 불하해야 하지 않겠소?"

소련군치하에 있던 북한에서는 1946년 2월 8일 북조선 임시인민위원회를 만들어서 3월에 토지개혁을 전격적으로 단행하였다. 북한의 토지개혁은 반쪽짜리였다. 농지는 국가의 소유였고 농민들에겐 소작권만 인정했다. 반면에 남한은 적산 몰수 후 유상 분배하는 쪽으로 가닥을 잡았다. 1947년 토지분배 법안을 내놓은 상태였다. 미국 원조에 의존하던 때라 자금이 필요했다. 정부가 지주 보상액을 떠안는 것은 사실상 불가능했다.

김동혁은 동네방네 돌아다니며 열변을 토했다.

"소작인들은 천둥벌거숭이 무일푼이오. 지불할 돈이 없으면 몇 년을 두고서라도 갚을 수 있도록 조치해야 하지 않겠소? 소작인에게 땅을 줘야 하오!"

김동혁은 막걸리라도 한잔 걸치는 날이면 더욱 열을 올렸다.

"인민의 피를 빨아 먹은 놈들. 저희들끼리 배를 불리는 놈들을 몰아내야 하지 않겠소?"

어느 초상집에서는 주먹을 허공에 휘두르며 정부를 성토했다.

"이런 빌어먹을 정부가 있나? 이승만 정부는 물러가라!"

누군가가 김동혁의 발언에 "옳소!"라고 호응하자, 벌떡 일어서서 일장연설을 했다.

"이젠 미국 놈 앞잡이와 싸워야 하오. 시장경제는 무슨 빌어먹을 짓이냐고! 미국 놈에게 못된 것만 배운 이승만도 믿을 자가 못 되오. 일본 놈과 무엇이 다른가? 친일파로 숙청당해야 마땅할 놈들이 권력자가 돼 몽둥이를 들고 나타난 마당에 무슨 희망이 있겠소?"

이제부터 내 땅을 가질 수 있다는 희망을 가졌던 소작인들은 적산 농토에 대한 기대가 물거품이 되자 허탈감과 분노로 몸을 떨었다. 그들의 것이 될 적산 땅을 불하받은 아버지와 작은아버지는 소작인들에겐 원수나 다름이 없었다.

국가는 땅을 둘러싸고 악연을 조장하게 만들었다. 개인의 꿈은 무시되고 사상은 분열로 치달았다. 소작인들은 김동혁의 말이 옳다고 해도, 동조해 봐야 소용없음을 알고 있었다. 대부분은 긴 한숨을 쉬며 자조적으로 중얼거렸다.

"나라가 하는 일을 우리 같은 무지렁이가 어쩔 거여? 찍소리나 할 수 있관대? 우리는 똥구녕이 찢어지도록 고생할 팔자를 타고 났제."

작은아버지는 분개했다. 정당한 절차를 밟아 땅을 산 것이다. 그는 원칙주의자였고 정의를 위해서 헌신한 사람이었다. 일제에 협력한 적이 없고 해방이 되자 조국을 위해서 치안을 돕는 청년단원으로 봉사했다. 질서가 잡히지 않아 어수선한 정국을 틈타 마구잡이로 날뛰는 사이

비 사회주의자를 몰아내려 애썼다. 적산 땅을 산 것은 불법도 아니고 누가 사도 살 땅이었다.

"적법 절차를 밟아 산 땅에 시비를 거는 놈들은 도대체 어느 나라 사람인겨? 그런 놈들은 콩밥 멕여야 하는 것 아니여?"

작은아버지의 카리스마는 일시적으로 소작인들의 분란을 잠재운 듯했다. 마을 사람들은 아무 말 없었지만 아버지와 작은아버지는 미움의 대상이 되었다.

특히 김동혁은 자신의 소작논을 사들인 작은아버지를 미움을 넘어 자본주의에 아부하는 기회주의자이자 천인공노할 매국노 취급을 하며 원수처럼 대했다. 작은아버지는 김동혁과 멱살을 잡고 드잡이했다.

"친일파, 친일파 하는데 그렇게 말하는 네놈이 왜놈에게 붙어살지 않았느냐, 이 빨갱이 놈아!"

"내가 왜놈들 미주알 빨았다 칩시다. 그럼 당신은 왜놈들 좆을 빨았소?"

"뭐라고 이놈이!"

작은아버지가 김동혁 멱살을 잡으려 하자 김동혁은 잽싸게 뒤로 몸을 빼며 눈을 부라렸다.

"옛날에는 내 눈도 똑바로 못 쳐다보던 놈이 얻다 대고 눈방울질이야?"

"아직도 내가 당신 종놈인 줄 아시오? 왜 걸핏하면 반말질이오?"

"멀건 하늘에다 대고 헛주먹질해 봐야 누가 알아줄 것도 아니니 그만 둡세, 관두자고!"

김동혁은 작은아버지의 서슬 시퍼런 말에 꼬리를 내리며 입술을 물었다. 지금 당장 승산이 없었기 때문이다. 그동안 소작하던 땅도 내놔야 할 판이었다. 권력자와 결탁한 놈들만 살아남는 세상이라며 이를 갈며 분을 삭였다. 주인이 직접 농사를 짓겠다고 하니 별수 없이 목숨 줄이었던 땅이지만 내놓아야 했다.

농민들은 해방에 꿈을 걸었던 희망은 시들어 갔고, 그들에겐 달라진 것이 없었다. 소작인들은 지주라는 권력에 대항하지 못했다. 지주에게 굴복하는 것만이 생존을 가능하게 했다.

아버지는 김동혁이 짓던 밭 열 마지기 중 세 마지기를 소작하도록 했다. 아버지는 김동혁의 번쩍이는 눈빛을 받으면서도 선량한 웃음으로 대했다.

아버지는 동리 사람들과 어울리려고 노력한 결과 소작인들의 빗나간 눈길도 그리 오래가지 않았다. 낯선 이방인이었지만 동리사람들은 지주인 아버지를 받아들여 주었다. 같이 고생하며 땀을 흘리는 이웃인 아버지를 마냥 미워할 수만은 없었다.

초짜 농사꾼인 아버지는 열심히 농사일을 배우고 〈새농민〉 잡지를 읽으면서 새로운 농사법으로 수확량을 늘리고 농촌을 개량하려는 포부를 가지고 있었다. 농촌을 잘 살게 만드는 농촌 지도자의 길을 걷고 싶어 했다. 초창기 갈등은 봉합되고 마을은 평온해졌다. 아버지는 자신의 이상과 능력을 마음껏 펼칠 수 있는 이상적인 생태계 만들기를 갈망했다.

오디세이

전쟁이 일어나기 1년 전 초가을.

열한 살로 초등학교 4학년 소녀인 나는 학교 수업을 마치고 책보를 허리에 두르고 집으로 가는 길이었다. 들판은 초록의 행진을 감춤 없이 드러내고 있었다. 혼자 걸어도 심심치 않은 것은 고무신에 걸리는 풀과 바람에 흔들리는 나뭇잎과 하늘에 떠 있는 구름과 이야기하며 걷는 길이 친구 같아서였다.

웃자란 풀 가지 사이에 사마귀가 붙어 있어서 풀인지 사마귀인지 구별하기 어려웠다. 큰 여치가 작은 여치를 업고 있는 다정한 모습도 보였다. 하늘에 떠 있는 구름은 날마다 새로운 그림을 그리고 있다. 구름 너머 좀더 가까이 가다 보면 개울이 나오고 물웅덩이에 소금쟁이가 파닥파닥 지나간 자리에는 물 주름이 둥글게 퍼져나간다.

들판은 내 놀이터였다. 녹색 들판과 파란 하늘 사이에 금이 그어진 것 같고, 그 경계선을 향해서 가까이 가면 들판과 하늘과 소들이 나타난다. 맑은 햇볕이 정수리를 파고들었다. 길옆에 있는 통바리(갈대꽃순)를 빼 먹기도 하며 천천히 집을 향해 걸었다.

학교에서 집에 오는 길은 밭둑과 논두렁을 거쳐야 했다. 더러워진 발을 씻으려고 논물에 발을 담그려는 순간 겁이 덜컥 났다. 논두렁물이 수천 길이나 되는 듯 깊어 보였고, 높은 하늘이 비치는 물에 빠지면 죽을 것 같았다. 잔뜩 겁을 먹으며 발을 담그자 바닥에 닿아 안도했다. 따뜻한 물에 더러워진 발을 씻으며 한심해했다.

여러 번 경험했는데도 여전히 무서웠고, 그때마다 놀라곤 했다. 어느 때는 발에 시꺼멓게 썩은 풀잎이 붙어 있어 가볍게 떼어내려다 떨어지지 않아 자세히 보면 거머리라는 것을 알고 기겁하기도 했다. 그럴 때는 자지러지다가 눈을 질끈 감고 흙으로 문지르고는 집을 향해 냅다 달린다.

그날 집으로 가다가 개울가 언덕에 매인 우리 소를 발견했다. 나를 알아보는지 코를 벌름거리며 흥흥하다가 새김질을 계속한다. 들고 있던 삐리 줄기를 입에 대 주었는데, 삐리를 받아먹은 소는 더 달라는 듯 여전히 눈을 껌뻑거렸다.

그때였다. 갑자기 저쪽에서 논을 갈던 황소 한 마리가 이쪽으로 뛰어오고 있었다. 우리 집에서 '아제'라 불리는 윗골 친척 아저씨의 황소 '백두산'이었다.

황소는 커다란 뿔을 세우고 눈에 시뻘건 광채를 번뜩이면서 비호같이 달려왔다. 우리 소가 위험하다고 생각했으나 나는 너무 무서워서 재빨리 논두렁으로 굴렀다. 논을 갈고 집으로 가다가 황소 고삐를 놓친 아저씨가 저만치서 헐레벌떡 달려오며 소리치는 모습이 보였다. 황소는 한여름인데도 코에서 허연 콧바람을 뿜어냈다. 아니 입에 거품을 물었다는 게 정확한 표현이었다.

황소는 개울가 언덕에 있는 우리 암소를 향해 돌진해 갔다. 우리 소는 말뚝에 묶여 있어 피하지도 못할 상황이었다. 이거 어쩌지? 논두렁에 엎어져 정신을 차릴 새도 없이 소 걱정이 앞섰다. 잠시 후 우리 소보다 몸집이 두 배나 커다란 성난 황소가 우리 암소를 덮치고 말았다.

뒤늦게 도착한 황소 주인은 껄껄 웃으며 소들을 지켜보다가 황소 엉덩이를 어루만지며 말했다.

"이놈 급하긴!"

황소 주인은 혀를 차고는 고삐를 끌고 가 버렸다. 가슴이 거칠게 요동치며 오르내렸다. 아무리 생각해도 우리 암소가 피하지도 못하고 황소에게 당한 것은 말뚝에 매여 있었기 때문이다. 그렇게 맥없이 가만히 서서 당하기만 한 것이 억울했다. 한쪽은 힘이 센 황소인 반면에 우리 암소는 몸피가 작은데다가 말뚝에 묶여 있었으니 애초부터 게임이 안 되는 일이었다.

울면서 집에 돌아와 나는 엄마에게 말했다.

"엄마, 우리 소가 죽는 줄 알았어. 백두산이란 나쁜 놈이 우리 소를 깔고 앉았단 말이야. 그런데 그 아저씨는 자기네 소가 이기니까 말리지도 않고 웃기만 했어요."

내가 씩씩거리며 분통을 터뜨렸는데도 엄마는 웃어 댔다.

"소들이 좋아서 장난하는 거야. 백두산이 우리 암소를 좋아하는 모양이지."

얼마 후 우리 암소의 배가 불러왔다. 새끼를 뱄단다. 그 소문이 퍼지자 백두산의 주인인 친척 아저씨가 우리 집에 찾아와 아버지와 소를 번갈아 보며 말했다.

"애비가 우리 백두산이니 새끼 임자는 바로 나일세!"

친척 아저씨가 이죽거리자 아버지는 빙그레 웃기만 할 뿐 대꾸하지 않았다. 친척 아저씨는 애간장이 타는지 목소리를 높였다.

"애비가 힘을 썼는데 그냥 있으면 어떻게 하나. 일단 콩이라도 두어 말 가져 오든가 해야지!"

"무슨 소릴. 제 놈이 좋아서 달려든 것을 나보고 어쩌라구?"

아버지는, 쓸데없는 헛소리 말라는 투로 콧등으로 넘겼다.

"소라고 다 같은 소인가. 장원급제한 최고 황소의 힘을 빼갔으면 대가가 있어야지. 내년에 시합에 나갈 소란 말이여. 예전 같으면 콩 서 말로도 모자라."

"그 옛날 얘긴 집어치우게."

아버지가 혀를 찼다. 말을 더 보탰다간 서로 언성이 높아질 것 같아 참는 눈치였다. 어머니는 어쨌든 힘을 썼으니 콩을 준다고 하라고, 옆구리를 쿡쿡 찔렀다.

"허! 이 사람이 뭘 모르는군."

친척 아저씨가 오줌을 눈다며 잠시 자리를 비우자 어머니는 아버지에게 정색을 하고 말했다.

"굳이 욕심쟁이 아제의 비위를 상하게 할 필요가 없잖우?"

"다 계산이 있어서 그러니 아무 말하지 말게!"

아버지는 어머니에게 염려 말라고 했다.

"저 양반 욕심이 커서 터무니없이 많이 달라고 할 것 같으니 아예 미리 못을 박아 놓고 나중에 주면 군소리가 없을 것 아니겠소."

오줌을 누고 온 친척아저씨는 아버지에게 다가갔다.

"우리 소는 값이 나가는 우량종이라서 아무나 안 빌려주는데… 쯧쯧. 성질 급한 놈이 미리 날뛰는 바람에…. 손해야 봤지. 얼결에 자네가 횡재했으니 씨종자 값만 내놓게."

아제 말에 아버지는 대수롭지 않게 응대했다.

"힘이 들긴, 그놈 얼결에 장가 한 번 잘 들었구먼. 주인만 믿다간 계집 구경 못할 것 같으니 알아서 했지. 이웃지간에 꼭 불알 값을 받아야 한단 말인가? 그렇담 알았소. 올 가을에 봅세다."

*

초저녁부터 애지중지하던 암소가 네 다리를 버둥거리며 외양간을 헤맸다. 가쁜 숨을 몰아쉬며 금방이라도 피가 흘러나올 것처럼 벌겋게 충혈된 눈에서 광기가 쏟아지고 있었다. 고통을 참으며 앓는 소리도 못 내고 산통을 겪는 소. 아버지도 입술을 물고 헉헉거리며 소와 함께 산고를 치르고 있었다.

왜 하필이면 지금이란 말인가? 나는 분명히 그때 암소가 위험하다는 걸 감지했지만 암소 고통을 헤아리기에는 너무나 무서웠고 다급했다. 외양간을 둘러보던 아버지 얼굴이 사색이었다. 배불뚝이 소 항문 부분에서 피가 흘러내렸다.

아버지는 부랴부랴 마른 볏짚을 깔아 주었다. 초산이어서인지 심상치 않다. 아버지도 침이 마르는지 목에 걸친 수건을 잡아당겨 한쪽 끝을 끌어내 땀을 닦아 내고 있다.

어머니가 소죽가마에 콩깍지, 콩, 보리속겨를 듬뿍 넣고 쇠죽을 끓여 어미 소 코 앞에 갖다 놓았다. 냄새를 맡으면 식욕이 나지 않을까 하고 조금이라도 먹게 해서 힘을 쓰게 하려 했다. 하지만 녀석은 외면했다. 머리를 휘둘러 죽통을 엎어 버렸다. 다급해도 산고 중에 먹으라는 것은 소에겐 가당찮은 짓.

아버지와 어머니도 저녁밥 먹을 엄두를 내지 못했다. 어머니는 부랴

38

부랴 안방에다 밥상을 디밀고는 방문을 닫았다. 등잔불 밑에 차려진 밥상을 바라보았다. 개다리밥상 위에 덜렁 김치와 식은 보리밥이 놓였는데 양푼에 수북하게 올라온 밥 가운데 주걱이 꽂혀 있었다. 알아서 먹어 두라는 표시라는 것을 말 안 해도 알았다.

방문 틈으로 외양간 쪽을 살폈다. 어머니가 안절부절 외양간 근처를 맴돌고 있다. 한밤중이 되어도 새끼가 나올 기미가 보이지 않았다. 소는 맥을 놓은 듯 기진맥진해 보였고, 볏짚 서걱거리는 소리와 사람과 소가 헉헉대는 숨소리가 침묵보다 두려웠다.

재작년 두 돌배기 남동생이 태어나던 날, 그때 나는 처음으로 죽음이란 단어를 떠올렸다. 가을걷이가 채 끝나기도 전이었는데 안방에선 엄마의 신음소리가 흘러나왔다. 건넌방에서 숨을 죽이며 겁에 질려 숨소리도 낼 수 없었다. 엄마가 죽을지도 모른다는 공포에 떨었다. 그때도 어스름 저녁이었다. 순간순간 끊기는 신음소리에 아직은 엄마가 무사하다는 안도감으로 참고 있던 숨을 쉬었다.

단말마의 고통스런 울림이 가슴을 조여 왔지만 아버지가 옆에 있으니 어떻게 하겠지 하는 믿음이 있었다. 신음소리 중간 중간에 산파역인 옆집 아주머니와 아버지 말소리가 간간이 섞여 나왔다.

얼마간의 시간이 지난 후 아버지의 너털웃음이 들려왔을 때 안도했다. 아들을 낳았다는 뜻이고 내게는 남동생이 생겼다는 의미였다. 건넌방에서 가슴을 졸이던 나는 긴장에서 벗어나 방문을 열고 밖으로 나갔다.

하늘에 별이 하나씩 떠오르고 있었다. 이웃 아주머니가 미역국을 끓였고, 어두운 밤이었지만 아버지는 부랴부랴 새끼줄에 커다란 고추와 숯을 엮어 사립문에 높이 걸었다. 금줄이었다. 집은 잔칫집으로 바뀌었다.

전쟁 때문에 놀랐는지 소가 난산인 모양이다. 집 안은 정중동, 심상치 않은 분위기에 겁이 났는지 여섯 살 남동생과 두 돌배기 여동생도 칭얼대지 않고 조용하다. 아버지가 옆에서 겁먹은 눈으로 서 있는 나에게 나지막이 말했다.

"거기 있지 말고 방에 들어가 있어."

아버지의 목소리에 겁이 실려 있었다. 아버지도 겁을 내는 걸 보니 나는 더 무서워졌다.

소는 옆으로 누워 몸을 떨며, 가쁜 숨을 몰아쉬며 발버둥쳤고, 외양간을 몇 바퀴째 돌고 있었다. 소리를 뺀 고통의 몸짓은 처참했다. 곧 죽을지도 모른다는 두려움이 들었다.

만약에 소가 죽는다면 배 속에 있는 새끼는 어떻게 될까? 궁금했지만 입 밖에 내지 않았다. 엄마에게 말했으면, 쓸데없이 방정맞은 잡념 집어치우고 동생이나 울리지 말라고 한소리 들었을 것이다.

"여보, 산파라도 불러와야 하지 않을까요?"

엄마가 아버지를 재촉했다. 아녀자가 이러쿵저러쿵하면 부정 탄다고 입 다물고 지켜보다가 애가 타서 한 말이었다.

"산파라니? 알면 당신이 구해 와! 누군 몰라서 그래?"

아버지가 낮은 소리로 성질을 냈다. 그도 해결책은 그뿐이라고 생각했겠지만 말로만 듣던 수의사를 어디서 부른단 말인가. 엄마도 뾰족한 방책이 없어 그냥 해 본 말이었을 것이다. 가당치도 않은 말로 아버지 염장을 지른 셈. 답답해서 해 본 말이지요, 하려다 침을 꿀꺽 삼킨다.

"이 난리통에 어떻게 가요. 날이나 밝아야지 원."

사람이라면 산파를 불러야 할 일이지만 짐승이니 어떻게 해 볼 도리가 없다. 수의사를 안다고 해도 벌써 피란민 행렬에 합류해 어디론가 떠났을 것이다. 비록 그대로 있다고 하더라도 이 밤중에 와주기를 바란다는 것은 그야말로 희망사항이 아닌가. 아버지는 한심하다는 듯 쳐다보았다.

"한가한 소리 그만해."

사람도 병원 가기도 어려운 판에 수의사라니? 지금껏 마을에 수의사가 필요한 적은 없었다.

"그냥 뻗치고 있지 말고 홍 씨라도 불러 와."

아랫마을 홍 씨는 어머니와 같은 동성동본이라서 누님 아우로 지내는 사이다. 오죽 답답하면 미련하다고 흉을 보던 홍 씨를 떠올렸을까?

외양간 천장에 매달린 호롱불 불빛이 흐릿했다. 아버지의 동선에 따라 매달아 놓은 호롱불이 흔들린다. 소의 상황을 살피던 아버지가 돌아보며 소리쳤다.

"어서 들어와서 불 좀 밝혀 봐!"

외양간 앞에서 기웃거리던 어머니는 화급히 천장에 매달린 호롱불을 꺼내 들고 소에게 가까이 들이댔다. 소 엉덩이에서 무언가 삐죽이 나오고 있었다. 머리가 아니고 뾰족한 뒷발 하나다. 아버지는 깜짝 놀라 입을 크게 벌렸다. 정상적이라면 앞다리를 양 머리에 붙인 채 머리부터 나와야 한다. 송아지 뒷다리가 먼저 나오다가 그만 어미 소 자궁에 걸려버린 것이다. 낭패다. 어미가 죽게 될지도 모른다. 소가 움찔하더니 큰 몸을 부르르 떨다가 멈추었다. 곧 숨이 넘어갈 모양이다.

"이놈 정신 차려라!"

아버지가 급한 나머지 소 엉덩이를 때리며 격려했다. 부엌에서 물을 끓이고 쇠죽도 마련해 놓은 어머니가 묘안을 냈다.

"당신이 손을 넣어서 돌려보면 안 될까요?"

방 안으로 뛰어 들어온 어머니는 동생 기저귀를 집더니 외양간으로 달려가서 어미 소 입을 가로질러 목 뒤로 동여맸다. 아버지는 비누칠을 몇 번씩 하고 정성들여 손을 씻고 나서, 손에 참기름을 잔뜩 바른 후 외양간으로 가서 한쪽만 밖으로 나와 있는 새끼 다리를 뱃속으로 도로 밀어 넣었다. 어머니 말대로 배 속에 손을 넣고 돌려보았다. 소가 발버둥을 치며 꿈틀거렸다.

죽기 전 증상 같았다. 몸을 부르르 떨다가 덜컥 멈출 것 같아 조마조마했다. 그때 내 머리를 뚫고 지나가는 생각이 있었는데 소도 전쟁이 났다는 것을 알고 있을지도 모른다는 거였다. 거대한 힘에 의해 죽음이 쫓아오고 있다는 긴박감을 소나 사람이나 똑같이 느낄 것이기 때문이다. 나는 긍정적인 사람이다. 무사할 것이란 쪽에 주문을 걸었다.

어미 소 배 속에서 태막을 뚫고 얼굴을 내밀며 새끼가 나오고 있다. 뱃속에 똘똘 뭉쳐 있던 덩어리가 뿌연 양수를 뒤집어 쓴 채 볏짚 위에 툭, 하고 떨어졌다. 암송아지였다. 어미 소는 고개를 돌려 갓 태어난 송아지 몸에 달라붙은 점액질을 핥아 주고 있었다. 어미 소가 핥고 지나간 곳마다 노란 털이 나타나고 있다.

어미 소가 송아지 몸을 거의 다 핥았을 즈음 송아지는 네 발을 스르르 펴더니 비틀거리며 자리에서 일어서려 애쓴다. 다리를 부르르 떠는 모습이 곧 다시 넘어질 것 같다. 잠시 뒤 송아지는 몇 번 넘어지고 일어서기를 반복하더니 일어선다.

어미 소 꽁무니에는 아직 핏줄이 보인다. 어미 소가 연신 새끼를 핥아 주다가 고개를 돌려 자신의 꽁무니에 매달려 있는 태를 널름 삼켜 버렸다. 어미 소는 새끼에게 맞춤한 키 높이에 고무장갑 같은 젖꼭지를 매달고 있었다.

나는 어미와 새끼가 생명을 지켜 내는 순간을 보았다. 내 예상은 적중했다. 어미 소가 무사히 새끼를 낳은 것이다. 태어나는 것은 모두 축복이다. 어미와 새끼의 사랑이 시작되었고, 그 사랑을 보는 우리 가족은 행복했다.

아버지는 툇마루에 풀썩 주저앉아 곰방대에 담배엽초를 채웠다. 아버지 눈에 주름이 잡히더니 입꼬리가 위로 올라간다. 입꼬리에서 이가 쏟아져 나오고 얼굴 전체에 웃음을 매달았다.

1950년 6월 25일. 긴박하게 돌아가는 상황에서 새 생명이 탄생된 날이었고 우리 가족이 겪은 긴 날이었다. 역사는 이날을 6·25 전쟁이 일어난 날이라고 기록했다.

전쟁의 시작

그해 6월 25일의 공기는 어수선했다. 일요일에 군용 지프가 서울 시내를 돌며 '국군 장병들은 자기 부대로 귀대하라!'는 가두방송을 하고 있었다. 오후에는 붉은 표지의 북한군 정찰기가 서울 상공에 나타났다. 서울시민은 불안했지만 정부고관은 "전쟁이 일어나면 북으로 올라가 점심은 평양에서 먹고, 저녁은 신의주에서 먹는다!"고 큰소리를 쳤다.

라디오에 귀를 기울이자 연이어 승전 소식이 보도됐다. "북한 괴뢰군이 각 방면으로 남침했으나 용감한 국군은 이를 격퇴시켰다." 옹진지구에서 적 전차 7대를 격파했고 1개 대대를 섬멸했으며, 따발총 72정, 소총 132정, 기관총 5정, 대포 2문을 노획했다고 했다.

다음날 아침 국방부도 호응했다. "옹진의 국군 17연대가 해주시를 점령했으며, 일부는 38선에서 20㎞까지 북진했다." 그때 17연대는 옹진에서 퇴각 중이었다. 서울로 들어오는 길목인 동두천과 포천도 이미 북한군에게 넘어간 뒤였다. 김일성은 8월 15일까지 남조선을 해방시키고, 부산에서 광복절 기념행사를 갖는다는 50일 작전을 세워 놓고 있었다.

당시 북한군 전력은 병사 18만 4천 명, 각종 포 609문, 전차와 장갑차 42대, 비행기 68대였다. 국군은 병사 10만여 명, 포 91문, 전차와 장갑차 27대, 비무장훈련기 10대였다. 이런 수치는 보고서마다 조금씩 엇갈리지만 북한군이 국군보다 장비 면에서 우위였던 것은 틀림없다.

남한 수뇌부가 북한의 도발을 몰랐던 것은 아니었다. '북한군의 침략계획이 완료되어 전면 공세를 취할 것'이라는 보고서가 여러 번 올라갔다. 6 · 25 전쟁 한 달 전에는 국방장관이 외신회견에서 "북한군이 대거 38선으로 이동하고 있어 침공 위협이 긴박하다"고 밝히기도 했다.

하지만 무슨 자신감이었을까. 한국정부나 미 군사고문단은 북한군의 침공이 있을 경우 충분히 격퇴할 수 있다고 공언했다. '전쟁이 나면 점심은 평양에서, 저녁은 신의주'라는 말이 이때 나왔다. 전군에 비상계엄령이 내렸던 국군은 6월 23일자로 이를 해제했다. 6 · 25 발발 이틀 전이었다. 38선 근무병력의 3분의 1이 휴가를 갔고, 남은 병력도 외출 외박을 보냈다.

전쟁 발발 하루 전인 6월 24일 저녁에는 육군 수뇌부들이 육군 장교 구락부 개관 기념파티를 열었다. 밤늦도록 술자리가 이어졌다. 북한군이 38선을 넘었을 때는 다들 뻗어 있었다. 다음 날 육군본부 비상회의는 주요 참모들의 행방을 수소문하느라 오전 10시가 지나서야 열렸다. 막상 회의는 열었지만 대책은 없었다. 회의 뒤 총참모총장은 전차를 앞세운 북한군의 주공격 방향인 의정부로 갔다. 그 지역을 관할하는 제 7사단에 그가 해준 말은 이것뿐이었다.

"적 전차를 육탄으로 막아라!"

다음 날 중앙청에서는 비상 국회가 열렸다. 그 자리에 출석한 국방장관은 "5일 안에 평양을 점령할 수 있는 만반의 준비와 군대를 갖고 있다"고 보고했고, 총참모총장은 "적을 의정부 밖으로 격퇴했다. 후방에서 3개 사단만 올라오면 물리칠 테니 두고 봐라"고 큰소리쳤다. 하지만 서울은 딱 사흘 만에 북한군 손아귀에 들어갔다.

1950년 6월 25일 일요일 새벽, 동족상잔의 비극이자 냉전의 세계를 이념으로 갈라놓은 6·25 전쟁이 일어났다. 38선에 집중 배치된 중포의 일제사격과 함께 242대의 소련제 T-34/85 전차를 앞세운 북한군은 사실상 무방비 상태였던 한국군 진영을 쑥대밭으로 만들면서 38선을 넘어 남으로 침공했다. 일본에 주둔하던 맥아더 장군의 미국 극동군이 공군력을 지원했으나 대한민국의 수도 서울은 3일 만에 점령되고 말았다. 6월 28일 새벽 2시 반에 한강교가 폭파됐다.

북한군의 추격을 우려한 이승만 정부는 남쪽으로 피신하며 한강에 단 하나뿐인 한강 인도교를 아무런 예고도 없이 폭파, 50대 이상의 차량이 강에 빠지고, 강을 건너 남으로 피란하던 최소 500명의 피란민들이 한꺼번에 폭사하는 참사를 저지르고 말았다. 이 일로 서울에 살던 인구 약 144만 명 중 서울을 빠져나간 40만 명 이외에 1백만 명 이상의 시민들이 북한군 통치체제 하에 심각한 고통을 겪도록 방치되었다.

이는 정부의 무책임함에 대해 큰 불신을 불러일으켰을 뿐 아니라, 3개월 뒤인 서울 수복 이후 서울로 다시 돌아온 사람들과 현지에 남아 고통을 겪었던 사람들 사이에 심각한 갈등을 불러온 불씨가 되기도 했다.

김홍일 소장과 이종찬 대령이 이끄는 한국군 2사단은 지금의 동작대교 부근에서 한강 남쪽에 주 방어선을 배치했으며 피로 피를 씻는 격렬한 방어전을 벌여 북한군의 도하를 지연시켰고, 스미스 부대와 같은 지원부대가 도착할 수 있는 금쪽같은 시간을 얻어냈다.

미국 극동군도 B-29 장거리 폭격기를 보내어 공중폭격으로 한강 철교를 폭파하여 북한군의 남하를 저지하는데 북한군의 T-34탱크가 한강을 건넌 것은 서울이 점령된 지 3일 후인 6월 30일이었다.

최초의 전투는 7월 5일 오산 북쪽 고개인 죽미령에서 벌어진 오산 전투였다. 긴급 파견된 스미스 부대는 규모부터 불과 1대대의 소수였고, 북한군의 T-34중전차와 같은 기갑부대의 공격을 막아 낼 중화기도 없었다.

이때 나는 초등학교 5학년이었다.

책보를 허리에 두르고 학교로 향했다. 정수리로 꽂히는 햇살이 따가웠다. 뜨거운 칼날이 속눈썹을 썰고 어지러운 눈을 파헤치는 것 같았다. 오후반인 나는 뛸 때마다 책보가 덜렁거려 거추장스러웠을 뿐 아니라 창피했다. 읍내 친구들이 란도셀(초등생 가방이란 뜻의 일본어)을 지고 다니는 것이 부러웠다. 두메산골 남자애들처럼 책보를 허리에 두른 모습을 반 친구들에게 보이기 싫어 학교 근처에서 풀어 손에 들었다. 학교 운동장은 일요일도 아닌데 텅 비어 있었다.

뜨거운 햇빛이 운동장을 점령하고 있었고 알 수 없는 정적만이 감돌았다. 교실이 부족해서 2부제 수업을 했는데 오전반이 끝나고 오후반이 교대할 시간에는 아이들의 공차기와 줄넘기 놀이로 날마다 운동회날 같았다. 평소라면 등하교가 동시에 이루지는 운동장은 교실로 집으로 엇갈려 들어가는 학생들로 넘쳐나고, 열린 창문에는 장난꾸러기들이 매달려 있을 시간이다.

나는 운동장에 우두커니 서서 교실 창을 바라보았다. 아이들 중 누군가가 선생님이 집으로 가라고 했다면서 급히 교문을 빠져나가고 있었다. 친구들은 지금 어디 있지? 혹시 내가 꿈을 꾸는 건가 하고 주위를 둘러봤다.

타는 대기 속에서 공포가 눈앞에 어른거리고 있었다. 뜨거운 햇볕에 얼굴이 달아오르고 땀방울이 눈썹에 맺히는 것을 느꼈다. 그 햇볕의 뜨거움을 견뎌 내며 한 걸음씩 앞으로 몸을 움직였다.

개미들이 떼를 지어 이동하고 어른들이 수군수군 조심스런 말투로 이야기하는 것을 봐서 심각하다는 것을 짐작할 뿐이다. 마루에서 내다보는 신작로에는 평소 드물던 승용차들이 빈번하게 움직이고 있다. 국도를 피해 지방도로 서울 부자들이 피란 가는 것이라는 소문이 들린 다음 날이었다.

동리사람들은 갑자기 밀랍을 뒤집어쓴 모조 인형이 된 듯 표정이 없어졌다. 이미 대동아전쟁을 경험한 마을 사람들에게 전쟁은 공포 그 자체였다. 미래에 닥쳐올 상황을 예측하는 터라 겁을 먹고 술렁댔다. 들에 있던 소를 집 안으로 끌어오고, 마당에 구구대던 닭들도 우리 안으로 끌어들였다.

긴장감이 감돌았다. 포플러 나뭇잎도, 공기도, 움직이지 못하고 무거운 침묵에 휩싸여 있을 뿐이다. 들판도 정적에 휩싸였다. 갑자기 일어난 전쟁 소식을 어떻게 받아들여야 할지 몰라 모두들 갈피를 못 잡았다. 전쟁 소식은 바람을 타고 순식간에 날아왔다. 어디서부터 발생했는지 모를 소문들이 시간이 지나면서 점점 부풀려지더니 온 천지로 넘쳐났고, 공중에 떠돌던 말들이 사람을 무작위로 공습했다.

읍내 사람들은 하나둘 산골 친척 집으로 피신하기 시작했다. 손을 놓고, 갈팡질팡 마음만 바쁠 뿐 어떤 대책도 없이 우리는 그렇게 전쟁을 맞이했다.

인민군이 파죽지세로 쳐들어오고 있었다. "곧 우리는 패망할 것이다! 땅을 빼앗길지도 모른다!"는 흉흉한 소문이 돌기 시작했다. 누군가는 슬며시 웃으며 이야기했다.

"이북은 공평한 사회다! 사유재산을 소유할 수 없다! 모든 재산을 국가가 관리한다! 우리도 그렇게 될 것이다!"

대다수 사람들 머릿속에는 검은 그림자가 몰아쳤다. 개울가에 늘어선 미루나무에서 악을 쓰던 매미 울음소리도 들리지 않았다. 남의 땅을 빌려 짓는 소작을 면하려면 먹을 것을 줄이는 것 이외에 별다른 방법이 없었다. 마을 소농들에게 천수답 한 마지기는 허리띠를 졸라매고 일한 생명과 바꾼 땅이었다.

진상이 밝혀진 것은 다음 날 아침이었다.

마을 유지인 정 진사댁의 라디오에서 비장한 목소리가 긴급뉴스를 전하고 있었다. 6월 25일 새벽 4시, 북한군이 38선을 넘어 남침했다는 소식이었다. 사람들은 그동안 국군은 무얼 했는지 모른다며 이승만 정부를 원망했다.

아버지는 집으로 찾아온 작은아버지에게 물었다.

"시국이 어떻게 돌아갈지 아는가?"

"형님 저도 모르지요. 하도 급작스런 일이라."

휴교라는 말을 듣지 못했지만 나는 학교 갈 엄두가 나지 않았다. 이 와중에 공부라니, 어른들이 알면 한심해할 것이 분명했다. 목숨이 위태로울 처지에 당분간 책 볼 시간은 없을 것 같다. 시험 준비를 해 둔 것이 헛수고여서 아까웠지만 책보를 장롱 밑에 깊숙이 밀쳐놓았다. 상급반인 미자 언니에게 언제까지 학교를 안 가도 되는지 물어보고 싶었다. 나는 부모님 눈치를 살피다가 방문을 열고 집을 나섰다.

세상이 너무 고요했다. 작렬하는 태양 아래 백색 공포가 찾아 들어서 무서워 죽을 것 같다. 정적이라는 괴물이 그 자리에서 움직이지 말라고 속삭인다. 내딛는 발걸음이 조심스럽다. 하지만 공포는 어딘가 숨어 있으라고 보챈다. 본능, 명령을 따라 발걸음을 떼어 놓으려다가 뒤를 돌아본다. 앞으로 갈 수도 되돌아갈 수도 없는 거리다. 소리 내지 않고 움직일 수는 없다.

미자 언니네에 가려고 나선 것을 후회한다. 폭풍 전야의 정중동, 공포가 나를 따라오고 내 그림자에 놀라 온몸에 쥐가 난다. 어스름 뜬 달밤에 나타난다는 달걀귀신이 대낮에도 나타난 것 같다. 그림자에 숨어 줄곧 따라오는 달걀귀신, 돌아보면 점점 더 커진다는 달걀귀신이 하늘을 뒤덮고 있는 것 같다. 땅을 딛는 걸음마다 달걀귀신이 시커멓게 앞에 와 있는 것 같아 오금이 붙어 버렸다.

내 발걸음 소리에 놀라 그 자리에 서 있었다. 논두렁길 양옆으로 펼쳐진 길에는 그늘 한 점 없다. 나무 한 그루 없는 들판에 혼자 서 있던 나는 뜨거운 솥뚜껑을 머리에 인 것처럼 정수리가 뜨끔거려 온다. 논에 김을 매는 사람도 보이지 않고, 들판에 있던 소들도 보이지 않는다. 마을에서 조금 떨어진 신작로도 텅 비어 있었다.

마을은 태엽이 끊어진 시계 같았다. 수원과 여주를 오가던 수여선 첫 열차가 용인역을 향해 기적을 울리며 내려오고, 조금 있다가 여주에서 수원방면으로 기차가 올라가면 몇 시라는 것을 알던 마을 사람들이었다. 시계 없는 집이 대부분이고, 설혹 있다고 해도 바쁘게 돌아가는 농번기에는 시계를 볼 틈도 없었다.

기차 기적소리를 듣고 오전 새참 시간을 알았고, 점심을 챙기고 오후 새참도 챙길 수 있었다. 기차의 배차 간격은 정확했다. 기차가 멈추었다는 것은 시계가 멈추어 버린 것과 같았다.

어제만 해도 신작로에 간간이 승용차가 지나다녔지만 지금은 그마저도 끊긴 상태다. 북쪽 어디선가 총성이 점점 가까이 다가왔다. 총성이 점점 커지면서 공포도 증폭되고 있다. 숨긴 해야 할 텐데 어디로 숨어야 할지 몰랐다.

윗동네 아제가 달려가면서 소리쳤다.

"인민군이 탱크를 몰고 온대요!"

나는 토끼풀을 던지고 집으로 달려가면서 숨을 몰아쉬었다.

*

탕! 탕! 아직 부윰한 미명 속에 갑자기 총소리가 관곡마을을 뒤흔들었다. 청산 너머 기슭에서 들려오는 소리였다. 사방에서 개 짖는 소리가 요란했다. 그렇지 않아도 마을 사람들은 막 일어나 눈을 비비고 옷을 찾아 입으려는 참이었다. 총소리를 듣는 순간 멈칫했다. 여기저기서 난리에 대해 소문이 파다해서 불안한 때였다.

총소리에 놀라 전쟁을 실감했고, 선뜻 문 밖으로 나설 엄두를 내지 못했다. 길에서 훤히 보이는 마을, 그 들판에 있는 집들, 그 어디에도 탱크를 피할 곳이 없다. 우선 탱크만이라도 피해야 한다. 신작로를 피해 지금으로서는 골짜기로 숨어드는 일이 최선인 것이다.

아침까지만 해도 간간이 들리던 포성이 점점 크게 귀 밑으로 바짝 다가오고 있다. 어머니는 밥을 한 솥 가득히 해서 주먹밥을 만들었다. 어디든 가야 한다. 그냥 앉아서 죽음을 기다릴 순 없다.

"피란을 가자!"

아버지가 말했다.

"그런데 소는 어떻게 해요?"

엄마가 걱정했다. 한 식구처럼 돌보고 사람의 몇 배로 농사일을 하던 소도 겁을 먹은 눈으로 음매 소리도 잊는 듯 조용했다. 그 눈을 본 순간 사람만 피한다는 것이 마음에 걸렸던 것이다.

"아무리 빨갱이라고 해도 말 못하는 짐승 해코지는 안 할 거야."

소는 우리 집 재산 목록, 아니 식구 중 하나다. 게다가 며칠 전 난산으로 생사를 넘나들던 끝에 새끼를 낳았다. 그러니 소가 걱정이다.

"외양간에 먹이를 잔뜩 넣어 놨으니 당분간 괜찮겠지."

소는 주인의 애석한 마음을 아는지 모르는지 커다란 눈만 멀뚱거리며 조용히 새김질을 하고 있었다. 아버지는 소가 놀랄까 봐 가마니를 뜯어서 외양간 문을 가리면서 말했다.

"이 녀석아. 곧 올 테니, 그대로 가만히 있어라."

털을 쓸어 줄 시간이나 달랠 여유도 없었다. 아버지가 광 안에서 차일을 찾는 동안 어머니는 솥단지를 싸서 머리에 일 준비를 했다. 바깥채에 신접살림을 차린 머슴 옥동이 달려와서 아버지를 도와 헛간에 있는 멍석을 찾아 지게에 짊어지고 앞장선다.

어머니와 옥동의 마누라 선이는 솥과 보리쌀, 김치 등 먹을 것을 챙겨 들고 뒷동산 얕은 산허리에 자리를 잡았다. 골짜기에 냇물이 있어 조금만 내려가면 식수는 해결될 것이고, 큰 나무가 울창해서 큰길에서는 보이지 않는 명당자리였다. 《손자병법》에도 산 위에 진을 치라는 말이 있지 않은가. 우리는 뒷동산 중턱에 가재도구를 내려놓고 천막을 쳤다.

　"소풍 온 것 같아."

　짐을 풀면서 옥동의 처 선이가 조잘거렸다.

　"이 사람이 전쟁이 산보 놀인 줄 아나?"

　옥동은 타박을 주면서도 선이를 보고 웃었다. 바쁘게 농사일을 하느라 그동안 제대로 된 여행은커녕 둘이 마음먹고 뒷동산에 나와 본 적도 없었다. 오죽하면 선이가 저런 말을 할까? 생각하니 안타까웠다.

　선이가 떡갈나무와 소나무가 우거진 산등성이로 시선을 돌린다. 산의 정취, 코에 소나무 향기를 느끼는 모양이다. 솔잎 낙엽이 수북이 쌓인 나무 밑으로 고사리 잎이 퍼져 너울거린다. 며칠 동안 나물 뜯는 여자들의 손길이 비켜 간 때문이다.

　"이 근처에 더덕이 있나 봐."

　선이가 어디선가 향긋한 더덕 냄새가 난다고 했다. 더덕을 찾으려 비탈진 산으로 내려가던 옥동은 갑자기 걸음을 멈추고 움찔했다. 총소리가 들렸기 때문이다.

　옥동이 놀란 눈으로 돌아보니 헐레벌떡 산을 넘어 오는 사람이 손을 저었다.

　"지금 인민군이 벌써 '움터골'로 들이닥쳤는데, 마중 나왔어요?"

모두 정신이 번쩍했다. 신작로를 따라 탱크를 몰고 온다는 것만 생각했다. 탱크부대만 피하면 될 줄 알았지 보병들이 육로로 산을 넘어 오리라고는 짐작하지 못했다.

"빨리 내려들 가요. 명 재촉하지 말고!"

따다닥!

따발총소리가 콩 볶듯 따다닥거린다. 총소리가 바로 머리 위에서 들려왔다. 여기 그대로 있다가는 섶을 지고 불로 뛰어드는 격. 아버지는 막 내려놓았던 멍석과 차일을 지게에 얹자마자 뛰기 시작했다.

무거운 짐을 지고 날아가는 듯 뛰는 아버지, 아버지를 뒤쫓아 뛰는 어머니. 나는 동생의 손을 잡고 구르듯이 달리지만 아버지는 저만치 앞서간다. 아버지 장단지의 떨림을 보면서 다리가 부러질 것 같아 걱정이다. 총소리는 점점 바짝바짝 다가오고 공포는 극에 달했다. 아버지는 비장하게 입술을 다물었다.

위급한 상황이다. 아버지는 지게를 벗어 던지고 삽을 들었다. 나도 무엇인가 도와야 할 것 같았는데 아무것도 할 수가 없었다. 아버지는 헛간 뒤쪽에 피신처를 만드느라 마음이 급했다. 집 뒤 삼각 논두렁을 언덕 삼아 급히 땅을 파고, 사랑채를 지으려고 모아 두었던 서까래 나무를 걸쳐 놓고 그 위에 멍석을 얹었다. 위에는 흙을 덮어 임시 피신처를 만들었다. 아버지는 어머니에게 지고 갔던 멍석을 가져오라고 했고, 헛간에서 가마니를 꺼내 와 돌돌 말아서 방공호 입구로 밀어 넣었다. 바닥엔 가마니를 깔았다. 드디어 방공호가 완성되었다.

가뭄으로 물이 말랐지만 논이었고, 습기를 막을 수는 없었다. 안은 앉아 있어도 목을 세우기도 불편했다. 너무 급박한 상황이어서 논바닥을 조금 파자마자 마무리를 한 것이다. 월동 무구덩이처럼 몸만 간신히 드나들게 만든 출입구로 가족을 밀어 넣었다. 좁은 출입구로 아이들은 물론 어른들도 기어 나오고 기어들어 가야 한다. 아버지는 들고 있던 삽을 내던지고 마지막에 들어왔다.

가장의 역할은 대단한 것이다. 위엄, 권력, 그 무게, 그런 것들이 그냥 존재하지는 않는다. 아이들에게 아버지라는 존재의 위력, 울타리가 얼마나 큰 힘인지 처음 알았고, '아버지'는 어떤 전쟁 영웅보다 더 위대해 보였다.

옥동 내외는 우리를 팽개치고 따로 은신처를 마련하려고 떠났는지 보이지 않았다. 그들 부부가 와서 같이 피란 갈 채비를 할 줄 알았다. 살아도 같이, 죽어도 같이 움직여야 할 가족이라고 믿었다. 어느 때보다도 옥동의 도움이 필요한 때 그가 사라졌다. 평소 같으면 주인집 일이며 발 벗고 나섰겠지만 제 살길을 찾아 떠나간 모양이었다. 위급한 상황에서 생사를 함께 할 가족은 아니었나 보다. 아버지는 혼잣말로 중얼거렸다.

"사람 심성… 위기를 당해 봐야 제대로 알 수 있는 법이지. 사람 진짜 모습… 겪어 보지 않으면 몰라."

마이너리그

옥동과 선이

　예로부터 양반이 많다고 해서 관곡마을이라고 불렀다. 이 마을은 정 진사를 비롯한 정 씨가 일가를 이루고 있는 집성촌이다. 옥동이 이곳에 살게 된 것은 어느 날 옹기장수가 다녀간 이후였다. 느티나무 밑에 어린애가 혼자 울고 있었다. 초등학교 입학할 나이 무렵에 이 마을에 홀로 남겨진 것이다.

　아이는 동리사람들에게 밥을 얻어먹으며 헛간 같은 곳에 잠을 자기도 하면서 동가식서가숙하며 떠돌다가 마을 종갓집 정 진사 집에 정착했다. 옥동은 열다섯 살이 되도록 먹고 입는 것으로 만족해야 했다. 마을 사람들이 그런 옥동을 부추겼다.

　"이 바보야! 미주알이 빠지도록 일하고 새경도 받지 못한다고? 새경을 달라고 해라."

정 진사는 그동안 먹이고 입힌 값을 하라며 모른 체하고 싶었지만, 양반 체면도 있고 소문도 두려워 새경을 주기로 했다. 무보수로 잔뼈가 굵어 성인이 된 옥동을 마냥 부려 먹을 수는 없었던 것이다.

마을 유지인 정 진사댁의 큰아들이 서울로 유학을 갔다가 돌아왔다. 얼마 후 어떤 여자가 열세 살쯤 되는 딸을 데리고 찾아와 정 진사댁에 맡겨 놓고 떠나갔다. 정 진사댁 큰며느리는 시아버지가 결정한 일이라 반대하지 못하고 억지로 그 여자아이를 떠맡았다. 그녀는 아랫사람들에게 입단속을 단단히 할 것을 주문했다.

하지만 정 진사댁에 소작쌀을 바치러 온 마을 사람 몇몇이 그 여자아이를 보고 수군거렸다.

"갸, 정 진사 큰아들과 이목구비가 빼닮았구만!"

콧대가 높고 눈망울이 큼직한 게 정 진사 핏줄의 내력이었다. 정 진사도 아름다운 그 계집애를 빤히 쳐다보며 미소를 지었다. 정 진사댁 큰며느리의 눈에서는 불꽃이 튀었다.

"쓸데없는 소리들 하지 마소!"

큰며느리는 서슬이 퍼래서 여자아이를 보면 삿대질을 했다.

"네 에미를 닮아서 근본도 모르는 핏줄 아니냐?"

큰며느리가 앙앙거리자 정 진사는 뒷짐을 지고 으흠, 으흠 기침소리만 낼 뿐 입을 다물었다. 외지 여자가 두고 간 딸은 천덕꾸러기로 전락했는데, 그 아이가 '선이'였다.

자연스레 마을 사람들 사이에 뒷담화가 오고 갔다.

"술집 여자 몸에서 태어났건 사당패 춤꾼 사타구니에서 흘러나왔건 선이는 엄연한 양반집 자손 아닝가?"

"선이를 핵교에도 보내 잖고 종년처럼 부려 먹으니 마른하늘에 베락 맞을 짓이라!"

"정 진사댁 큰메누리, 독한 사람이제?"

"독하기만 할까? 소갈머리도 줍지. 제 자식을 봐서도 그러면 못 쓴다고!"

온갖 소리가 들려도 모른 척하고 큰며느리는 선이에게 궂은일을 시키며 부엌데기로 부렸다. 선이를 혹독하게 부리면서 남편 외도에 복수를 했다. 남편이 그런 선이에게 안타까운 눈빛을 보이면 쾌재를 불렀고, 남편 앞에서 학대를 일삼았다. 마침 일손도 부족했으므로 부릴 핑계가 생겨서 좋았다. 질투심과 선이를 받아들인 시부모를 향한 반항심도 한몫했던 것이다.

정 진사댁 마님 입장에선 친손녀가 분명한 선이를 며느리가 심하게 부리는 것이 마뜩찮았지만 대놓고 역성을 들기도 어려웠다. 그러나 언제까지 며느리의 패악질을 어린것이 견디도록 내버려 둘 순 없었다. 좋은 총각에게 시집보내 편하게 살게 해 주고 싶었다. 아무리 아들이 잘못을 저질렀어도 이 집안 손이 아닌가.

며느리의 심술에서 선이를 해방시켜 주고 싶었다. 무엇보다도 눈엣가시인 선이 문제를 해결함으로써 아들 입지도 나아질 거라 기대했다. 그즈음 옥동과 선이가 정분이 났다는 소문이 온 동리에 퍼졌다. 선이가 열일곱 되던 해이다. 이쯤이면 그들이 결혼하도록 누군가 주선해야 했다.

정 진사댁 마님은 옥동이 선이를 좋아한다는 눈치를 알아채고 옥동을 조용히 불렀다.

"이름이 옥동(玉童)인 걸 보니 자네 부모님이 옥동자처럼 귀하게 키우고 싶었나 보이."

"귀하기는유. 이렇게 천하게 살고 있는 걸유."

"자네 부지런함이 마음에 들어 하는 말인데 우리 선이가 어떤가?"

직접 대놓고 물었다.

"제 목숨보다 더 아끼겠어유."

옥동의 껌벅거리는 눈은 물기로 젖었다.

그 며칠 후인 초겨울 오후, 옥동은 산에서 나무를 한 짐 가득 지게에 지고 내려오다가 선이를 만났다. 그녀는 개울에서 빨래를 해 오는 길인지 머리 위에 커다란 질자배기를 이고 있었다. 옥동은 그녀의 빨간 손에 눈길이 갔다. 이 추운 날씨에 얼어붙은 개울에서 빨래를 했으니 얼마나 손이 시릴까 생각하니 자신의 손이 시린 것 같았다.

"손 시렵지 않아? 아직 날 풀리려면 멀었는데… 얼음물이 찰 텐데….."

옥동은 선이에게 불쑥 다가가 그렇게 말했다. 선이는 화들짝 놀라면서도 싫지 않은 듯 방긋 웃었다. 한쪽 손을 내려 입김으로 불면서 옥동에게 아는 체를 했다.

"내 걱정 말어! 그 나뭇짐이 다 뭐야? 산더미만 하네. 나뭇짐이 움직이는 것 같아. 미련하긴!"

선이의 말에 옥동은 코끝이 찡해지며 눈물이 났다. 처음으로 자신을 위하는 말을 들은 것이다. 쉴 틈도 없이, 끝없이 일만 하기를 바라는 주인에게 밉보이지 않으려고 애썼던 것이다. 살아오면서 깨달은 것은

마이너리그　59

자신이 몸을 아끼지 않고 최선을 다하는 것만이 살길이었다. 옥동은 지게를 내려놓고 선이의 손을 쳐다보며 물었다.

"진짜 손 시렵지 않아? 진짜루?"

"왜 자꾸 물어? 괜찮대두."

선이가 하얀 이를 드러내며 활짝 웃었다.

옥동은 선이의 빨간 손을 잡고 열이 나도록 비벼 주고 싶었지만 벌건 대낮이라 차마 그러지는 못했다. 선이의 땋은 머리가 장마철 들풀처럼 엉켜 있었다. 머리를 빗을 새도 없이 바빴던 모양이다. 저 머리를 곱게 빗겨 주고 싶었다.

"저녁에 들러."

옥동은 잠시 내려놓았던 나뭇지게를 다시 지면서 선이에게 말했다. 밤에 만나자는 신호였다. 동리 중간쯤 길 옆, 밭 가운데 상여집이 있었다. 외져서 인적이 드문 곳이다. 혼인 말이 있고부터 그곳이 옥동과 선이의 밀회 장소가 되었다.

마을 사람들은 선이가 서출만 아니면 옥동에겐 가당치도 않은 규수감이라 수군거렸다. 청년, 유부남 할 것 없이 모든 젊은 남정네들이 옥동을 부러워하기는 이번이 처음이었다.

"옥동이 녀석이 언감생심 감히 쳐다볼 엄두도 못 낼 처녀 아닌감?"

"예쁜 선이가 아깝구만! 아까워!"

"그누마, 부러워 죽겠네!"

동리 젊은 놈들이 색시가 예쁘다고 장가를 잘 갔다고 부러워했다. 선이를 아내로 맞은 옥동은 이 세상을 다 얻은 것처럼 행복했다.

"어이 옥동이! 입 찢어지겠어."

"입이 귀에 걸렸군."

마을 청년들의 농담 반, 덕담 반 발언에 옥동은 그저 웃기만 했다. 길에서 만난 정 진사의 막내아들 정진국이 이죽거리며 한마디 던졌다.

"예쁜 색시 조심하게. 도둑맞을지 모르니…."

옥동은 울화가 치밀어 올랐으나 마음속으로만 중얼거렸다. '제 애비는 양반만 찾는데 이놈은 제 조카일지도 모르는 선이에게 껄떡대는 꼴이라니… 상놈도 감히 그런 욕심은 못 부릴 거다.' 옥동은 숨을 고른 다음 낮고 단호한 음성으로 대꾸하였다.

"진국이 양반. 말 가려서 하시게유. 남의 일에 참견하지 말구유."

선이는 천진한 면이 있고 인사성도 밝았다. 동리사람들은 싹싹한 선이를 모두 예뻐했다. 선이가 그 집을 벗어나려고 머슴인 데다가 못생겼어도 옥동을 택했을 것이라는 추측이 난무했다. 어머니는 옥동의 역성을 들었다.

"제 계집 고생 안 시키면 되는 것이지 무슨 말들이 많으냐."

옥동이 누구보다도 훌륭한 신랑감이라고 두둔했다. 옥동의 성실함도 온 동네 소문난 처지이다 보니 걸맞은 천생연분이라고 했다.

옥동이 결혼하려면 살림을 차릴 곳이 마땅치 않다는 소식을 듣고 부모님은 옥동에게 거처할 자리를 마련하는 데 앞장을 섰다. 아버지는 아래채 헛간을 개조해서 신혼방을 마련해 주었다. 출입구도 따로 내고 둘만의 오붓한 보금자리를 갖도록 배려했다. 어머니는 간단한 살림도구도 챙겨 주고, 제 것이 있어야 희망이 생기고 열심히 살아갈 수 있다고 격려했다. 둘은 우리와 함께 살게 된 한가족이었다. 어머니는 시동생 장가들인 기분이라며 웃었다.

아버지는 그동안 봐 온 옥동의 성실함을 인정하고 소작할 수 있는 땅도 빌려주었다. 옥동은 은혜에 보답한다고 머리를 조아렸다. 소작이지만 땅을 가질 수 있어 행복했다. 선이와 결혼한 이상 서둘러 돈을 벌어야 했다. 선이가 자신에게 시집온 것을 후회하지 않도록 안정적인 생활을 제공하는 일이 급선무였다. 선이를 행복하게 해 주어야 한다는 강박감으로 밤낮으로 밭에 엎드려 살았다.

정 진사댁에서 새경조로 받은 산비탈 따비밭이 장맛비에 휩쓸려 자갈밭으로 변했다. 틈틈이 자갈밭의 돌을 골라내 옥토로 만들어야 했다. 자갈을 치우고 있는 옥동에게 선이가 점심을 날라 왔다. 그때 갑자기 시커먼 구름이 몰려왔다. 소나기가 쏟아질 기세였다. 급한 김에 둘은 상엿집으로 몸을 피했다.

"우리 여기서 쉬어 가자."

그곳은 무서운 귀신이 난무한다던 곳이었다. 그런데 안으로 들어가자 의외로 마음이 편안했다.

"죽은 사람이 보고 있는 것 같애."

"처음도 아닌데 뭘."

옥동은 옆에 세워져 있던 멍석을 바닥에 깔면서 웃었다. 그는 귀까지 발개진 선이를 바라보고 있다가 다가갔다. 새벽부터 밤까지 일하느라 아내와 밤일을 할 새도 없었다.

처음 선이와 이곳을 드나들 때였다. 동리 사람들은 옥동이 듣도록 커다란 소리로 지껄였다. 공공연한 비밀이었던 것이다.

"세상이 말세가 되려는지 귀신도 그 짓들을 하는 모양이여. 허허."

"에끼. 싱거운 사람을 봤나."

"바람난 사람 짓이겠지 누군지 뻔하잖아?"

선이는 웃기를 잘했다. 겨드랑 근처만 가도 미리 자지러지게 웃었다. 그 모습이 귀여워 옥동이 간지럼 태우는 척 시늉만 해도 목을 움츠리고 까르르 소리 내어 웃었다.

방공호

작은아버지는 할아버지가 후취로 들인 부인의 큰아들이었다. 후취 할머니는 자신이 낳은 아들이 이 집 장손이라고 '장호'라고 이름 지었다. 작은아버지(이장호)는 결혼해서 우리 이웃에 살았고, 삼촌(이태호)은 군대에 가 있었고, 막내딸인 고모(이창희)는 작은아버지가 돌보고 있었다. 아버지는 호적상 장남이지만 결혼과 동시에 분가했다. 전쟁이 나자 읍내에서 살던 할머니는 작은아버지 집으로 피신해 있었다.

작은아버지 가족이 할머니를 데리고 우리 집으로 들이닥쳤다. 작은아버지는 숨을 헐떡이며 말했다.

"헛간에 숨어 있다가 궁리해 보니 총알받이가 될 것 같았습니다. 형님과 있으면 덜 무서울 것 같아서 왔어요."

아버지는 작은아버지의 손을 끌며 대답했다.

"잘 왔어! 가족끼리 함께 있을 수 있으니 얼마나 다행이냐!"

아버지는 할머니를 비롯해 작은아버지 가족을 방공호 안으로 밀어 넣었다. 무슨 이유인지 창희 고모는 보이지 않았다.

"창희는?"

아버지의 물음에 할머니는 한숨을 쉬며 친구와 같이 피신한다고 해서 함께 올 수 없었다고 했다. 다섯 사람도 겨우 지낼 좁은 공간에 할머니와 작은집 식구까지 합쳐서 9명이 들어앉으니 발을 뻗을 공간도 없어 포개 앉아야 할 판이 되었다. 어른은 5명이고 아이는 젖먹이 여동생을 포함해서 4명이었다. 언제까지 계속될지 모르는 방공호 생활이 시작되었다.

저녁이 되자 방공호 입구에서 들어오던 빛이 사라졌다. 옆에 있는 사람도 분간할 수 없는 칠흑 같은 어둠이 덮쳤다. 어른들의 심각한 표정에 겁을 먹고 잠잠하던 아이들이 시간이 지나자 긴장이 풀렸는지 나대기 시작한다. 한시도 가만있지를 못하고 들로 뛰어다니던 아이들이 아닌가. 사촌들과 앉아 있는 것이 색다른 체험이라 재미있어 한다. 키득거리며 다정하게 지내던 아이들이 툭탁거린다. 누군가 뒤척이다가 다리를 찼다는 것이다.

"아무리 철없는 애들이라고 해도 지금 싸움질 할 때냐?"

작은아버지의 속삭임은 단호했다.

전쟁이라는 무서운 공포로 방공호 안에 몰아넣었지만 큰소리치며 매를 들어도 잘 안 듣던 아이들이 조용히 속삭이는 소리에 말을 들을 리 없었다. 개구쟁이라서 그런지 서로 지기 싫어서인지 여섯 살 동갑내기인 동생 수동과 사촌동생 수철은 사사건건 부딪쳤다. 처음만 조용하다가 또다시 싸움이다. 어른들이 쉿! 입술에 손을 대고 주의를 주지만 소용이 없었다.

방공호 안에서 지켜야 할 규칙이 저절로 정해졌는데 다음과 같았다.

1. 적에게 들키지 않으려면 조용해야 한다.
2. 누구를 불문하고 지키지 않을 때는 곧 제재를 가한다.
3. 이 모든 것은 우리의 생명을 지키기 위한 것이다.

아이들을 안쪽으로 밀어 넣고 작은아버지 내외가 아이들 감독을 맡았다. 방공호 안은 좁은 공간이라 숨 쉬기조차 어려웠다. 공기가 점점 탁해졌다. 거적문을 들척일 때마다 후끈한 공기라도 마실 수 있기는 했다. 첫날은 어머니가 집 뒷문을 드나들며 감자를 삶아 와서 겨우 저녁을 해결했다. 어둠 속에서 모기들이 윙윙거리며 날아다녔는데 손을 휘저으면서 견뎌 내야 했다.

다음날 아침 방공호 안이 시끌벅적했다. 여기저기서 오줌 마렵다고, 응가를 할 것 같다고 칭얼댄다. 사촌이 앉아 있는 자리에서 구린내가 진동했다.

"범인이 너지?"

"나는 아냐."

여기저기서 킥킥, 웃음이 터져 나왔다.

"시끄러워! 이것들이 여기가 놀이턴 줄 알아?"

옆에 있던 작은아버지가 아들 수철의 머리를 쥐어박았다.

수철은 자신은 웃지도 장난도 안 쳤는데 시끄럽다고 혼자 뒤집어쓴 것이 억울하다고 씩씩거리며 옆에 있는 수동을 때리자, 수동은 아프다며 앙, 울음을 터트린다. 쉿! 내가 급히 동생 수동의 입을 틀어막는다.

어른들은 아이들에게 벌주는 방법을 달리했다. 머리통에 꿀밤을 먹이거나 팔뚝이나 다리 어디든 집히는 대로 꼬집는 것이다. 동갑내기들의 싸움질은 끝도 없다. 자리다툼을 하다가 작은아버지에게 두 놈 다 꼬집혔다. 이번에는 수동이 수철에게 툭탁거리기 시작한다. 억울하다는 것이다. 나는 불똥이 내게로 튀길까 봐 몸을 잔뜩 오그린다. 이번에는 수철이가 반격했다.

작은아버지가 그냥 두고 볼 리 없다. 두 녀석을 동시에 꼬집었다. 수동은 팔뚝을, 수철은 귀를 싸잡고 죽는 시늉을 했다. 꼬집힌 곳을 잡고 쩔쩔매는 찡그린 얼굴을 보자 웃음이 터지려고 한다. 개구쟁이 동생들은 아파서 쩔쩔매는데 나는 왜 웃음이 나오는지, 참을 수 없어 죽을 지경이다. 손으로 입을 틀어막았지만 참을 수 없었다. 킬킬거리다가 들킬 것 같아 입술을 깨물고 다리 사이로 고개를 파묻었다.

"어이구!"

수동이가 코를 쥐고 얼굴을 찡그렸다. 작은아버지 쪽에서 뿌으응, 소리가 났던 것이다. 참다가 나온 소리였는데 화생방 가스 수준이었다. 아이들은 코를 움켜쥐면서도 팽팽한 공기를 뒤흔들어 놓았다. 이 상황에서 웃으면 안 된다는 것을 알고 있다. 기를 쓰고 웃음을 참아 보려 했지만 웃음 바이러스가 번져 참을 수가 없다. 작은아버지도 멋쩍었는지 킁킁, 헛기침을 내뱉었다. 여기저기서 낄낄 웃음이 터져 나온다.

'웃음이 나오는 걸 어떻게 해!'

한바탕 웃음은 적에게 들킬 두려움도 잊게 만들었다. 작은아버지의 방귀 사건은 해프닝으로 끝났다. 하지만 아이들이 그런 짓을 저질렀다면 어떻게 되었을까. 앞으로 밥을 먹지 말라는 둥 시끄러운 일이 벌어질지도 몰랐다.

작은아버지는 무법자인가? 법의 수호자인가? 할머니도 작은아버지에게 당한 적이 있다. 발이 엉켜서 누구 다리인지 모르고 바짝 비틀었던 것이다. 할머니는 아얏, 외마디 비명을 지르려다 말고 낮은 소리로 '작작 좀 해라'하고 불평했다.

논바닥에 마련한 방공호 안은 비가 내리지 않아도 바닥에서 습기가 올라왔다. 천정, 벽, 바닥이 축축했고 물기가 깔고 앉은 멍석을 적셨다. 그 와중에 수동이 뒤가 마렵다고 한다. 거적때기를 뒤집어씌워 밖으로 내몰았다. 함부로 돌아다니다가 들킬 염려가 있었기 때문이다. 잠시 후 들어온 수동에게서 구린내가 진동했다. 누군가 볼일 본 것을 밟고 들어온 것이다. 아! 비명소리와 함께 갑자기 방공호 안이 지옥으로 변했다. 얼른 거적문을 열고 똥냄새를 달고 온 동생 신발을 밖으로 던져 버렸다. 오물냄새가 진동하는 비좁은 공간, 이 안에서 생활하는 게 언제쯤 끝날지 알 수 없다.

어둑한 공간에 거적문을 여닫을 때 들어오는 빛으로 시간을 감지한다. 밤이 되자 동생들이 조용해졌다. 밖에는 별이 떴을 것이다.

거적문 쪽에는 밖의 동향을 살피는 아버지와 아홉 식구가 먹을 양식을 조달해야 하는 어머니가 앉아 있다.

어머니는 어둠을 틈타 살그머니 밭에서 딴 오이나 참외를 방공호 안으로 넣어 주면서 식구들 먹을거리를 챙겼다. 나는 엄마가 걱정이었다. 혹시 총을 맞으면 어떡하지? 어머니는 아이들을 굶길 수 없다고 방공호에 앉아 있는 시간보다 밖에 있는 시간이 더 많았다. 몰래 마당가에 있는 채마밭으로 숨어들어 오이와 감자, 참외 등을 끊이지 않고 조달했다. 엄마라고 무섭지 않을 리 없겠지만 누군가 한 사람쯤은 희생을 각오해야 한다며 설마하니 총알이 쫓아올 리가 있겠느냐고 가족을 안심시켰다.

아버지와 어머니는 온갖 위험을 무릅쓰고 견디면서 그들에게 안식처를 제공했다. 작은아버지는 가만히 앉아서 어머니가 가져온 음식을 먹으면서 형수에게 불평했다.

"좀 들락거리지 않을 수 없어요? 밖에서 형수님이 얼쩡대는 것을 보고 빨갱이가 쫓아오면 우린 몰살이에요."

가마니에 흙으로 얇게 덮은 방공호가 적에게 들키는 것은 시간문제라는 거였다. 그들이 총대로 쑥쑥 몇 번 찔러보면 금방 탄로가 난다고 걱정했다. 그러나 어떡하랴. 밥을 먹어야 살고, 먹으면 배설도 당연한 일. 모두가 생존에 필요한 것들이다. 적에게 맞아 죽는 것이나 굶어 죽는 것이나 모두 다 목숨과 연결된 것이다.

첫사랑

해가 진 것은 이미 오래전이었다. 낮에 잔 탓인지 잠이 오지 않는다. 공상은 날개를 달고 날아오른다. 굳이 슬픈 표정으로 앉아 있을 필요가 없다는 생각이 든다. 누가 내 머릿속을 들여다볼 것도 아니니 무슨 생각을 해도 내 자유다. 나는 안네 프랑크처럼 일기도 쓰지 않았다. 하지만 전쟁이 끝난다면 지금의 상황을 어떻게 기억할까?

만약 살아남는다면 그때 슬펐다고 해야 할까? 아니면 추억이라고 해야 할까? 당장 죽을 것이라는 걱정은 들지 않는다. 자유를 만끽하고 선생님을 만나고 남학생을 좋아할 수 있다면. 환희와 같이 있다면 행복할 것 같다.

이번 사태로 환희가 서울에서 아버지 집으로 내려왔을 것 같다. 김환희는 이웃 마을 김동혁 씨 아들이다. 처음으로 부끄러움을 느낀 사람이다. 그는 나보다 4년 위 선배이다. 잘 생긴 데다가 키도 크고 매력적이다. 성실하고 영리해 보이는 눈과 오똑한 코, 무엇보다도 입술 양쪽에 보조개를 짓고 웃는 모습은 여자 마음을 끌어들이는 힘이 있다. 영리한 눈이라고 하지만 웃지 않을 땐 무섭도록 빛이 났다. 환희는 잘 있을까.

초등학교 4학년 여름이었다. 온몸에 힘이 빠지더니 오슬오슬 추워졌다. 고열이 오르기 직전 증상이다. 말라리아에 걸린 것이다. 점점 고조되는 추위와 통증이 몸 어디서부터 시작되는지 모른다. 몇 번의 통증을 경험한 나를 시작부터 질리게 한다. 하루 걸러서 고열이 나기 때문에 말라리아를 '하루거리 병'이라고 부른다.

자정이 되면 어김없이 서서히 열이 없어진다. 그것을 여섯 번째 넘어가는 중이었다. 횟수를 거듭하면서 하루거리 고열은 날마다로 바뀌었다. 금계랍(키니네)이라는 노란 알약을 먹어도 낫지 않았다.

일곱 번째는 마침내 처음으로 학교에 결석했다. 며칠째 아무것도 먹지 못하고 고열에 시달리니 생각이 날아가 버린 것 같았다. 팔다리를 움직일 수조차 없는 낯선 세계에 처박혀 움쩍도 못하고 있었다. 모든

게 하얗게 보였고 정신을 잃었다. 어렴풋 정신이 들었다. 통증은 사라
졌지만 공포심은 그대로 남아 있었다. 세상이 빙글빙글 돌았다. 무서
웠다. 어제인지 오늘인지 모르는 꿈속 같고 시간의 개념이 없어졌다.

딸이 '하루거리 병'에 걸려서 낫지 않는다고 아버지가 걱정하자 윗골
에 사는 홍 씨 아저씨가 특별한 처방을 내놓았다.

"환자를 무섭게 하거나 놀라게 하면 병이 싹 달아난다네. 그렇게 해
서 우리 동네 칠성이도 병이 싹 나았구먼."

홍 씨는 그 방법이 최고라며 권유했다.

아침도 먹기 전에 마당에 멍석이 깔리고 왁자지껄하는 소리가 들려
온다. 나는 겁먹은 눈으로 어머니를 쳐다본다. 그때 어머니는 고개만
끄덕인다.

외양간에서 끌려나온 암소는 마당에 줄줄이 똥으로 줄을 긋고 서서
대기상태였다. 아버지가 나를 끌어안아 멍석에 눕힌다. 제멋대로 늘어
진 팔다리도 가지런히 해 놓는다. 환자를 눕히고 소가 타 넘어가게 하
는 방법으로 결론 낸 것이다. 나는 죄를 지은 일도 없는데 멍석말이를
당할 모양이었다. 이내 몸은 멍석에 둘둘 말리고, 그 멍석 안에서 나는
떨면서 눈을 감았다. 코끼리만 한 소가 나를 밟는다면… 나는 그대로
문드러지고 말 것이다.

먼저 키우던 사나운 황소가 아니니 그나마 다행이다. 하지만 끌려 나
온 암소도 그때 황소만큼 크다. 저토록 커다란 소가 내 몸을 짓밟는다
면 나는 그길로 끝이리라. 멍석에 말린 채 눈을 질끈 감았다. 얼마나
시간이 지났을까. 소가 내 몸을 타넘어 지나갔을까 하고 살짝 눈을 떴
을 때 걱정스러워하는 어떤 눈이, 겁먹은 내 눈과 마주쳤다.

이웃 마을 오빠 김환희였다. 함께 학교에 가려고 들렀다가 내 모습을 본 것이다. 창피해서 죽고 싶었다. 소는 밭으로 나갔는지 보이지 않고, 나는 풀려났다. 마주친 눈이 부끄러워 비척거리며 책보를 들고 일어섰다.

"오늘은 그대로 있어. 그러다가 쓰러지겠다."

엄마가 그렇게 말했고, 옆에 있던 환희도 학교에 갔다 와서 숙제를 봐주겠다고 했다.

그렇게 달라붙어 떨어질 것 같지 않던 말라리아 열병이 금계랍(키니네) 덕분인지 멍석말이 덕분인지 사라졌다. 아프고 난 후유증 때문에 머릿속에서 뇌가 덜그럭거리며 소리가 나는 것 같았다.

며칠 후 학교에 가려고 책보자기를 들고 집을 나왔을 때 사립문 앞에서 기다리던 환희가 웃으며 이렇게 말했다.

"이젠 아프지 마. 내가 더 아픈 것 같애."

환희가 같은 하늘 아래 있다는 그 자체만으로 태양도, 하늘빛도, 공기도 달라진다. 온 세상은 빛으로 출렁였다. 그를 만난다는 예감이 온몸으로 퍼져서 상상의 날개를 달고 창공을 날고 있다. 환희는 새 학년이 시작되자 서울로 떠났다. 그가 상급학교에 진학하고 곁을 떠난 후 나는 이유를 알 수 없는 고독에 사로잡혀 있었다. 그가 어린 나를 기억해 줄까, 하는 두려움이 섞인 걱정도 들어 있었다. 환희에 대한 채워지지 않는 갈증에서 변질된 고독이었는지 모른다.

첫사랑, 아니 짝사랑 환희의 존재가 보인다. 꿈을 꾼 것은 어젯밤이었다. 환희가 피투성이가 되어 웃고 있었다. 사람이 어떻게 피투성이가 된 채 웃을 수 있는지. 그와의 순탄치 않은 앞날을 예고한 것 같았다. 사춘기 시작은 부끄러움을 안 무렵이었던 것이다.

머리를 빗다가 거울을 비춰 봤더니 동그란 코가 마음에 들지 않았고, 환희가 내게서 마음이 떠난다면 코 때문이란 생각을 했었다. 한편 내게 쏟아지던 눈길, 웃던 눈웃음, 환희 모습은 잊을 수가 없다. 그를 만나면 그동안 그에 대한 그리움을 시로 적은 것을 보여 주리라! 그러나 그 소망은 이루어지지 않았다. 내 마음을 진실하고 고급스럽게 표현할 능력이 없었고, 혹 밤새 적어 놓은 것을 아침에 읽어 보면 유치해서 찢어 버릴 수밖에 없었다. 그래도 다시 써서 가슴에 담아 두었다.

주위엔 기척이 없다. 혼자 공상하기 좋은 시간이다. 환희는 잘 있을까? 그와 함께 앉아 있다면 이곳이 불행한 곳이 아니라 행복한 곳으로 바뀔 것 같다. 환희도 나처럼 숨어 있을까? 화장실에도 가지 않을 것 같은 환희에게 속물적인 상상은 저급하다.

내 첫사랑인 그는 절대로 머리를 숙여서는 안 되는 사람이다. 그는 훤칠한 키에 떡 벌어진 어깨, 꽃미남 같은 얼굴을 가졌다. 고뇌에 찬 표정을 하고 있으면 보기만 해도 숨이 막혔다. 평소에는 조용했으나 이야기할 때면 눈에 웃음기가 돌았다. 그는 언제나 내 앞에 우뚝 서 있어야 한다.

아버지는 소 걱정뿐이다.

"아무리 말 못하는 짐승이지만 녀석도 무서웠을 거야!"

아버지는 한밤중에 방공호를 나가서 소가 놀랄까 봐 외양간을 멍석으로 가려 놓고 여물을 듬뿍 넣어 두었다. 소도 겁을 먹었는지 쥐 죽은 듯 새김질만 했다. 새로 태어난 송아지만 들뛰고 있다. 아버지는 송아지가 밖으로 뛰쳐나가는 것을 막으려고 가마니로 외양간 문을 여며 놓았다.

밤인지 낮인지 시간을 구분할 수 없고, 먹고 나서 자고 또 잤다. 이젠 잠자는 것도 지겨워졌다. 귓가를 울리던, 방향도 모르는 따다닥, 따다닥거리던 따발총소리도 겨우 멎었다.

영원처럼 느껴졌던 방공호 안에서의 시간은 사흘에 불과했지만 몇 년이 흐른 것 같은 느낌이었다. 아버지는 소를 돌봐야 했고 어머니는 우리에게 음식을 장만해야 했다. 부모님이 방공호에 앉아 있는 시간보다 밖에 있는 시간이 잦아지더니 이젠 집 안으로 들어가야겠다고 했다.

밖이 조용해지자 우리는 밖으로 나갔다. 세상은 변하지 않았고 아무렇지도 않은 그대로였다. 인민군 구경도 못한 전쟁…. 인민군은 이 마을을 건너뛰어 남으로 내려간 것이다. 멀리서 들리는 포성도 일상이 되었는지 들을 만했다. 작은집에서 온 다섯 식구도 떠났다.

새벽 논에 다녀오신 아버지는 외양간부터 살폈다. 열심히 새김질하던 어미 소는 새끼 송아지가 머리로 배를 받아칠 때마다 그윽한 눈길로 바라보며 핥아 준다. 어머니는 심난하다며 국이 없는 밥상을 차려 왔는데 아버지는 몇 숟가락 뜨다 말고 일할 맛이 안 난다고 했다. 그때 사립문 앞에서 누군가 손짓해서 나가 보니 미자 언니였다.

"수미야, 학교에 가 보지 않을래? 궁금하잖아."

나도 인민군이 궁금했다. 어떻게 생겼는지 어디가 빨갛게 물들었는지 궁금했는데 확인하고 싶었다.

학교 운동장은 조용하고 넓었다. 선생님들과 학생들은 어디로 갔는지 보이지 않았다. 국기 게양대에 처음 보는 빨간색 바탕에 중앙에 별이 있는 깃발이 높이 달려 있었다. 저것이 바로 인공기구나! 생각하자 겁이 나서 보지 말아야 할 것을 본 것처럼 움찔했다. 확성기에서는 장엄한 애국가 대신 경쾌한 멜로디가 흘러나오고 있었다.

'아침은 빛나라 이 강산, 은금의 자원도 가득한….'

가사도 또렷이 들렸다.

운동장에 나온 한 남학생이 옆으로 다가와서 얼굴을 찡그리며 아쉽다고 투덜거렸다.

"탱크 구경하려 했는데… 탱크는 어디 가고 없네?"

선생님이 아닌 처음 보는 아저씨가 걸어오더니 대답했다.

"탱크는 벌써 남쪽으로 내려갔어!"

그는 나, 미자 언니, 남학생을 두루 쳐다보며 말했다.

"너희들, 내일부터 학교에 나와. 알겠지?"

유토피아

1950년 7월

    옥동 내외도 방공호를 파고 그 속에서 지냈다. 닷새쯤 지났을까. 입구 쪽에서 발자국 소리가 들려왔다. 옥동은 귀를 쫑긋 세우고 긴장했다. 틈새로 낯선 군화가 멈췄다.

    "김옥동 씨."

    남정네 굵은 목소리가 들리기에 옥동과 선이는 얼싸안았다. 선이가 불안한 눈을 굴리며 옥동을 바라보았다.

    "무서워, 같이 있어야 해."

    옥동은 그렇게 속삭이는 선이의 등을 토닥이며 억지로 웃어 보였다. 군인처럼 당당한 목소리의 임자가 빨리 떠오르지 않았지만 자세히 들어보니 김동혁이었다.

    "옥동이, 이 사람아 날세."

가마니를 들치고 밖으로 고개를 내밀었다. 김동혁이 서 있었다. 어떻게 알았을까? 내가 이곳에 방공호를 만들었는지 아는 사람은 없었다. 그러나 이웃이기에 안심했다. 평소 자신에게 연민의 시선으로 따뜻한 말을 건네던 유일한 사람이었다. 그런데 같은 농사꾼인 줄 알았는데 그가 어깨에 붉은 완장을 차고 있었다.

"김환희 아버지야."

옥동은 선이의 손을 뜯어내며 일어섰다. 정 진사댁 머슴을 살 때 김동혁이 자신을 위로했다.

"옥동이, 주야장천 입에서 단내가 나도록 일을 하다니… 고생 많네! 세상 모든 사람은 평등하다네. 양반도 상놈도 다 같은 인간이여. 상놈도 평등하게 대접받는 세상이 올 거여! 그때까지 참고 기다리게!"

"정말유?"

"그런 세상이 오지 않는다면 우리 손으로 만들면 되지! 우리가 할 일은 그런 세상을 만드는 것이여!"

그것은 충격이었다. 어떻게 그런 일이 가능할까? 믿기지 않았다. 빈말일지라도 그걸 들으니 막힌 가슴에 한 줄기 시원한 바람이 지나갔다. 잠시라도 앞길을 열어 주는 빛살 같은 말이었다. 미륵이 다스리는 세상이 오면 태평천하가 될 것이라는 말을 들어봤다. 하지만 그건 고달픈 거지 인생에게 희망일 뿐 자신과는 무관하다고 생각해 왔다.

"옥동이! 내가 말하던 바로 그 새로운 세상이 왔네! 우리 함께 일해 봄세!"

김동혁의 얼굴은 활기로 빛이 났다. 이승만 정부를 미국 놈 앞잡이라고 비난하기는 했어도 그가 빨갱이가 될 줄은 짐작도 못한 일이다. 언젠가 김동혁이 본관을 묻기에 얼떨결에 김해 김 씨라고 대답했다. 사실 옥동이는 자기 성씨가 무엇인지 몰랐다. 김동혁이 김해 김 씨라 말한 것이 기억나 자기도 김해 김 씨라 말했던 것이다.

"자네와 나는 같은 종씨이기도 하지만 자네가 워낙 심성이 착해서 오랫동안 지켜봤다네. 자네는 인민공화국에 꼭 필요한 사람이야!"

완장을 찬 김동혁은 허리에 양손을 얹고 당당하게 말했다.

"나같이 무지렁이가 얻다 쓸 일이 있을라구요? 높은 사람들이 수두룩헐 텐데….."

"전에도 말했지만 사람은 누구나 평등하다네! 노동자의 피를 갈취한 악덕 지주의 땅은 농토가 없는 소작농에게 균등하게 배분될 걸세!"

모 한 포기 심을 땅도 없는 옥동은 땅을 갖는 것이 소망이었다. 땅은 농사꾼에게 생명줄이었다. 그러나 먹고 살기도 바쁜데 땅에 대한 소망은 가질 수 없는 허망이었다.

옥동은 자신의 처지를 생각해 보았다. 눈만 뜨면 새벽부터 일거리가 산더미처럼 쌓여 있었다. 고달픈 삶을 한탄하고 투덜거리기도 했지만 동아줄에 매인 것처럼 한 발자국도 동리 밖으로 벗어날 수 없음을 알고 있다. 도망친들 어디로 갈 것이며, 어딘들 편안히 살 곳이 있겠는가. 새벽부터 노동으로 시작해서 노동으로 끝난다. 그리고 내일의 노동이 기다리고 있다.

나의 하루는 들판에서 시작한다. 주인이 원하는 일을 해내려면 새벽 별을 보고 일어나 달빛을 볼 때까지 들에 있어도 끝이 나지 않는다.

날이 밝기 전에 한 짐 풀을 베어다 놓고 아침을 먹는다. 뿌연 안개가 풀숲을 가려서 어림짐작으로 풀을 벴다. 지게에 얹은 바소쿠리에 가득 채워 돌아가려고 급히 낫을 휘둘렀다. 풀잎에 이슬을 헤치며 열심히 꼴을 베다가 뱀 꼬리를 잘랐다. 독사가 갑자기 덤벼들어서 종아리를 물렸다. 다리를 질뚝거리며 달려온 내게 주인마님이 종아리에 된장을 바르고 넓적다리를 댓님으로 꽁꽁 묶어 주었다.

"미련하긴! 조심했어야지. 새벽 풀숲에 뱀이 나온다는 것도 몰라?"

정 진사댁 마님은 근심과 짜증 어린 눈으로 흘기며 혀를 끌끌 찼다. 그래도 마님이 손수 그렇게 응급처치를 해 주니 나는 감격해서 눈물을 흘릴 뻔했다. 외로운 자신을 걱정해 주는 마님이 고마웠다.

"내일 모를 내야 하는데 어떡하지? 저 화상이 저러고 있으니…."

정 진사는 독사에 물려 고생하는 나에게 위로를 하기는커녕 이렇게 투덜댔다.

"내일 모내기에 옥동이 저놈이 앞장서지 않으면 품삯으로 온 놈들은 설렁설렁 눈치나 보고 게으름을 피울 것 아닌가!"

정 진사는 담뱃대를 뻑뻑 빨며 계속 구시렁거렸다.

나는 정신이 혼미하면서도 내가 모내기 일에 앞장을 서야 실적이 잘 나올 것인데 그렇지 못해 안타까워했다. 일꾼이 다섯 명이면 논 몇 마지기에 모를 심어야 한다는 계산이 나온다. 정 진사가 투덜대는 것은 일꾼을 구할 일이 걱정이고, 당장 품삯을 지불해야 하기 때문에 속이 상했기 때문이리라.

머슴에게 휴식은 몸을 다쳤을 때뿐이다. 밭을 갈다가 사금파리에 발바닥 장심이 잘려 나간 적이 있었다. 발바닥이 입을 쩍 벌리고 있었는데, 그래도 힘줄을 건드리지 않아 다행이라 여겼다. 퉁퉁 부은 다리에

78

염증이 생기는지 쿡쿡 쑤셨다. 방안에 누워 있던 옥동에게 마님이 손수 밥상을 들고 왔다.

"어서 먹어 둬, 상처가 빨리 나으려면 잘 먹어야 하네."

밥그릇 위에 올라앉은 밥이 쏟아질 것 같은 고봉밥엔 쌀까지 섞여 있어 부드러웠다. 거기다가 새우젓 두부찌개도 있었다. 아플 때나 맛보는 성찬이었다. 보리밥과 짠지로 해결되던 밥상이다. 아픈 중에도 배가 고파 단숨에 먹어 치웠다. 그러면 몸이 멀쩡하다는 것이 들통, 아니 증명된 셈이다.

이제 일을 해야 할 차례다. 밥을 먹었으면 일을 해야 하고, 먹으면 안 죽는다고 하는 주인의 험한 눈과 마주쳐야 한다.

잠시 쉬는 사이에 논과 밭에 잡초들이 쑥쑥 머리를 들다가 이젠 아주 자리를 잡을 태세다. 잡초들은 끈질긴 생명력을 가지고 있다. 뿌리를 내리면 곡식은 잡초에게 자리를 내주어야 하고, 스스로 삭아 버린다. 밭농사는 잡초와의 싸움, 시간을 다투는 일이다. 하루면 끝날 일도 시간을 놓치면 호미가 아니라 가래로 메워야 했다.

"우리 자식들이 대학도 무료로 공부할 수 있는 세상이 우리를 기다리고 있다네! 그러기 위해서 우리가 민족해방 운동에 앞장서서 투쟁해야 하네!"

김동혁의 눈빛은 형형했다.

눈에서 쏟아져 나오는 광채가 한낮의 태양을 맞받아도 이겨 낼 기세다. 그가 옥동의 어깨를 토닥여 주자 옥동은 가슴이 뭉클하여 눈물을 쏟을 뻔했다.

몸이 부서지도록 일해도 누구 하나 쉬라는 말을 해 주는 사람도 없었다. 그저 많이 할수록 좋아했다. 기계도 망가질까 봐 걱정하고 소도 아플까 봐 걱정한다.

"소만도 못한 신세가 아닌가!"

끝없는 가난이 기다리는 일생, 뼈가 녹도록 움직여야 하고 죽는 날에야 비로소 노동에서 해방되는 신세…. 상놈으로 천대받으며 양반네 아이에게도 예예, 존대해야 하는 팔자…. 지주 아들로 태어나면 평생 호의호식하고 아비 재산 물려받아 자신도 지주로 떵떵거리며 사는 인간도 수두룩하니….

인간 모두가 평등한 세상을 만들 수만 있다면 기꺼이 협조해야지! 옥동은 하늘을 쳐다보며 혼자 외쳤다.

"나도 그런 평등 사회를 만드는 데 힘을 보태야 하지 않겠나? 사내로 태어나서 그래야 보람 있는 인생 아니겠는가!"

조용하던 마을에선 지각변동보다 더한 사상변동이 일어났다. 한마을 농사꾼이었던 김동혁의 출현은 충격이었다. 칼날처럼 번뜩이는 눈빛과 일자로 다문 입에서 나오는 격한 말들에 목에 걸린 가시처럼 뜨끔했다. 열심히 농사를 지었고 농사꾼 치곤 꽤 똑똑한 편인 인물이긴 했다. 정 씨 집성촌인 이곳 관곡마을 토박이는 아니어도 십수 년간 함께 살아온 이웃이었다. 얼굴에 빨간 색깔은커녕 이상한 흔적도 없고 의심스런 행동도 하지 않았다.

김동혁, 그 사람이 이북에서 숨겨 놓은 조직의 우두머리 간첩이었다니! 동리 사람들은 깜짝 놀랐다. 그의 행적이 부풀려졌는지 김일성이 남한에서 가장 믿는 동지라고 말하는 사람도 있었고, 심지어는 빨치산 지하조직의 총수라고 하는 사람도 있었다.

김동혁의 정체가 알려지면서 소문이 무성했다. 그동안 마을 사람들이 전혀 모르게 김동혁은 밤마다 무전기로 이북과 내통하고 있었다는 것이다. 고정간첩이라고 했다. 집에는 농촌에 어울리지 않게 라디오가 있고 무전기도 갖고 있어서 전방 상황에도 밝다고 했다. 무전기는 마을 사람들이 처음 듣는 말이었다.

서울로 유학시킨 아들 환희가 화근이라는 이야기도 떠돌았다.

"환희 그눔, 고시 공부가 아니라 엉뚱한 빨갱이 공부를 했는지 몰러."

"수상한 게 한두 가지가 아니여. 아들에게서 사상교육을 받았는지 애비가 아들을 교육시켰는지 누가 먼저인지는 알 수 없지."

"높은 학교에 다니는 아들이 애비에게 사상교육을 시켰겠지?"

"애비가 원래 빨갱이여서 아들도 같은 빨갱이로 만들었을 것 아니겠어?"

마을 사람들은 그러나 김동혁 앞에서는 본능적으로 사태의 심각성을 깨닫고 쉬쉬했다. 한때 그의 비위를 건드렸거나 사소한 다툼이 있었던 사람들은 전전긍긍했다.

마을 사람들의 언어도 달라졌다. 진사 어른, 아무개 어르신, 박 서방, 김 서방에서, 성씨에 '동지' 또는 '동무'가 붙은 것이다. 동무라는 말이 우스개처럼 들렸다. 진사동무? 어깨동무? 소꿉동무? 동무라니! 갑자기 어린이 취급을 당한 것 같아 모두들 황당했다.

살벌함 속에서 마을 사람들의 한줄기 블랙 코미디는 동무라는 말이었다. 남편 동무, 마누라 동무라고 부르는 웃지 못할 해프닝도 벌어졌다. 할아버지 동무? 킥킥, 아바이 동무? 허허, 아제 동무? 하하. 농담처럼 말해도 화를 낼 수 없게 되었다.

"김옥동 동무는 김동혁 동무와 동무라 좋겠수!"

이장호의 비아냥에 옥동은 입술을 문다.

"저야 괜찮지만유, 위대한 우리 위원장 동지한테 그렇게 말하면 안돼유."

작은아버지 이장호와 김옥동은 동갑내기였다. 그런데도 이장호에게 예, 예, 존대하는 게 습관이 된 옥동은 말을 놓지 못했다. 그러나 옥동은 속으로 다짐했다. 네놈이 공부 좀 했다고 건방을 떠는데 두고 보자 하고.

세상이 바뀌자 약삭빠르게 인민공화국에 협조하는 사람들이 생겼다. 곧바로 면 단위 조직을 끝내고, 리(里) 단위 조직을 서둘렀다. 서울에서 남동쪽으로 약 100리 떨어진 경기도 용인은 모든 게 빠르게 변해갔다.

인민위원회에서 마을을 대표하는 구장들을 국민학교 운동장에 모이게 했다. 운동장에 모인 마을 사람들이 술렁거렸다. 드디어 김동혁이 붉은 완장을 차고 나타났기 때문이다. 김동혁의 얼굴은 빛이 났고 자신감이 넘쳐났다.

북에서 내려온 듯한 인물이 단상으로 올라갔다.

"동무들 반갑습네다. 인민위원회에서 나왔습네다. 위대하신 지도자 동지 김일성 장군께서 남조선을 해방시켰습네다. 이제 우리는 위대하신 김일성 장군을 받들어 조선민주주의 인민공화국을 위해 충성합세다! 지금까지 동지 여러분들을 핍박하고 착취하던 지주계급을 박살 내고 새 세상을 건설할 새 일꾼을 뽑았습네다. 이번에 김동혁 동무가 경기도 인민위원장에 선출되었습네다! 용인읍 역북리 관곡 출신인 김동혁 동무가 도 인민위원장에 임명된 일은 이 마을에 영광된 일 아니겠습네까?"

주민들은 불안한 표정으로 억지 박수를 쳤다. 이어 경쾌한 멜로디의 노래가 확성기를 통해 흘러나왔다. '아침은 빛나라 이 동산! 은금에 자원도 가득한 삼천리 우리 강산!' 아일랜드 민요 〈올드랭싸인〉(이별) 곡에 애국가 가사를 붙여 부르던 슬픈 노래가 아니었다. 가사도 또렷이 들렸다.

어둠이 깊어지자 마을에서 징소리가 요란했다. 마을 구장이 징을 들고 아랫마을에서 윗마을을 돌아 징을 치며 돌았다. 동네 아이들 몇이 징소리에 신기해하면서 구장을 따라다녔다. 마을에서 제법 잘사는 정 진사 친척이 구장이었다. 그는 행동거지가 조용하고 조신해서 마을 사람들과 척지지도 않은 무난한 인격자였다. 그 근엄하던 구장이 직접 징을 치고 마을을 도는 것은 세상이 뒤집힐 사건이었다. 구장의 적극적인 행동에 마을 사람들이 한 집에 한 사람씩 모두 정 진사댁 앞마당에 모였다. 김동혁이 나타났다.

"여기 모인 동무들도 인민공화국 백성이요. 동무들! 미제국주의를 타도하고 새로운 세상을 만드는 데 목숨을 바칩시다!"

김동혁의 연설내용은 대개 이랬다. 그동안 새로운 공화국을 만들기 위해 많은 동지들이 노력했다. 우리에게는 영광이 기다리고 있다. 파괴는 혁명의 꽃, 낡은 것은 파괴하고 새로운 것을 만들어야 한다. 내 것, 네 것이 없는 지상낙원을 만드는 것이 조선민주주의 인민공화국의 이념이다. 김옥동은 김동혁과 나란히 앉아 있었다. 불빛 탓인지 옥동은 다른 사람처럼 보였다.

이번에는 인민위원회에서 나왔다는 깡마른 남자가 앞으로 나오더니 연설했다.

"오늘밤 여기 모이라고 한 것은 이 마을 지도자 동무를 선출하기 위해서입네다. 무엇보다도 도위원장이 사시는 동리이니만치 당성이 투철해야 합네다. 인민공화국이 지향하는 평등사회를 만들기 위해서 지도자 동무는 부르주아 계급이 아닌 프롤레타리아 계급으로서 당성에 부합되는 인물이라야 합네다!"

부르주아니 프롤레타리아라는 말을 처음 들어 본 사람들은 그저 눈만 크게 뜨고 앞을 주시했다. 붉은 완장을 두른 남자가 마을 위원장으로 김옥동을 추천했다. 그러자 여기저기서 술렁댔다.

"인물이 그렇게 없다냐?"

"지주는 절대 안 된다고 하는 뜻이래요."

인민위원회 남자가 먼저 박수를 유도했다. 주위는 죽은 듯이 고요하고 마지못해 박수소리가 두어 군데서 들릴 뿐이었다.

"위원장 김옥동 동무는 앞으로 나오시오. 동무들 모두 박수로 환영합세다!"

이번에는 힘찬 박수가 터져 나왔다.

"모두들 함께 김일성 장군 만세를 부릅세다!"

"김일성 장군 만세!"

정 진사댁 앞마당에 서 있는 옥동은 승전장군처럼 의기충천했다.

옥동은 리(里) 위원장의 완장을 차고 밤마다 회합에 참석하여, 동무들은 해방군을 위하여 우선 정신무장을 해야 한다고 강조했다. 그는 자신을 바라보는 마을 사람들의 시선에 존경심이 배어 있다고 믿으며 감격했다. 이제껏 남의 일만 하던 인생에 빛을 볼 수 있는 세상이 오다니! 그런 세상을 위하는 일이라면 목숨을 잃는다 해도 어찌 아까우랴! 가난의 대물림을 끊고 내 아이들에게 물려줄 아름다운 세상을 만들기 위해 투쟁해야 하지 않겠는가! 자식을 낳아 남부럽지 않게 키우는 것은 평생 간직해 온 꿈 아닌가! 그런데 그런 세상이 온다고 하지 않는가!

옥동은 절로 신이 났다. 천덕꾸러기, 남의 눈치만 보던 미운 오리새끼 김옥동이 관곡마을의 대장이 된 것이다. 옥동은 인민공화국 국가를 배우느라 열심이었다.

아침은 빛나라 이 강산!
은금에 자원도 가득한
삼천리 아름다운 내 조국!

마을 회합에 나오라는 확성기 소리가 연일 들려왔다. 하루 종일 일을 마친 마을 사람들은 제대로 저녁밥도 먹지 못하고 서둘러야 한다. 회합에 늦거나 빠지면 반동으로 몰릴 수 있기 때문이다. 인민군 전사의 전투상황은 눈부셨다.

이럴 때일수록 후방에 있는 인민들은 인민군 전사들에게 사기를 북돋아 줘야 한다고 강조했다. 농사일을 열심히 해서 추수량을 늘리는 것도, 군량미를 조달하는 일도 해방군인 인민전사를 위하고 조국을 위하는 길이라고 역설한다.

회의가 끝나자마자 확성기에선 '장길산 굽이굽이'로 시작되는 승전가가 울려 퍼지고 있었다. 며칠만 기다리면 부산이 함락되고 곧 통일이 이루어질 거라고 했다.

마을 사람들은 숨도 크게 못 쉬었다. 7월 19일에 대전이 함락되었다는 소식이 날아들었다. 며칠 내로 용감무쌍한 인민군이 낙동강까지 진격할 거라는 말도 들렸다.

담배밭

방공호에서 나오자마자 어머니는 술항아리가 생각나서 질겁하고 광문을 열어 보았다. 걱정했던 대로 항아리 바깥으로 술이 넘쳐나고 시큼한 냄새가 코를 찔렀다. 손가락을 찍어 맛을 보니 아직 식초는 면했고 소다를 조금만 넣으면 텁텁하지만 먹을 만할 듯했다. 작은아버지와 나눠 먹으려고 아랫동서를 불렀다.

"자네는 오늘 뭐하나?"

"담뱃잎을 따야겠어요. 이러다가 떡잎이 질까 봐 걱정이 돼서요."

"동서. 서방님 우리 집으로 오시라고 해. 형님이 한잔 하자고 하시네."

"그냥 주전자째 주세요. 밭에서 일하면서 먹게요."

"그래? 음… 그러면 그렇게 하게."

작은아버지는 텃밭에 담배를 심었는데 목돈을 만질 유일한 길이었다. 일꾼을 구하기 어려워 직접 일을 했다. 잎을 제때에 따 두지 않으면 떡잎이 져서 못 쓰게 될 거라고 걱정했다. 애써 키워 놓은 담배농사가 때를 놓치면 헛일이 될 지경이다.

순덕은 술 주전자를 들고 신작로 쪽에 잠깐 시선을 던지고 급히 숨어들었다. 석양의 담배 밭두렁은 안온하고 향기로웠다. 키가 큰 줄기와 넓은 담뱃잎이 가려져 있어 외부에서는 보이지 않는다. 잎이 햇빛을 받을 수 있게 넓게 잡은 두렁은 사람들이 앉거나 누워도 잎은 훼손시키지 않고 흔적도 남기지 않았다.

작은아버지 이름은 이장호, 작은어머니 이름은 조순덕이다. 두 사람은 소학교 때 같은 학년이었다. 순덕이 늦게 학교를 들어가는 바람에 두 살 아래인 장호를 동생쯤으로 생각했고 서로 숙제도 봐주기도 했었다. 순덕은 공부를 잘해서 인기가 있었는데 장호는 그런 순덕을 따랐다.

순덕은 소학교를 졸업하자 부모님에 뜻에 따라 가사일과 농사일에 전념했다. 현모양처감이라고 알려져 주위에서 중매가 들어왔지만 순덕은 30여 호인 좁은 마을에 사는 사람에게 시집갈 생각은 없었다. 친밀했지만 서로의 장단점이 노출된 사람들이라 불편했다.

장호는 읍내에 있는 중학교에 갔다. 방학 때면 순덕이 사는 마을로 찾아와 만났다. 5년제 중학교 여름 방학이 끝날 무렵 청년티를 풍기는 이장호는 젖통이 큼직한 처녀로 변신한 조순덕을 찾아갔다.

"중학교를 마치면 집에서 서울로 유학을 보내려 하는데 걱정이야."

"서울 가면 좋잖아? 뭐가 걱정인데?"

"부모님은 내가 천재인 줄 알아. 천재는커녕 수재도 못 되는데…."

"어릴 때는 똑똑했잖아? 공부도 잘했고…."

"공부는 순덕이 너가 잘했지. 나는 맨날 네 숙제 베껴 칭찬 들었고….

나는 공부에 취미가 없는데 억지로 부모님 성화에 끌려다니기 싫어. 부모님은 내가 서울에 유학하면 큰 벼슬이라도 할 것으로 믿고 있지.”

순덕은 그런 장호를 빤히 쳐다봤다.

“그럼 어쩔건대?”

“부모님에게서 벗어나려면… 결혼하는 길밖에 없어!”

“결혼이라구 했니?”

“결혼해서 내 살림을 차려야지.”

“색싯감은 있어?”

“있고말고!”

“…….”

장호는 순덕이 질투하는 줄 알고 얼른 말을 이었다.

“내가 서울로 가고 없는 사이에 순덕 네가 시집을 가 버릴까 봐 불안해.”

“그래? 나를 그렇게 생각하는 거야?”

“내 색싯감은 순덕이 너야!”

“어머!

장호는 서울로 떠나기 전에 만나고 싶다고 했고 약속 장소로 마을 입구 개울가에 있는 미루나무 밑에서 기다리겠다고 했다.

장호는 약속한 날짜를 기다리지 못해 순덕을 찾아갔다. 보리타작을 끝내고 껄끄러운 보리수염을 뒤집어 쓴 순덕은 마을처녀들과 냇가로 가서 목욕하기로 했다. 순덕을 만나지 못하고 집으로 돌아가는 길. 개울가를 걸어가던 장호는 깜짝 놀랐다. 개울 아래쪽에서 여자들의 웃음소리가 들렸다. 궁금한 건 못 참는 성격인 그는 주위를 둘러보았으나 아무도 없었다. 그는 풀밭 위에 엎드렸다.

중간 중간 재잘거리는 말소리가 물가에서 들려왔다. 어둠 속에서 벌거벗은 여자들은 약속이나 한 듯 비슷한 모습을 하고 있었다. 뜻밖의 광경에 그는 흥분했다. 고개를 숙이고 머리를 감고 있는 처녀들의 엉덩이를 살피다 보니 달이 둥실 떠올랐다. 모두 피부가 뽀얗고 엉덩이가 둥글었다.

실오라기 하나 걸치지 않은 여자들이 수박만 한 왕가슴과 털이 무성한 아랫도리를 드러내 놓고 아무렇지도 않게 돌아다니는 모습을 상상하며 지켜보니 기분이 묘했다. 가슴의 요동이 점차 파고를 높인다. 개울물 위로 여자들의 웃음소리가 튀어 올랐다. 뜨거운 숨결을 들이켜며 주먹을 움켜쥐었다.

순덕의 맑고 카랑한 웃음소리만 귀에 들려온다. 선녀와 나무꾼을 생각한다. 순덕이 옷을 찾으려고 이리저리 헤매는 동안 틈을 보아가며 옷을 던져 주어 자신의 존재를 알릴 참이다. 옷을 둔 장소로 향한다. 그런데 순덕의 옷을 분별할 수 없다.

"잠깐! 무슨 부스럭거리는 소리가 들린 것 같애."

개울물 쪽에서 여자 목소리가 들려왔다. 장호는 깜짝 놀랐다. 급한 나머지 순덕의 옷인 줄 알고 집었던 다른 여자의 검은색 몸뻬를 던져 버리고 재빨리 도망쳤다.

장호는 날마다 순덕을 찾아갔는데 어느 날 집에 있던 아버지 자전거를 슬쩍해서 달려갔다. 마음이 급하기도 하고 순덕에게 잘 보이고 싶은 마음도 있었다. 미루나무가 늘어선 개울가에 자전거를 세워 놓고 순덕이 나타나길 기다렸다. 담배를 피우고 있던 그는 동네 청년들이 나타나자 담배밭으로 숨어들었다. 숨어들기 좋은 장소였다.

손오공이 갖고 다니는 파초선을 닮은 커다란 담뱃잎에 키가 간짓대보다 높아서 어른도 밭고랑에 숨으면 종적이 묘연한 곳이 바로 담배밭이다. 서서 일을 해도 머리통에 눌러 쓴 밀짚모자만 움직이는 것처럼 보였다. 순덕과 마음 놓고 이야기할 수 있을 장소라는 생각이 번개처럼 떠올랐다. 숨어 있을 장소로 최고였다. 그 후 담배밭은 두 사람의 데이트 장소가 되었다.

사람들이 남의 눈을 피해 보리밭에서 밀회를 즐긴다고 우스개를 했지만, 봄의 보리밭은 아직 춥고 고랑이 좁다. 무엇보다 키가 작아서 남의 눈에 띄기 쉬워서 사랑을 나누기는 곤란하다. 누렇게 익은 초여름의 보리밭은 껄끄럽고 따가워서 적당치 않다. 밀회장소로 담배밭이 최고임을 아는 사람은 거의 없었다.

볕이 화살처럼 쏟아지는 여름, 바람 한 점 들지 않는 고랑을 누비며 담뱃잎을 따는 일은 여간한 고역이 아니었고, 그때 흘린 땀만큼이나 사연도 많았다.

순덕은 동네사람이 보거나 소문이 나면 큰일 난다고 걱정했고, 장호는 담배밭은 안전하다고 말하면서 기다리겠다고 했다. 순덕도 누나, 누나 하면서 따르는 그가 밉지 않았고, 나이도 2살이나 아래여서 마음이 놓였다.

장호는 다른 날과 마찬가지로 담배밭 고랑 사이에 앉아서 그녀가 나타나기를 기다렸다. 그때 동리 청년들이 지나가다가 길가에 세워 둔 자전거를 발견했다. 얼굴에 마마자국이 두둘두둘 남은 청년이 고함을 쳤다.

"우리 부락엔 자전거 가진 사람이 없는데? 그렇담 이 자전거는 외지 놈이 갖고 온 것이 틀림없어. 건방진 놈!"

장호는 고랑에 쪼그리고 앉아 청년들의 언동을 살피다가 곰보 청년이 자전거를 패대기치려 할 때 담배밭에서 뛰쳐나갔다.

"남의 자전거를 왜 부수려 해요?"

"너 뭐하는 놈이야? 어디서 굴러먹다 왔어. 처녀 도둑질하려고 우리 부락에 얼쩡거리고 있지?"

"무슨 말을 그렇게 엿같이 해요?"

"엿이라구 했어? 이 좆같은 놈이!"

곰보 청년이 장호의 멱살을 잡고 흔들자 다른 청년들이 일제히 합세해 장호의 옆구리를 때리고 다리, 허벅지를 마구 걸어찼다. 곰보 청년은 주먹으로 장호의 얼굴을 강타했다. 장호는 코피를 흘리며 주저앉았다. 장호는 죽지 않을 만큼 맞았다.

청년들은 분풀이하듯 자전거도 짓밟아 망가뜨렸다. 자전거도 지키지 못하고 실컷 얻어터진 것이다. 순덕이 일을 마치고 나타났을 때는 일이 끝난 후였다.

장호는 후들거리는 피투성이 몸으로 밭고랑에 엎어져 있었다. 그녀는 장호를 바로 눕히고 손수건을 꺼내 장호의 코피를 닦아 주었다. 장호의 상의를 벗겨 목, 등, 어깨, 가슴, 다리 등의 피멍을 담뱃잎으로 문지르며 눈물을 흘렸다.

"혼자서 여러 명을 무슨 수로 당해!"

장호는 숨을 제대로 쉴 수 없었다. 통증으로 끙끙거렸지만 순덕의 정성스런 손놀림 덕분에 천국에 온 기분이었다.

장호가 눈을 뜨니 순덕의 얼굴이 바로 눈앞에 어른거렸다. 황혼 햇빛이 그녀의 얼굴 위 눈썹 곡선까지 흘러내리고 있었다. 커다란 두 눈은 호수 같아 그 속에 뛰어들어 헤엄을 쳐도 될 만큼 넓게 보였다. 얼굴은 장밋빛으로 빛났으며 입술 사이로 비치는 하얀 이가 반짝거렸다.

"아!"

장호는 가쁜 숨을 시근거리며 순덕의 입술을 끌어당겨 입맞춤을 했다. 달콤한 복숭아 향기가 났다.

장호는 종일토록 순덕을 그리다가 어스름 저녁에야 만날 수 있다는 것이 불만이었다. 일찍 도착해서 순덕에게 배운 대로 밭고랑으로 들어가 담뱃잎을 땄다. 달빛이 강하게 쏟아져 담뱃잎을 부러뜨릴 것 같았다. 바다에서 출렁이는 파도처럼 개울가에 늘어선 미루나무들도 달빛에 목욕을 하며 담배밭을 지키고 서 있었다. 바닥의 흙이 따뜻하고 모기가 근처에는 얼씬거리지 않아 편안했다.

밑둥에서 두 번째와 세 번째 잎을 툭툭 부러뜨려 나가면서, 차례대로 잎의 앞뒤가 섞이지 않도록 밭고랑에 쌓아 놓으면 된다. 담뱃잎을 바닥에 깔았고 이야기할 장소를 만들어 놓았다. 담뱃잎을 두어 잎만 깔아도 사람이 누워도 될 만큼 공간이 넓었다.

순덕은 장호의 팔을 당겨 팔베개를 하고 누워 하늘을 쳐다본다. 은은한 담뱃잎 향기가 모기를 쫓아내고, 달빛은 두 사람 앞날에 대한 고민을 밀어 둔다. 종일 일한 피곤이 물러갔고 기쁨은 하늘의 초승달을 입에 물었다. 동편에 있는 은하수가 달을 쫓아온다. 입에 닿으려면 한 뼘쯤의 거리가 있었다. 그녀는 별을 가리켰다.

"장호야! 저 은하수가 입에 물릴 때쯤이면 가을이 온다는 것 알지?"

그해는 담배 농사가 잘 되었다. 가슴께로 치받치고 있는 잎들이 시커멓게 자라 있었다. 첫 수확물이다. 밑에서부터 툭툭 부러뜨려 놓은 잎들을 군데군데 밭고랑에 쌓아 놓는다. 수확한 담뱃잎을 헛간으로 옮겨 잎이 구겨지지 않도록 짚으로 엮어 매달아 사흘쯤 숙성시키면 초록색 잎사귀가 누렇게 변한다. 그 다음 뒷동산 나무 그늘에서 널어 바람에 건조시켜야 한다.

그늘에서 잘 말린 잎들을 차곡차곡 재여 놓고 거적으로 덮어 숙성시키고 다시 펴말려 놓기를 반복해야 한다. 서리가 내릴 때까지 고된 작업이 이어진다. 건조 도중 소낙비라도 맞으면 낭패다. 급히 잎을 엮어 놓은 줄을 잡고 헛간으로 뛰어야 한다. 짙은 갈색이 된 연초를 엮어 전매청에 납품할 때까지 잔손이 필요하다.

어른들은 갈색 연초를 가지런히 놓고 윗둠지를 담뱃잎으로 둘러 묶는다. 건조시설만 있으면 일도 간편하고 최고 등급을 받을 수 있는데도 개인의 힘으로 어림없는 일이다. 전매청에서 특별히 지정해서 고급 연초를 만들어 내도록 독려했다. 건조기에 쪄서 나오는 담뱃잎은 은행잎처럼 연 노란색인데 가격을 2배나 받을 수 있다. 마을 사람들은 건조시설을 갖추지 못해 아무리 열심히 재배해도 좋은 등급을 받지 못해 아쉬웠다.

장호는 몇 달만 견디면 학교를 졸업하므로 그 후 면서기 촉탁으로라도 취직하는 것으로 목표를 잡았다. 한약방을 하는 아버지의 가업을 물려받아도 되겠지만 도무지 한약방 일에는 관심이 없다.

그의 부모님은 아들을 판검사를 시키려고 땅을 팔아서라도 서울에 있는 대학에 보낼 요량이었다. 초등학교에 들어가기 전에 벌써 천자문을 뗀 천재가 아니던가. 노는 데 정신이 팔려 성적이 시원찮지만 마음만 먹으면 아들은 해낼 것으로 믿어 의심치 않았다.

장호 성적이 점점 나락으로 떨어지자 부모님은 '계집에게 빠지지 않았다면 성적이 떨어질 턱이 없다'고 한탄했다. 부모님은 짚이는 구석이 있나보다.

순덕이 낌새를 알아채고 말했다.

"그러게 자주 찾아오지 말랬잖아."

"누나, 다른 데 시집갈 생각하지 말아!"

"조급하게 굴지 말랬잖아."

"그냥 있을 수 없어서 왔어."

두 사람의 손은 담뱃잎에서 나온 진으로 검게 변했고 끈적거렸다. 장호가 흙으로 쓱쓱 문질러 닦은 검은 손으로 그녀 손을 잡아당긴다. 담뱃진으로 범벅이 된 손이 서로 척 달라붙자 둘은 신기해하며 웃었다. 장호가 고개를 돌리며 슬쩍 순덕의 젖가슴을 더듬는다. 그녀는 기겁해서 손을 밀어낸다. 장호는 경솔한 자신을 후회한 척했고, 순덕은 시무룩해진 장호가 무안하지 않도록 다독거렸다.

장호는 날마다 순덕을 찾아갔고, 기다리는 동안 담뱃잎으로 아지트를 만들어 놓는다.

순덕은 아데나 화장품 냄새를 풍기며 나타났다. 어머니 화장품을 훔쳐 바른 것이다. 장호는 그렇지 않아도 터질 것 같은 청춘인데 여자의 화장품 냄새를 맡으니 이성이 마비되는 것 같다. 코를 벌렁이면 그녀가 어디쯤 오고 있는지 알 수 있다. 멀리서도 아데나 크림, 순덕의 냄새를 맡을 수 있다.

하루 분량인 다섯 고랑의 잎을 따 놓고 둘은 누워 별을 쳐다보았다. 그동안 두어 번 순덕의 젖가슴을 더듬고 키스한 정도였지만 자꾸만 몸의 중심으로부터 열기가 뿜어져 나와 온몸이 점차 뜨거워졌다. 장호가 딱딱해진 몸의 중심을 순덕의 아랫배에 들이대자 순덕은 엉덩이를 뒤로 뺀다.

"이러다 애라도 생기면 어쩔래?"

"어쩌긴?"

"처녀총각이 애 만들었다면 양가에서 난리 날 것이고⋯. 그럼 우리는 쫓겨날 것이야."

장호는 숨을 죽였다가 다시 '거시기'를 순덕의 아랫배에 갖다 붙이며 슬쩍 물었다.

"우리 한 번 하면⋯ 아이가 하나 생기고⋯ 두 번 하면 쌍둥이가 나오는 거야?"

장호의 물음에 순덕은 쿡쿡, 소리를 내며 웃었다. 확실히 알지는 못하지만 그럴 것 같지는 않고 장호가 너무 순진하게 보였기 때문이다.

순덕은 또 엉덩이를 뒤로 빼며 손으로 장호의 수컷을 움켜쥐고 뒤로 밀었다. 그러나 그게 화근이었다. 장호의 그것은 돌처럼 딱딱해지면서 하늘로 치솟았다.

"누나! 나, 도저히 못 참겠어!"

"안 돼! 참아!"

"지금 우리가 여기 있는 것, 아무도 몰라. 그치?"

이때 다른 밭고랑에서 조심스럽게 땅을 파는 소리가 다가왔다. 스르륵, 스르륵….

두 사람은 깜짝 놀랐다. 서로 쳐다보다가 동시에 밭고랑에 엎드렸다. 누군가 숨어서 흘끔 흘끔 훔쳐보는 것 같았다. 아버지인가? 순덕이 겁먹은 얼굴을 하자 장호가 그녀를 안고 밭고랑 위로 쓰러졌다. 두 사람은 숨을 멈추었다. 목덜미부터 등과 엉덩이와 허벅지와 종아리까지 오스스 소름이 돋았다.

사방이 조용하다. 담배밭 침입자의 발소리가 들리지 않는다.

스르륵, 스르륵!

소리가 또 들려온다. 그런데 사람이 움직이는 소리 같지는 않다. 장호는 엎드린 채 고개를 살며시 들고 좌우를 살폈다. 두더지가 땅을 파고 있다.

"아, 저것, 두더지!"

두더지가 땅을 파다가 재빨리 뒷걸음으로 오던 길을 따라 도망가는 것이 보인다. 순덕은 후 하고 안도의 한숨을 쉬었다.

"아차, 두더지를 놓쳤네!"

장호가 아쉬워하자 순덕이 웃었다.

"두더지를 잡으려면 퇴로를 막아야지 앞을 막으면 되겠어? 언제 또 두더지 잡을 기회가 오겠어?"

기회라고? 그래, 기회는 자주 오지 않는다. 장호는 두더지를 놓친 것을 후회할 게 아니라 순덕을 놓치지 않아야겠다고 다짐한다.

"임마! 이번이 기회야."

장중한 베이스 음성이 장호의 귀에 이명처럼 들렸다. 수호신인가, 악마 메피스토펠레스인가? 그 굵직한 목소리는 끊이지 않는다. 지금 내 사람으로 만들지 않으면 그녀를 놓칠지 몰라. '저지르고 봐. 지금 저질러!' 유혹한다. 치명적인 유혹을 버텨 낼 수 없다. 어떻게 하든 순덕을 내 사람으로 만들고 싶은 충동을 가까스로 억제하고 있었다. 실은 억제가 아니라 기회를 보고 있는 중이었다.

"수호신이여! 여인은 지금 저를 거부하고 있습니다. 강제로 할 수는 없지 않습니까?"

"어리석은 녀석! 네가 두더지를 놓치자 여인이 너를 책망하지 않았느냐? 내가 여인의 마음속을 들여다보니 너를 거부하는 게 아니다. 오히려 너를 유혹하고 있다. 달빛 요요한 밤에 담배밭에 나란히 누운 청춘 남녀가 절정에 이르지 않으면 둘 다 치명적인 독신(瀆神) 행위를 저지르는 거다!"

"독신이라면? 신을 모독한다는 뜻인가요?"

"알긴 아는구만. 남녀가 사랑을 나누는 게 신이 내린 축복이야. 경고컨대… 여자의 유혹을 거부한 남자야말로 죽어서 가장 혹독한 지옥에 간다는 사실을 명심하라!"

욕구는 계속 충동질이다. 아래에서 팽창된 물건 끝이 간질거리며 부풀어 있었다. '알았어요.' 엎어진 김에 쉬어 가고 동전 줍는다고. 하늘이 준 기회를 놓칠 순 없지. 장호는 목소리의 주인공이 메피스토펠레스가 아니라 수호신이라 믿었다.

장호의 수컷은 한 마리 멧돼지가 되어 후진을 모르고 오로지 힘차게 돌진했다. 쉬쉭, 콧김을 내뿜던 멧돼지는 시원(始原)의 동굴 속으로 들어가자마자 온몸에 응축된 뜨거운 기운을 한꺼번에 토해 냈다. 장호는 엎드려 몸을 떨었다.

"걱정은 나중에 하자!"

장호는 오들오들 떨고 있는 순덕의 어깨를 자기 가슴에 꼭 붙여 안았다. 처음이었으나 조용하고 멋진 정사였다.

걷잡을 수 없는 청춘이 죄인가? 삼신할머니의 심술에 놀아났는지 그단 한 번의 사랑으로 덜컥 임신이 되었다. 순덕은 봉긋이 솟아오른 아랫배를 만지며 잔뜩 겁을 먹고 울었다.

"이제 어떡하지? 난 어쩌면 좋아, 지금부터?"

"어떡하긴? 순덕 누나 없인 못 살 것 같으니 우리 결혼하자!"

순덕은 대책도 없이 말하는 장호를 믿을 수 없었다. 그렇다고 덜컥 임신부터 한 마당에 이를 구실로 결혼하겠다고 하면 양가 어머니가 죽인다고 설칠 것이 분명했다.

"누나, 걱정 말아. 서울로 도망치자!"

"그래? 자신 있어?"

"나를 믿어! 나도 이제 사내대장부야!"

"그래 알았어. 서울로 가자. 맨손으로야 갈 수 없지 않니?"

"가을 농사 끝나면 돈을 마련해서….."

두 사람은 고향을 떠나 서울로 탈출하기로 뜻을 모았다. 그해 담배는 검은 빛이 돌도록 잎이 무성해서 풍작이 될 것 같았다. 과연 담배농사가 풍년이었다. 시골에서 목돈을 만질 기회는 잘 말린 담뱃잎을 전매청에 넘기는 일이다. 연초조합에서 잎담배를 수납했는데 순덕네 담배가 1등급을 받았고 좋은 가격을 쳐 줘서 돈도 제일 많이 받았다.

수납대금은 신권으로 지급했다. 그때까지 유통되던 두툼한 돈의 반도 안 되게 얇은 신권은 만원이 아닌 것 같았다. 한 장이 두 장으로 묻어갈까 봐 손가락에 침을 발라 세던 감촉은 여름내 고생한 흔적을 지우고도 남았다.

장호는 아버지가 한약 재료를 사려고 모아둔 돈을 훔쳤고, 순덕은 담배를 넘겨받은 돈을 조금 훔쳤다. 왜냐하면 여름 내내 일한 자신의 인건비라고 생각하니 다소 마음이 편했다. 두 사람은 서울로 탈출을 감행했다. 말이 탈출이지 야반도주나 다름이 없었다.

장호 어머니의 노여움은 대단했다. 자랑스러워서 남이 보는 것도 꺼려한 아까운 아들이었다. 그녀는 마당에 퍼질러 앉아 주먹으로 땅을 쾅쾅 치며 대성통곡했다.

"앞길이 구만리 같은 우리 장호! 장차 검사가 되어 영감님 소리를 들어도 모자랄 우리 귀한 아들! 나이가 두 살이나 많은 순덱이 그년이 꿰차서 도망가다니. 아이고, 아이고!"

아이를 가졌다는 말에 파혼하라는 말은 차마 못했지만 분하고 원통해 했다. 감히 어디라고 우리 귀한 아들에게 꼬리를 쳤느냐고 부모님까지 들먹이며 비아냥거렸다. 후에 옥동자를 들쳐 업고 들어온 순덕을 보자 시어머니는 어처구니가 없어 머리를 싸매고 드러누웠다. 그래도 손자 때문에 받아들이긴 했다.

100

시아버지는 아들이 원해서 한 일을 두고 순덕이만 나무라는 일도 형평성에 어긋난다고 일갈했다. 시아버지는 손자 고추를 살피더니 빙그레 웃음까지 지으며 중얼거렸다.

"이 아이는 이 집 장손이 아닌가."

순덕은 시어머니 입장을 생각해서 원망하지 않았다. 역지사지 심정으로 시어머니를 이해했다. 아들은 남편 장호를 빼 닮았다. 순덕은 자신 때문에 못 이룬 꿈을 손자가 대신 이룬다면 시어머니의 서운함을 풀어 드릴 수 있을 것 같았다.

바뀐 세계
1950년 7월

어느 날 이장호 집으로 붉은 완장을 팔에 두른 사람 셋이 갑자기 찾아왔다. 이장호 씨를 내무서로 데려가 물어볼 게 있다 하며 염려스러워 묻는 순덕에게 삼일이면 곧 돌아온다고 몇 번이나 염려 말라고 안심시켰다.

"이장호 씨를 내무서로 데려가야겠소. 몇 가지 물어볼 게 있소."

맨 앞에 선 사각턱 사나이가 눈알을 데굴데굴 굴리며 말했다. 순덕은 낌새가 이상해 장호의 손을 붙잡고 사나이에게 물었다.

"무슨 조사예요?"

"간단한 것이오. 곧 돌려보내겠으니 걱정 마시오."

"언제요? 오늘 안에 돌아오나요?"

"조사해 보고 별 문제점 없으면 오늘 저녁에 올 것이오."

"정말요?"

"어허! 내 말을 못 믿겠소?"

순덕은 석연치 않은 느낌이 들었으나 거절할 수도 없었다. 사각턱은 짜증을 내며 장호의 손을 낚아챘다.

장호는 시커먼 담뱃잎 진이 묻은 베잠방이를 손가락을 가리키며 사정했다.

"이 더러운 옷 좀 보소. 옷이라도 갈아입고 가겠소."

"내무서에 맞선 보러 가는 게 아니오. 좋은 옷 입고 갈 필요가 없으니 바로 갑시다."

그들은 잠깐이면 된다고 다시 재촉했다. 누구를 의심해 본 적이 없는 이장호는 그 말을 믿고 따라 나섰다.

순덕은 남편을 슬그머니 뒤따랐다. 그는 따라오는 아내를 향해 집에 가 있으라고 손짓했다. 쏟아지는 햇볕을 등지고 장호는 읍내 쪽으로 사라졌다. 마지못해 돌아선 순덕은 그 자리에 서서 꼼짝할 수 없었다. 남편의 뒷모습에서 불길한 기운이 느껴졌고, 가슴으로 허한 바람이 들어와 구멍을 내고 있었다. 잠깐이면 된다던 남편은 저녁이 되어도 집에 돌아오지 않았다. 별일 없을 거라고 애써 참고 기다렸지만 헛일이었다.

이미 자정을 지난 지는 오래되었고 새벽 3시쯤 된 듯했다. 순덕은 가슴이 먹먹했다. 내무서에 끌려간 남편이 영영 돌아오지 않는다면? 그런 일은 없다고, 불길한 예감을 털어 내도 어느 틈에 머리를 비집고 들어 왔다. 아무리 따져 봐도 남편은 크게 잘못한 일이 없다. 적산 땅을 불하받을 때 소작인과 다툼이 있었던 일이 마음에 걸렸다. 그것은 국가

102

나 사회제도 탓이지 남편의 죄는 아니다. 정당한 대가를 지불하고 사들인 것이다.

순덕은 뜬눈으로 새벽을 맞았다. 남편은 지은 죄가 없었으므로 단순한 생각으로 따라나섰다가 덜컥 갇혀 버린 것 아닐까? 예상도 못한 구금이었다. 방공호에 있을 때도 겁이 많아 바깥으로 나가지도 않았는데, 공포로 떨고 있을 남편 모습을 떠올리니 가슴이 터질 것 같았다.

이른 아침 큰집 시숙이 찾아왔다. 내무서를 찾아가 죄목이라도 알아야 어떻게든 조치를 취해 보든지 하자고 했다. 무장한 인민군이 지키고 있어 내무서 근처에도 못 가 보고 발길을 돌려야 했다. 왜정 때보다 못했다. 왜정 때는 얼굴을 아는 사람이 더러 있어 죄목이나 생사여부를 알아볼 수 있었다.

소문에 의하면 취조 후에 죄가 큰 사람은 수원 본청으로 이송된다고 했다. 수원 본청으로 넘어가면 어렵게 된다는 말이 가슴을 찔렀다. 이곳에 있을 때 손을 쓰지 않으면 영영 남편 얼굴을 못 볼지도 몰랐다. 지금 어떤 고초를 겪는지 걱정이 앞서지만 마음만 급했지 해결책이 보이지 않았다.

순덕은 내무서로 달려갔다. 남편이 아직 그곳에 있는지 확인하지 않을 수 없었다. 울컥해서 격한 마음으로 정신없이 뛰었다. 익숙하게 장터로 다니던 길이었다. 내무서 정문 보초에게 다가갔다. 마음 같아선 패악을 부려도 모자랄 판에 공손하게 물었다.

"이장호 씨가 우리 남편인데 만날 수 있을까요?"

"여긴 반동분자들만 있는 곳이오. 여기로 왔다면 그럴 만한 이유가 있을 것이오. 돌아가시오."

"얼굴만이라도 한 번 보게 해 주세요!"

"웬 생떼를 부리는 거요? 죄인의 마누라이면 자숙하고 있어도 모자
랄 판에 왜 찾아왔어요? 썩 꺼지시오!"

순덕은 쫓기듯 내무서 문을 나섰다. 내무서 담장 너머를 살피면서 남
편 얼굴이라도 볼 수 있을까 두리번거렸다. 맥없이 돌아갈 수는 없었
다. 시어머니에게 아들소식을 알아 오겠다고 나선 길이었다.

"아주머니 이리 따라와요."

붉은 완장을 찬 남자였다.

순덕은 주춤거리면서 남자의 뒤를 따라갔다. 낮은 계단을 올라가 건
물 안으로 들어서니 꽤 넓은 복도가 나타났다. 대낮인데도 어두침침했
다. 오래된 시멘트 벽 사이로 좁고 어두운 복도에 들어선 순간 비릿한
냄새가 났다. 맨 끝 구석진 방 앞에 가더니 붉은 완장이 걸음을 멈추었
다. 벽 가운데 환기통보다 작은 창으로 비명소리와 윽박지르는 소리가
들려왔다. 붉은 완장이 안으로 들어가더니 한참 만에 키가 자그마하고
눈매가 날카로운 사내와 함께 나왔다.

"글쎄 말입니다."

붉은 완장의 말이 끝나기도 전에 사내가 소리쳤다.

"경거망동 못하게 혼쭐을 내서 보내!"

순덕은 창고 안에서 하루 밤을 지내고 풀려났다. 나오면서 살펴보니
맞은 편 방은 취조실인지 나무 탁자와 의자가 보였다. 습기가 찬 바닥
여기저기에 검은 얼룩들이 위협적으로 번들거렸다. 저놈들이 남편을
취조했을지도 모른다고 짐작했지만 무서워서 얼굴을 보지도 못하고 지

나쳤다.

내무서를 다녀온 후 순덕은 무죄를 주장한다고 남편이 풀려날 가망이 없음을 간파했다. 실력자 김동혁의 비위를 맞추어 남편을 살려 낼 궁리를 했다. 마을 회합에 열심히 참석했다. 맨 앞줄에 앉아서 김동혁에게 남편의 석방을 부탁하려고 기다렸다. 남편만 풀려나오게 해 준다면 인공에 적극 협조하겠다는 약속은 물론이고 목숨을 바쳐 충성할 각오를 다짐할 참이었다. 그러나 김동혁을 만날 수 없었다. 바쁜 일정 때문인지 연설을 마치고 나선 어디론가 급히 사라지는 것이었다.

순덕은 가만히 앉아 있을 처지가 아니었다. 김동혁이라는 막강한 권력자를 만날 수 없으면 그의 어머니라도 만나서 사정해 보기로 했다. 알이 굵은 옥수수를 찌고 생감자를 갈아서 만든 감자떡을 광주리에 담아서 머리에 이고 그의 집을 찾아갔다. 드나들다 보면 김동혁을 직접 만날 수 있을 것이란 희망을 가졌다.

"우리 아들은 높은 사람이어서 마을에 올 시간이 없다네."

그의 어머니가 거드름을 피웠다.

순덕은 치솟는 울분에 부들부들 몸이 떨렸다. 평소 같으면 상것에게 굽실거리고 뇌물을 갖다 바친다는 것은 가당치도 않았지만 어쩔 수 없었다. 남편의 생사가 달렸으므로 거들먹거리고 뻐겨도 버텨 내야 했다. 어떤 수모도 감내할 준비를 했지만 방법이 없었다. 순덕은 짚단처럼 풀썩 주저앉고 말았다.

순덕은 김옥동을 떠올렸다. 한때 머슴이었지만 지금은 마을 위원장이고 김동혁과 가까운 사이였다. 내키지 않았지만 그를 찾아가 보기로 했다. 감자송편을 만들었다. 생감자를 강판에 갈다가 손에 피가 났지만 상처쯤 문제가 되지 않았다. 간 감자를 체에 걸러 냈다. 하얗고 투명한 감자 가루를 반죽해서 송편을 빚었다.

다음 날 새벽 아이들이 먹고 싶어 할까 봐 몰래 쪄서 예쁜 보자기에 싸들고 옥동네 집으로 달려갔다. 옥동네 문 앞에 서성이다가 울타리 옆으로 몸을 숨겼다. 큰집 시숙이 지나가는 것을 보았던 것이다. 아무리 다급해도 옥동에게 뇌물을 들고 다니는 모습이 부끄럽고 시숙도 불편해 할 것 같았기 때문이다. 다행히 시숙은 못 보고 지나갔다.

시골에서는 호미로 감자를 캐다가 찍히거나 굼벵이가 먹다만 썩은 감자는 따로 골라내어 항아리에서 썩힌다. 감자 썩는 냄새가 진동하면 어레미 체로 껍질을 걸러 내고 구린내가 없어질 때까지 물을 갈아 준다. 밑에 가라앉은 녹말을 말려서 보관해 놓고 필요할 때마다 감자개떡을 해 먹는다. 가루를 뜨거운 물에 개어 보리쌀이 뜸들 때쯤 얹었다가 밥이 다 되면 꺼낸다. 보리밥알이 덕지덕지 붙은 개떡은 아이들 간식으로 최고이고 어른들도 별미로 먹는다.

옥동에게 들고 간 감자 송편은 특별한 것이었다. 생감자를 갈아 만들었는데 색깔이 투명하고 맛이 일품이었다. 속이 훤하게 비치는 하얀색 감자 송편은 '부지깽이도 부려 먹는다'는 바쁜 농번기에는 만들 수 없는 진귀한 선물이었다. 옥동 집 앞에서 순덕은 기침을 했다.

눈을 비비고 나온 옥동의 처 선이가 남편을 불렀다.

"수철이 엄마가 왔어유."

방문을 열고 나온 옥동은 순덕을 보자 화들짝 놀랐다.

"힘들게 뭐하러, 이런 걸….."

순덕이 자신을 찾아온 이유를 말하자 고개를 저었다.

"아주머니 이러지 마시유. 이런 걸 갖고 다니는 것 자체가 부르주아들이 하는 행동이라는 것 몰라유? 이러면 이럴수록 장호 동무 일이 더 어렵게 꼬일 수 있어유."

옥동이 몰라보게 유식해졌다.

"우리 공화국에서는 이런 일 안 통하구만유. 법대로 정당하게 처리하는 것이 공화국이니까유."

옥동의 입에서 '부르주아'니 '법'이라는 말이 나오다니. 순덕은 옆에서 어정쩡하게 서 있는 선이에게 송편을 넘겨주고 돌아섰다.

"아주머니 이러심 안 돼유."

뒤에서 선이 목소리가 들렸다.

"수고하는 김옥동 동무께 드려요. 이왕 해 온 성의를 봐서 받아 둬요."

순덕은 돌아섰다. 온갖 정성을 들여 만든 송편을 옥동에게 갖다 바치고 빈손으로 돌아선 그녀의 다리가 비틀거렸다. 남편이 언제 풀려난다는 확답은 고사하고 제대로 부탁도 해 보지 못했지만 효과가 있든 없든 이보다 더한 미친 짓이라도 하리라고 다짐하며 걸었다.

집에 돌아온 순덕은 잠을 잘 수 없었다. 남편 생각만 하면 불길한 조짐이 들어 벌떡 일어나 앉았다. 남편을 잃을지도 모른다는 공포가 가슴을 눌렀다.

혁명전사 Ⅰ

1950년
고모 이창희

이창희는 재능이 많기로 소문이 나 있었다. 똑똑하고 재능이 많아서 읍내에서 모르는 사람이 없었다. 노래, 서예, 미술 등 모든 예술에 재능을 보였고 목소리 또한 카랑카랑했다. 한마디로 수재였고 팔방미인이었다. 꿈이 많았고 열정적이었고 매사에 최선을 다했고 언제나 당당했다.

중학교 시절 학군단 단장을 했는데 벌써 유관순 열사 비슷한 기품을 풍겼다. 이창희가 없으면 선생님들도 일처리가 안 될 처지였다. 환경 미화는 물론이고, 학교에서 개최하는 학예회에서 주연을 맡아 열연했고, 연극에 사용할 소품도 직접 만들었다. 무용에 출연하는 친구에게 화관을 만들어 주는 것도 그녀 몫이었다.

전쟁이 나기 전이었다.

나는 윗골에 사는 미자 언니에게 중학생 언니들의 학예회 '유관순 열사'를 보러 가자고 했다. 고모가 주인공인 유관순 역할을 한다고 해서 흥미롭기도 했고 미자 언니에게 자랑도 할 겸 연극 구경을 갔다. 학교 교실을 터서 만든 극장이었다. 고모의 특별 초청도 있었다. 연극이 시작되자 까만 치마에 하얀 저고리를 입은 고모가 독립운동 만세를 부르며 무대에 등장했다.

유관순이 아우내 장터에서 일장 연설을 한다.

"여러분 우리에겐 반만년의 역사를 가진 나라가 있었습니다. 그러나 일본 놈들은 우리나라를 강제로 합방하고 온 천지를 활보하며 우리나라 사람들에게 학대와 모욕을 다 하고 있습니다. 지금 세계의 여러 약소민족들이 자기 나라의 독립을 위해 일어서고 있습니다. 나라가 없는 백성을 어찌 백성이라 하겠습니까? 우리 여자들도 힘을 합쳐 독립을 외치고 일제의 침략을 세계에 알려 나라를 찾읍시다!"

그러자 여기저기서 관중들의 박수소리가 들렸다. 장면이 바뀌어 법정에서 유관순은 연설을 멈추지 않는다.

"나는 대한한국 사람이다. 너희들은 우리 땅에 와서 우리 동포들을 수없이 죽이고 나의 아버지와 어머니를 죽였으니 죄를 지은 자는 바로 너희들이다. 우리들은 너희들에게 형벌을 줄 권리는 있어도 너희들은 우리를 재판할 그 어떤 권리도 명분도 없다!"

고모의 카랑카랑한 목소리에 소름이 끼친다. 관중들은 무대를 바라보며 숨을 죽였다. 나는 자랑스럽게 미자 언니의 표정을 살펴보았다. 미자 언니는 연극에 빠져 넋을 잃고 있었다.

유관순은 고문하는 일본 순사들과 당당하게 맞선다. 협박과 채찍의 강도가 더욱 세졌지만 '대한독립만세!'를 외친다. 우리도 만세를 부르려다 참고 그만둔다. 고모가 관객을 향해 외쳤다.

"3·1운동 〈대한독립 여자선언서〉 낭독이 있겠습니다. 여러분들도 함께 외쳐 주시기 바랍니다."

고모는 나눠 준 인쇄물을 참고하라면서 출연자들과 함께 〈대한독립 여자선언서〉를 낭독하기 시작했다.

"만국이 평화를 주장하는 금일을 당하여 우리도 비록 규중에 생활하여 지식이 몽매하고 신체가 연약한 아녀자이나 국민 됨은 일반이요, 양심은 한가지라. 우리는 아무 주저할 것 없으며 두려워할 것도 없도다. 살아서 독립을 하여 활발한 신국민이 되어 보고 죽어서 구천지하에 이러한 여러 선생님들을 좇아 수괴(羞愧) 함이 없이 즐겁게 모시는 것이 우리의 제일 의무가 아닌가. 간장에서 솟는 눈물과 충곡(衷曲) 에서 나오는 단심으로써 우리 사랑하는 대한 동포에게 엎드려 고하노니 동포여! 동포여! 때는 두 번 이르지 아니하고 일은 지나면 못하나니 속히 분발할지어다."

열여섯 살인 유관순이 다른 수감자와 취조를 당한다. 그동안 고문으로 쓰러질 듯 비척이며 걷는 유관순 뒤에 채찍을 든 형사가 뒤따르면서 처절하게 매질한다. 하얀 저고리가 피범벅이 되었다. 유관순은 옥중에서 '대한독립 만세!'를 부르며 마지막 절규를 쏟아냈다.

"내 손톱이 빠져나가고 내 귀와 코가 잘리고 내 손과 다리가 부러져도 그 고통은 이길 수 있사오나, 나라를 잃어버린 고통만은 견딜 수 없습니다. 나라에 바칠 목숨이 하나밖에 없는 것이 이 소녀의 유일한 슬품입니다."

　해설자가, 애국자 유관순 누나는 서대문 형무소에서 고문을 당하던 중 장 파열로 1920년 9월 28일 장렬히 순국했다는 후일담을 전하고 막이 내려지자 관중들의 함성과 박수소리가 요란했다. 출연자들이 무대 앞으로 나와서 관중을 향하여 인사하고 무대 뒤로 들어갔다. 관중들이 박수를 치면서 모두 일어섰다. 연극은 대성공이었고 고모의 연기는 빛났다.

　중학교 5학년 졸업반이던 이창희는 서울대학교에 가서 고등고시를 거쳐 판검사가 되는 것이 꿈이었다. 그런 직업이 여자에게도 있는지조차 모를 때였다. 천재 소리를 듣던 그녀는 공부하는 게 꿈이었다. 그런데 현실은 그렇지 못했다. 등록금이 없어 학교를 그만두어야 할 처지였다. 5년제 중학교에 올 수 있었던 것도 윤상현 선생이 입학금 일부를 지원해 주어서 가능했다.

　그 후 1등만 한 그녀에게 월사금이 밀려도 넘어가 준 학교의 배려로 버텨온 것이다. 집안에서는 여자가 더 배워서 뭣에 쓰느냐고 학비를 대주지 않았다. 위로 오빠를 상급학교에 보내야 했고, 딸은 초등학교 졸업만 해도 충분하다고 했던 것이다.

　그녀는 학교 수업이 끝나면 교무실에서 선생님을 도왔다. 교실 환경미화, 시험지 채점, 교실 뒤 벽에 성적표 순위를 그래프로 표시하기 같은 것이었는데 윤상현 선생을 돕는 일, 그것은 선생님에게 인정받는 일이었다. 누군가 자신을 알아주는 사람이 있다는 것은 삶의 빛이었다. 칙칙하던 무채색에서 각기 다른 빛을 내뿜는 아름다움을 발견했다.

텅 빈 교실에 앉아 난로에 남은 불씨를 정리하며 윤상현은 창희를 바라본다. 그녀로서는 처음 받아 본 사랑이었고(그것이 사랑이었는지 모르지만) 새로운 세상에 대한 확신이었다. 그리고 격동의 시간이었다. 풍금을 가르쳐 주던 손, 마분지 겉장으로 포장된 책을 가방에 몰래 넣어 주던 배려, 그 후 각자의 의견 교환, 선망하던 선생님에게 다가갈 수 있는 발돋움 등.

윤상현 선생과 의견을 교환하면서 생각이 같다는 것을 알게 되었고 늘 우울하던 삶에서 빛을 찾은 것 같았다.

집으로 돌아가는 길은 감청색 하늘을 보며 걸었다. 하루하루가 기쁨이었다. 세상 어느 누가 그 상황에서 각자의 영혼을 지킬 수 있을까. 그건 신뢰나 우정을 뛰어넘는 초월의 경지에 도달하는 존경의 극치였다. 사물을 바라보고 관조하며 아우르는 그의 시선은 신선했다. 그것은 사랑이라는 범주를 한 차원 뛰어넘은 것이었다.

윤상현은 이창희를 비롯한 몇몇 학생에게 야간 학습을 시켰다. 자본주의에 대한 비판을 강화시킬 수단으로 잉여가치의 정리를 설명하고, 여름방학 과제로 일반노동자 농민을 위한 노동 야학교를 설치토록 했으며, 공산주의를 선전하는 데 주력했다.

맑스 레닌의 이상적인 국가에 대한 열망, 희망을 말할 때 윤상현의 얼굴에서 빛이 났다. 창희의 눈에는 그가 너무나 위대해 보였고, 적극적인 사고가 마음에 들었다. 함께 일할 수 있다는 건 날개를 달게 된 것과 같았다. 윤상현의 열변은 이창희의 가슴과 머리를 뜨겁게 달구었다.

"인류가 살아남은 것은 투쟁의 역사다! 자연과 권력, 개인의 사소한 일, 인류를 위한 거창한 주의 주장에 작게 또는 크게 투쟁을 해 왔다. 투쟁의 역사, 참 좋은 말이다. 사람이 살아가는 것은 모두가 투쟁의 역사이다. 또한 사랑의 역사이고 화합의 역사이고, 인간답게 살고 행복을 실현해 나가고자 하는 노력의 여정이다! 지금은 투쟁의 역사를 쓰지 않으면 안 되는 상황으로 치닫고 있다. 이를 알고도 어찌 가만히 앉아 있을 수 있는가? 분연히 일어서자!"

윤상현은 독서회에서 마르크스주의자들을 양성해야 하는 사명감으로 진정한 공산주의가 무엇인가 설명했다. 지나친 잉여재산을 착취하는 지배계급의 폭압정치 앞에 수탈당하는 민중이 대부분인 조국의 앞날은 어떻게 될 것인가, 의문을 던졌다. 좌시하고 있으면 민중은 영원히 그런 구렁텅이에서 벗어날 수 없지 않겠는가. 위정자들은 민주주의라는 당의정을 입혀 노동자 농민을 미혹에 빠트리지 않는가?

이러한 탁류가 세차게 흐르는 상황에 한 줄기 맑은 물결이 샘물처럼 쏟아져 나오고 있다. 캄캄한 밤중에 등불의 역할을 하는 진실한 의미의 공산주의 운동이 과거 백색 테러적 탄압시대부터 오늘날까지 이어 오고 있다.

친일파 민족반역자의 군대가 되지 말고 이들을 배제한 옳은 노선 위에서 노동자, 농민, 근로대중을 위한 인민의 군대가 되어야 한다고 역설했다.

*

　어느 날 윤상현 선생이 이창희를 찾아왔다. 깜짝 놀라 방문을 열고 마루로 내려서면서 보니 그가 마당에 서 있었다. 댓돌에 아무렇게나 뒤집힌 고무신을 찾아 신는 동안 그는 먼 산을 바라보고 있었다.

　"웬일이세요?"

　"이제 당분간 어디 다녀올 데가 있다. 만약에, 만약 못 보게 되더라도 너는 위대한 문학가가 되어 있어야 한다. 네가 유명한 문학가로 명성을 낸다면, 세상 어디에 있든 네 작품을 통해서 너를 만나게 될 것이다."

　"어딜 가시는데요?"

　그녀는 망치로 머리를 맞은 느낌이었다. 윤 선생은 먼 산을 바라보며 어딘가 우수에 잠긴 듯한 모습이었다. 그때 고독한 영웅이 방랑길을 떠날 모습처럼 보였다.

　"내 것, 네 것이 없는, 다 같이 일해서 공평하게 나누는 세상을 만드는 것이 우리가 꿈꾸는 국가건설이지. 나는 이 한 몸 바쳐 그런 세상을 만들 수만 있다면 기꺼이 혁명전선에 뛰어들 작정이야. 당분간 못 볼지도 몰라. 그러니 조급하게 기다리지 말어. 조국을 위해 할 일이 있어서야."

　"조국에 기여한다고요?"

　"아니, 위정자들이 쳐 놓은 그물을 걷고 민중을 일깨우는 일이 급선무라는 것을 깨달았어."

　"지금도 기여하는 것 아닌가요?"

114

"그런 사소한 문제가 아니야. 이 땅에 위정자들을 뒤엎을 혁명이 필요한 시기이고, 지금이 아니면 안 돼. 젊은 지식인들이 먼저 일어서고 농민을 깨우치는 일이 급선무다. 사명감으로 똘똘 뭉친 동지들이 기다리고 있어. 그들과 합세해서 혁명에 일조해야 해. 혁명이 꼭 성공해서 가난한 농민 노동자들이 살아남을 수 있게 해야 한다고! 선택의 여지가 없는 유일한 길이야! 목숨이 아까워 그대로 있다간 우리는 평생 가난으로 일생을 마쳐야 할 운명이지. 그 운명을 바꿀 결심을 했다. 모든 사람은 평등하다는 사실을 실천해 보이는 것이 내 꿈이다!"

너무나 결연한 그의 말은 무슨 뜻인지 확실히는 모르지만 창희는 숙연해졌다. 빛나는 표정으로 열변을 토하는 윤상현의 얼굴에서 비장함을 보았다. 그와 말없이 교환한 감정은 신비했고, 비밀을 공유한 자들만이 느낄 수 있는 영혼의 울림이었다.

다음 날 두 사람은 울타리를 벗어나 뒷동산 묘지로 올라갔다. 초봄이지만 양지바른 묘지는 노란 잔디가 그대로 남아 있었다. 두 사람은 말없이 자연스럽게 발길을 옮겼다. 산 너머 조그만 저수지가 있었다. 공기도 맑고 풍광이 좋은 편이었다. 저수지 방죽을 따라 걷다 보니 누런 잔디 사이로 민들레가 올라오고 있었다. 둘은 방죽 끝 수문 위에 앉았다. 그녀는 두 팔을 깍지 낀 채 무릎 위에 올려놓고 있었다.

수문 위 시멘트 바닥이 따뜻했다. 주변엔 사람의 그림자도 보이지 않아 사방이 쥐죽은 듯 고요했다. 하늘엔 솜처럼 뭉실뭉실한 구름이 떠다녔고 방죽을 따라 듬성듬성 나 있는 꽃다지가 바람에 하늘거렸다. 수면 위로 아른거리는 물결을 보고 있으려니 왠지 울고 싶은 기분이 들기도 했다.

머리를 그의 어깨에 살며시 기댔다. 그가 낮은 목소리로 시를 읊기 시작했다. 그의 입에서 흘러나오는 말은 그대로 음악이 되어버린다. 그가 잡은 그녀 어깨가 불덩이를 얹은 것처럼 뜨거워진다. 걷잡을 수 없이 뛰는 가슴을 누르고, 마른 침을 삼킨다. 그가 읽어 주는 시에 귀를 기울여도 들리지 않고 자신의 심장 소리만 점점 더 커진다.

창희는 자신의 마음을 들키는 것이 부끄러워 의연하게 대하려고 애쓴다. 소리가 나지 않게 침을 삼킬 방법은 없을까 하는 생각뿐이다. 그래서 앞만 보고 열심히 듣는 척한다. 갑자기 닥치는 소용돌이 같은 감정에 휘둘린다. 가슴에 넘치는 뜨거운 감정, 그 감정이 넘쳐흐르고 주변을 마치 천국처럼 느끼게 한다.

정신이 몽롱해진 채 그와 함께 있다는 사실만으로 황홀하다. 더욱 달콤함에 젖어 들어 보고 싶다는 욕망은, 갈증을 부추긴다. 더 큰 기대가 가슴을 훑고 지나간다. 그도 마찬가지일까? 그가 창희의 손을 잡았다. 뜨거웠다.

저수지를 다녀오고 일주일이 지났다. 어떤 말도 필요치 않았다. 그가 탄 자전거 뒷자리에 앉아 그의 자취방으로 숨어들었다. 누가 먼저랄 것 없이 방문을 닫는 순간 둘의 몸을 가리고 있던 껍질들이 한순간에 벗겨져 나갔다. 성급하고 달뜬 손놀림이었다. 그녀는 잠시 몸을 움츠렸다.

책상 위는 깨끗이 정리되어 있었고, 그 앞의 벽엔 비너스의 탄생이 그려진 사진 두 개가 걸려 있었다. 하나는 보티첼리의 그림이었고 다른 하나는 카바넬의 그림이었다. 그녀는 눈길을 어디에 두어야 할지 몰라

116

허둥댔다. 어색한 분위기를 바꾸어 보려고 그림에 대해 말했다.

"보티첼리의 비너스보다는 알렉상드르 카바넬의 비너스를 좋아해요. 색기보다는 순수한 정신이 고양돼 있으니까요."

"바다에 누워 있는 아프로디테는 성적이라기보다 정신적 행복을 추구하는 순수한 사랑의 상징이니까, 모든 남성의 이상형이라고 봐야지."

그가 아침에 개켜 두었던 솜이불을 급히 내려 깔고 덮었다. 창희의 볼록한 젖가슴이 드러났다. 아름다움은 독일까? 이불깃을 살짝 쳐들자 수줍게 미소를 담은 채 한 손으로 얼굴을 가린 모습은 그림 속의 여체와 흡사했다. 그의 입에서 짧고 가파른 비명이 비어져 나왔다. '아름답다'라는 절규와 함께 욕망이 고개를 쳐들었다.

그가 상의를 벗었다. 걸치고 있는 팬티 위로 야성의 뿔이 곤두섰다. 이불깃 사이로 눈만 드러낸 그녀가 그의 부리를 눈치채고 수줍게 눈을 감았다. 저물녘 서쪽으로 난 유리 너머로 붉은 노을이 감실거렸다. 땋아 내린 머리가 베개에 거추장스러워서 풀어 내린 풍성한 머리가 부챗살처럼 베개 위로 펼쳐졌다. 그녀의 얼굴은 열에 들떠 빨갛게 변했다.

불시에 몸을 누인 그가 그녀를 안아 뉘었다. 황홀하고 감미로운 오지였다. 그녀에게서 눈을 뗄 수 없었다. 이렇게 지척에서 그녀의 촉촉하고 부드럽고 따스한 몸을 만지기는 처음이었다. 그녀 안의 깊고 따뜻한 오지로 자맥질할 때마다 두 연인의 입에서 '아!' 하는 깊고 아릿한 신음 소리가 나왔다. 그날 그렇게 선지피처럼 서창을 물들이던 날의 합일이 그들에겐 처음이자 마지막이었다.

창희는 윤 선생이 자신의 옆에 있다는 것을 잊어 본 적 없다. 그러나 그는 신기루였다. 하지만 세상에 존재하는 것은 확실했다. 그에 대한 기억을 마음속 깊은 바닥에 숨겨 놓았다. 이 위대한 사랑에 향기가 나와 모든 것을 꿰뚫고, 그가 살고 싶어 하는 이상세계가 이루어질 것이다. 그가 바라는 세계가 이루어지도록 향을 피워 주고 싶었다. 다음 날 윤상현은 떠났다.

날은 점점 더 따뜻해졌다. 이창희는 기찻길을 따라 걸었다. 어느새 진달래가 피어나고 있었다. 윤 선생이 떠나고 벌써 한 달이 지났다. 선생님이 떠난 후에도 그가 자신에게 들어와 함께 살고 있다. 쌍밤처럼 질긴 밤 껍질 속에서 떨어질 수 없는 사이 같았다. 확신은 긍정적인 희망이다. 그가 없어도 기억을 재생시켜 사랑을 느껴 보려고 애썼다. 달빛을 받으며 시들을 외우고, 한숨을 섞어 노래했다.

> 내 학습노트 위에 나의 책상과 나무 위에 모래 위에 눈 위에
> 나는 너의 이름을 쓴다.
> 내가 읽은 모든 페이지 위에 읽지 않은 흰 페이지 위에 돌과 피와 종이와 재(宰) 위에
> 나는 너의 이름을 쓴다.
> 내 하늘빛 옷자락 위에 새들의 날개 위에 굵고 멋없는 빗방울 위에
> 나는 너의 이름을 쓴다.
> 낯익은 물건 위에, 내 친구들 이미 위에 건네는 모든 손길 위에
> 나는 너의 이름을 쓴다.
> … 그 한마디 말의 힘으로 나는 내 삶을 다시 시작한다.
> 나는 다시 태어났다.
> 너를 알기 위해 너의 이름을 부르기 위해

자유여!

창희는 방죽 수문에 발을 늘이고 앉아 약속도 하지 않은 그를 기다렸다. 그와 첫 데이트를 하던 곳, 마음속을 헤집어 놓은 곳이다. 물속을 들여다보며 그녀는 중얼거렸다.

"거울 속을 들여다보는 것처럼 그의 마음을 비춰볼 수는 없을까. 기다리지 않아도, 기다리는 자신의 마음을 아니 물속에 비치는 그의 모습, 내가 그의 마음을 알아낸다면…. 내 마음이 전달되어 그가 온다면…."

하늘엔 밭고랑처럼 줄을 긋고 있는 하얀 구름이 떠다녔다. 하늘을 담은 물 밑은 끝없이 깊고, 그 푸름으로 발이 떨리게 깊다.

창희는 천천히 뒤를 돌아보았다. 맞은편 물속에 검은 산줄기가 푸른 잎으로 장식한 채 앞산이 들어앉아 있다. 그가 물속 산자락에서 불쑥하고 나타날 것 같아 먼 산 쪽에 시선을 둔다. 깊은 초록의 물빛은 마치 그의 뒷모습처럼 침울해 보인다. 깊은 물속 때문인지 두려움이 몰려온다. 아무리 긍정적으로 보려 해도 석연치 않았다.

그가 말하는 이상세계에 대해 이미 들은 바가 있었다. 반짝이는 유리창을 바라보며 윤 선생은 자신이 꿈꾸는 이상세계를 누구보다 잘 이해하고 함께할 수 있을 것 같다는 말을 했다.

물론 그녀의 꿈도 같았다. 할 수만 있다면 그가 원하는 세계를 함께 가고 싶었고, 그의 정신세계를 동경했다. 소울 메이트, 영혼을 불살라도 두려울 것이 없었다. 그만 바라보면 희망이 생겼고 꿈을 이룰 수 있을 것 같았다.

*

전쟁이 터졌을 때 이창희는 반가웠다. 윤상현을 만날지도 모른다는 기대감 때문이다. 몇 달째 소식이 없던 윤상현이 김동혁을 통해 연락이 온 것이다. 뛸 듯이 반가웠다. 그동안 소식이 끊겨 가슴을 졸이던 차였다. 윤상현이 원하던 세상이 왔으니 그를 만나는 것이 우선이다. 어머니가 작은오빠네 집으로 피란 가자고 했을 때 그녀는 이렇게 대답했다.

"어머니 먼저 가 계세요."

"넌?"

"학교 일을 정리하고 나서 갈게요."

"학교가 네 집이냐?"

어머니가 화를 내자 창희는 곧 뒤쫓아 갈 테니 염려 말라고 했다.

이창희는 비상(飛上)의 기회라고 판단했다. 선생님 일이라면 누구보다도 자신이 솔선하고 있었다. 비상시 서로 연락할 수 있는 학교 연락망이 있었고, 그 연계된 선을 통해 윤상현 선생님이 이창희를 찾는다는 연락을 받았다.

그녀는 반가운 마음에 한달음에 학교로 향했다. 교실에는 친구들이 속속 들어차고 있었다. 학훈단 단장, 중대장 등 중요한 역할을 했던 친구들만 뽑혀 온 것이다.

그녀는 깜짝 놀랐다. 어떻게 알고 간부들만 모이라고 했을까? 이북에서 내려온 사람들의 정보력은 대단했다. 시골 사람들의 사상 점수가 매겨져 있고, 그들은 이미 쓸 인재를 찾아 옴짝달싹 못하도록 포섭대상을 정해 놓았다. 남한 사정에 밝았고 누가 누구라는 것까지 파악해 놓

120

은 상태였다.

학교에 도착하자 윤상현 선생이 웃음 띤 얼굴로 학생들을 맞이했다. 그 동안 윤 선생이 어떤 일을 겪었는지 모른다. 이창희는 그를 잘 알고 있다고 자부했다. 그녀가 그리워하던 윤상현은 다소 야위어 있었다. 긴박하게 돌아가는 정세 때문인지 날카로워진 모습이었다. 그러나 그녀를 쳐다보는 눈길은 따뜻했다.

교실에 앉자마자 한 남자가 안으로 들어오더니 학생들에게 각서를 내밀었다. 당 간부인 것 같았다. 옆구리에 권총을 찬 것을 보고 학생들은 꼼짝을 못했다. 기가 꺾이고 말을 듣지 않으면 곧바로 죽음일 것 같았다. 각서는 미리 준비된 문안으로 서명만 하면 되게 준비되어 있었다. 그는 자신의 군복에 꽂힌 만년필을 꺼내 학생들에게 서명하게 했다.

"이제 조국 혁명투쟁에 합류했으니 당에 충성을 서약해야 하오. 자랑스럽고 영광스런 노동당원은 아무나 되는 것이 아니오. 동무들은 선택받은 사람들이오. 앞으로 열렬히 투쟁해서 당성을 입증하고 키워 나가야 하오. 공화국은 그대들의 노고를 잊지 않을 것이고 합당한 보상이 있을 것이오."

이창희는 미리 사상교육이라는 것을 받은 셈이었지만 분위기에 눌려 불안했다. 제일 먼저 각서를 썼다. 성명, 생년월일, 주소를 쓴 다음에 엄지손가락을 인주에 꾹 눌러 찍었다. 손가락 지문이 선명하게 찍힌 입당 원서를 보았다. 동글동글 원을 그린 지문이 선명했다.

친구들도 삼엄한 분위기에 눌려 얼떨결에 각서에 도장을 찍었다. 이창희는 당에서 특별히 임명한 자로서 자부심을 가지고 솔선해서 충성을 맹세하고 명예로운 당증을 받았다. 같이 간 친구들도 함께 당원이되었다. 밤마다 본격적인 사상교육이 이루어졌다.

"우선 혁명과업을 추진하는 데 방해가 되는 반동세력부터 처단해야하오. 당과 인민을 위해서는 무엇보다도 과감해야 하오. 사심이 있어서는 안 되는 일이오. 소작농들을 등쳐 먹은 지주계급부터 쓸어 내야하오!"

그녀는 자신감에 차 있었다. 역사의 주인공으로 유토피아를 건설하는 데 한몫을 하겠다는 각오가 되어 있었다.

이상주의자일수록 현실을 부정하고 새로운 세계를 열망한다. 기득권을 깨부수고 기존체제를 부정하는 것은 당연하다. 농민반란을 일으킨 사람들이 공통적으로 가졌던 것은 가난과 억압이 사라진 '새로운 세계'에 대한 희망이었다. 하나의 세계에 종지부를 찍고 새로운 세상을만든다는 로망! 소수의 직업 혁명가들에 의한 혁명을 주장한 러시아의트카초프는 소수의 혁명가로 지주계급을 무너뜨릴 수 있으며, 프롤레타리아 계급을 혁명에 끌어들여 완성할 수 있다고 믿었다. 레닌이 일찍꿰뚫어 본 것도 그런 점이었다.

파괴는 가장 완벽한 창조의 조건이자 시작이고 혁명의 꽃이다. 파괴해야 할 것에 지나치게 연민을 가지고 자기 세대에 맡겨진 파괴를 두려워하면 창조를 논할 수 없다. 누가 어떤 길을 선택하든 파괴의 역할을맡아 다음 세대의 창조를 돕겠다.

윤상현이 볼셰비키 혁명에 대한 이야기를 했을 때 이창희는 막연히 꿈꾸던 이상세계가 현실이 될 수 있다는 말에 감격했다. 어쩌면 이제부터 어둡고 고통스러운 가운데 행복의 빛줄기를 매만질 것이다. 그리고 현실과 이상 사이에서 자신의 인생은 높고 가파른 절벽 위를 오가듯 할지도 모른다. 어떤 경우에서든 그와 함께 살아가리라!

이 나라에서는 어째서 일제시대 친일파인 민족 반역자들이 '애국자'로 행세하며 권세와 영달을 누리느냐. 이 문제에서 우리는 젊은 지식인답게 괴로워해야 한다. 이른바 머리가 있다는 사람들이라면, 이런 사실과 이 나라의 외세 의존적 자세가 무관한 것이 아님을 깨달아야 한다고 윤상현은 역설했다. 그의 사자후는 끊이지 않았다.

"그동안 우리는 제도권 권력을 쥔 사람들의 말만 들어 다른 사상을 갖기 어려웠다. 그들은 반공이 애국이라며 공산주의를 철저히 배격했다. 우리는 한 부류가 집권해서 대대손손 호의호식하는 그런 세상을 뒤엎어야 한다!"

그의 목소리엔 힘이 있었다.

"인민을 일깨우는 역할을 담당해서 다른 체제에서 공평한 세상이 있다는 사실을 민중에게 알려야 한다! 그동안 우리는 북쪽은 빨갱이들이 득실거리는 악마의 나라라고 세뇌 당했다. 북쪽도 우리와 같은 사람이 사는 나라야."

윤상현은 이창희의 어깨를 토닥여 주며 머지않아 좋은 세상이 올 거라고 강조했다. 그리고 이렇게 덧붙였다.

"너 같은 천재는 조국이 꼭 필요로 하는 인물이야!"

천재적인 능력만 있으면 갈 수 있는 김일성대학, 그것도 무료라고 했다. 그녀는 꿈이 현실로 눈앞에 다가왔는데 포기할 수 없었다. 기회를 잡고 싶었다. 윤상현의 뜻을 따르기로 했다. 그가 하는 말, 행동, 사고, 모두 옳다고 느껴졌다.

창희는 상현이 빌려준 책을 통해 부조리한 삶을 극복할 수 있음을 알았다. 충과 효의 이데올로기도 국가 이데올로기처럼 통치수단으로 쓰이는 게 아닐까. 얼마나 많은 여성들의 아름다운 영혼이 충효 이데올로기 때문에 억울함과 비통함 속에서 찢어졌는가!

얼마나 많은 사람들이 그늘에서 울었고, 당연히 발휘될 수 있었을 창의력과 생명력이 짓눌렸고, 해방되었더라면 꽃피웠을 인간적 아름다움이 위선의 탈 속에서 시들어 갔는가! 그것은 궁극적으로 지배하는 자, 지배하려는 자, 지배를 계속하려는 자들의 이기적 이념일 뿐이었다. 그들은 우민화로 지배의 이득을 얻으려는 자들임이 분명하다. 독자적 사고력, 독립된 판단력, 반항의 권리를 충효 도덕의 이름으로 마비시키는 세력이고 거대한 음모 아닌가!

우리가 제대로 분노해야 하는 이유는, 너무 많이 분노하면 동물에 가까워지고 너무 적게 분노하면 속물로 변하기 때문이다. 제대로 분노하기 위해 인간에게 필요한 것은 무책임하게 보이는 '일시적인 분노'가 아니라 변화를 불러올 수 있는 '지속적인 분노'이다.

언제나 처음인 것처럼 분노하라. 그래야 '분노의 포도'라는 열매를 딸 수 있다. 그래야만 그 열매로 포도주로 숙성시킬 수도 있다.

개인의 능력과 관계없이 받아야 할 희생자들, 여자는 언제나 양보와 희생이 동반됨은 물론이고 의사표현도 할 수 없음을 경험으로 알고 있다. 과연 어떤 세상이 여자들이나 비천한 머슴에게 공평한 권리를 줄 수 있을까? 생명이 주어진 순간부터 누구나 공기를 마실 수 있는 그런 자유, 자유라고 느낄 필요조차 없는 편안한 세상이 있기나 할까? 남녀가 평등하고, 지주와 노동자, 모든 인간이 평등한 세계가 가능할까? 늘 의문이었다. 하지만 인간이면 누구나 자유로운 생각을 할 수 있고, 행동으로 옮길 수 있는 자유가 허락된 나라가 있다면 우리는 투쟁을 해서라도 얻어야 한다고 두 주먹을 불끈 쥐었다.

창희는 빛나는 표정으로 열변을 토하는 상현의 얼굴에서 사랑을 보았다. 그와 있으면 행복했다. 말없이 스며든 텅 빈 교무실에서의 밀회는 신비했고 비밀을 공유한 자들만이 느낄 수 있는 영혼의 울림은 이어졌다.

그동안 모르고 지낸 새 세상이 왔다. 이북은 이미 남녀평등이 실현되었고 빈부격차가 없는 이상국가를 건설했다고 한다. 우리가 원하던 그런 곳이다. 그런데 남한은 어떤가. 시골의 평범한 여자가 갈 길은 뻔하다. 필부를 만나 시집가고, 남자에게 죽어지내는 길이 드센 팔자를 만들지 않는, 부모가 원하는 삶인 것이다. 아무리 재능이 있고 뛰어난 문장가라고 해도 아녀자는 아녀자일 뿐, 분수를 지켜야 한다.

세상은 알 수 없는 문제들 천지였다. 권력자와 그 권력을 유지하도록 하게 하는 종의 관계가 저절로 성립된다. 왜 그럴까?

모든 인간은 평등한 민주국가라고 하는 이 나라는 말뿐, 어른들의 머리통에는 아직도 암탉이 울면 집안이 망하고, 여자 목소리가 담을 넘어가면 안 된다는 남존여비의 케케묵은 사고방식이 그득하다. 이 땅의 똑똑한 딸들 입에 재갈을 물리고, 지적 갈망에 족쇄를 채운 꼴이다.

이런 낡은 체제에서는 꿈을 펼칠 기회가 없다! 오직 인민공화국 건설을 위해 헌신하는 길만이 살 길이다! 평등국가에서 능력대로 인정받고 싶다! 이창희는 그렇게 믿고 어떻게 하든 이 전쟁을 승리로 이끄는 일만이 살 길이라고 다짐했다.

아름다운 선율이 창희의 머리에 빛을 주었고, 그것으로 그녀가 가는 길에 어떤 결과가 기다리던 자신이 감당해야 했다. 인공국가는 자신이 바라던 낙원이었고 조국이었다. 그녀는 경쾌한 멜로디에 낙원에 대한 환상을 키웠고 노래를 들을 때마다 가슴이 벅차올랐다.

아침은 빛나라 이 강산
은금의 자원도 가득한
삼천리 아름다운 내 조국
반만년 오랜 역사에
찬란한 문화로 자라난
슬기론 인민의 이 영광
몸과 맘 다 바쳐 이 조선
길이 받드세.

인공에 협조하기로 한 며칠 후 창희에게 여성동맹위원장이라는 임무가 주어졌다. 그녀는 한 손엔 마이크를 잡고 선동자 역할에 충실히 협조했다.

126

"먼저 출발한 자의 영광을 차지합시다. 혁명의 길은 언제나 형극의 길입니다. 우리가 흘린 핏자국 하나하나가 조국의 꽃으로 피어날 것입니다. 경애하는 여성동무들! 적들에게 착취당하며 더럽게 사느니 여맹의 깃발 아래 숭고한 혁명의 딸로 거듭납시다!"

조금만 참고 기다리면 우리 가난한 농민의 세상, 개인의 자유와 능력이 인정되는 세상이 올 것이다. 곧 부산까지 점령해서 통일이 되면 동무들 앞날은 탄탄대로처럼 쭉 뻗어 나갈 것이라고 했다.

욕구불만과 경제의 불균형, 사상의 충돌, 원칙의 부재, 새로운 세상에 대한 갈망에 목마른 젊은 세대들에게 그들의 욕구를 채워 줄 이데올로기의 결핍, 성공의 기회도 제시하지 못한 과도기였다.

인민공화국은 확실한 민족관의 확립으로 젊은이에게 미래에 대한 비전을 제시했다. 정의를 위한 의협심이 끓어 넘치고 불의에 대한 저항의식으로 가득 차 있을 젊은 세대의 분기를 가라앉힐 만한 사상이었다. 분단된 이 땅의 젊은 수재들에게 통일된 조국을 후손에게 남겨 주는 일은 의협심을 충족시키기에 충분했다. 희망과 꿈이 생긴 것이다. 가슴이 펄펄 끓는 젊은이들을 흥분시키고, 애국하는 마음을 깊이 심어 줄 승전가. '장백산 줄기줄기 피 어린 자국'으로 시작되는 장엄한 승전가는 창희를 혁명가로 만들었다.

인민군 여전사와 화전민 처녀

삼촌 이태호

1945년 5월 5일 서울에서 애국청년단이 만들어졌다. 이태호는 해방 직후에 정부가 애국청년단을 결성했을 때 즉시 가입했다. 그러나 구호만 있고 정의를 위한다고 권력을 휘두르는 단원들의 맹목적인 행동과 불투명한 현실에 절망했고 자신의 진정한 꿈이 무엇인지 회의하고 갈등했다.

우물 안 같은 마을, 눈만 뜨면 보이는 같은 사람들, 뒹구는 돌에도 눈이 달려 있는 것 같은 이곳을 벗어나고 싶었다. 낯선 세계와 미래에 대한 궁금증 때문에 조바심이 났다. 마침 해방 이후에 '대한민국 창군 모집' 안내문이 눈에 띄었고 기꺼이 지원했다. 스무 살 때였다.

그는 국가를 위해 일하려면 군대가 최고라고 믿었다. 그의 어머니는 아들이 행여 일을 당할까 봐 걱정했지만 그는 나라를 위한다는 의협심으로 불타올랐다.

유일하게 소통하던 중학교 동창생인 말순이 시집간 것도 이태호가 떠나려는 마음에 한몫했다. 풋사랑이라도 막상 헤어지니 허전했다. 그녀와 결혼하겠다는 마음은 없었지만 그래도 팔다리를 잃은 것처럼 마음이 자꾸 휘청거렸다. 그는 읍내를 가로 질러 흐르는 개천 둑을 거닐었다. 말순이 살던 동리였다. 그 둑길과 이별을 고했다.

입대 전날. 이태호는 가슴에 애국청년단 띠를 두른 지원병들과 함께 조국을 위해 앞장선다는 자부심이 하늘을 찔렀다. 밤새 술을 마셨고 나라를 위해 젊음을 바치겠다는 기개가 읍내를 가득 채웠다. 아무 술집에서나 그들에게 공짜로 술과 안주를 대접했고, 술에 취해 난동을 부려도 마을 사람들은 그들을 응원했다. 어깨동무로 스크럼을 짜고 신작로로 행군하며 소리를 질렀다.

날이 밝자 입대하는 청년들은 '멸공봉사'이라고 쓴 머리띠를 이마에 두르고 동네 사람들의 배웅을 받으며 울면서 동구 밖을 나섰다. 중학교 운동장에는 트럭이 대기하고 있었다. 이태호의 어머니에게는 아들이 군대에 간다는 것은 곧 죽음과 직결되는 일이었다.

할머니는 군대에 지원하는 아들을 이해할 수 없었다. 군대라면 왜정 때 끌려갔다가 죽어 돌아온 젊은이만 봐 온 터였다.

"금쪽같은 내 아들이 섶을 지고 불속으로 들어가네! 아이고, 아이고!"

할머니는 아들을 말리지 못했다며 대성통곡했다. 상여에 매달려 오열하는 지어미 같았다. 쪽진 머리에 비녀가 흘러내려 산발된 마리를 걷어 올릴 겨를도 없이 혼이 빠진 상태…. 그렇게 말렸어도 제 고집대로 어미 속도 모른 채 떠나는 아들이 야속했다. 트럭 위에 앉아 있는 아들

의 모습이 마지막일지도 모른다는 불길한 예감에 트럭을 붙잡고 통곡
했다.

머리에 띠를 매고 조국을 위해 목숨 바칠 것을 맹세하며 사나이 기개
를 다짐하는 지원병들이 탄 트럭이 떠나갔다.

전쟁이 날까 봐 걱정하는 사람은 할머니뿐이었다. 할아버지는 뜨악
한 눈길로 할머니를 쳐다보며 한마디 내뱉었다.

"부모 말, 듣지 않는 놈은 머리에서 지워 버려!"

할머니는 어떻게 하든 태호의 목숨만 붙어 있으면 된다면서 하루 종
일 주문을 외우며 조바심했다. 새벽에 일어나서 감나무 옆 장독대에 정
화수를 떠 놓고 삼신할매에게 기도하는 것이 하루 일과의 시작이었다.

"이태호를 기억하시고, 무사히 귀환하도록 비나이다!"

이태호는 국군 창설 멤버다. 군번 2503152번. 그는 최전방인 임진
강 건너 장단군에 위치한 5사단에 배치되었다.

6·25 전쟁이 일어나기 전. 인민군이 수시로 쳐들어와 국지전이 계
속되었다. 적의 침투로 한시도 마음을 놓을 수 없는 긴장된 가운데 크
고 작은 적의 습격을 받았다. 하지만 전선에는 낭만적인 면도 있었다.
일요일에는 임진강으로 천렵을 나가 쏘가리와 메기 같은 물고기를 잡
아와서 매운탕을 끓여 대원들이 함께 둘러앉아 회식을 하곤 했다.

풀밭에서 여치와 이름을 알 수 없는 풀벌레가 애잔하게 울고 있었다.
무더운 참호 속에서 이태호 일등중사는 어머니 얼굴을 떠올렸다. 그러
다가 웽웽 모기소리가 나면 모기를 잡느라 허공에 손을 날렸다. 그러나

이미 얼굴과 팔을 물어뜯은 후였다.

적군은 낮에는 조용하다가도 밤이면 수시로 공격해 왔다. 이러한 게릴라식 국지전 도발은 국군의 38선 방어상태를 시험해 보려는 의도였다. 동료들의 죽음을 본 그는 우울했다. 군대생활을 해 보니 만만치 않았다. 지원 입대할 때의 기개가 시간이 지남에 따라 줄어들고 있었다.

군대에서 가장 기다려지는 것은 위문편지였다. 여동생이 보낸 위문편지를 받은 것은 열흘 전이었다. 어머니 소식을 전하며 무사하기를 바란다는 편지를 받고 반가웠다. 그는 '아내여'라는 말 대신에 '동생아'로 바꾸어 쓴 군가를 편지 형식으로 써서 여동생 창회에게 군사우편으로 보냈다. 편지 끝에는 이렇게 적었다.

우리들은 대한청년 사명 있는 젊은이
한 번 태어나 한 번 죽는 건 정한 이치인데
사나이답게 싸워서 사나이답게 죽어라
… 아버지 어머니 안녕히 계세요
까마귀 우는 곳에 나는 갑니다
삼팔선을 돌파하여 태극기 휘날리고
죽어서 백골이 되어 돌아오리라

아내여(사랑하는 동생아) 새 세상에 굳세게 사세요
당신과 만날 적에 백년가약을
지금은 이별가를 불러보고 있으니
어여쁜 우리 아내(우리 동생) 어이 할거나

삼촌이 보낸 편지를 받았을 때 할머니는 아들이 무사하다는 소식을 듣고도 걱정했다. 삼촌은 행동이 굼뜨고 성격이 우직했다. 좋게 말해서 우직하다는 것이지 고집이 세고 좀 미련한 편이었다. 그런 성격을 잘 알기에 무슨 일을 당할지도 모른다는 거였다.

처음 군사우편이라는 도장이 찍힌 편지를 받았을 때 전사 통지서인 줄 알고 할머니가 기절하는 소동이 벌어지기도 했다. 할머니가 정신을 차리고 깨어나자 또 한바탕 화를 내면서 난리가 났다. 가족들이 할머니에게 공연한 걱정을 한다면서 아들 사랑이 유난스럽다고 했기 때문이다.

할머니는 아들이 보낸 편지를 안고 방 안에 있는 불상 앞으로 갔다. 그리고 무수히 절을 했다. 고모가 옆에서 헛고생하지 말라고 하자 할머니는 화를 냈다.

"얘야, 백팔배 하면서 무사하기를 부처님께 빌어야지. 그러면 네 오래비 가슴을 겨냥한 총알도 빗겨갈 거야."

군대가 적성에 맞는다며 직업군인의 길을 택해, 군대에 말뚝 박은 태호 삼촌은 일등중사였다.

인민군 여전사

38선 너머 인민군 진지를 마주 보는 상황이지만 병사들에게 가장 큰 호기심은 전쟁이 아니라 여자였다. 내 여자든 남의 애인이든 관계가 없었다. 야간 매복을 나갔다가 재수가 좋으면 철조망을 넘어오는 인민군을 잡기도 했다. 그러면 공로를 인정받아 일 계급 특진하거나 포상 휴가를 받았다.

그날은 유난히 무더운 밤이었다. 울어 대던 개구리 소리가 뚝 그쳤다. 바람을 가르는 나뭇잎 스치는 소리에 이어 인기척이 느껴졌다. 오줌 누다가 풀숲이 움직이는 소리를 들은 허 일등병은 M1 소총을 들고 풀숲에 엎드렸다(1962년 이전에는 병사계급이 이등병, 일등병만 존재했다). 숨을 죽이고 총을 겨누어 전방을 주시했다. 그러나 아무런 기척이 없었다.

10분 이상을 기다려도 이상한 점을 발견하지 못하자 투덜거리면서 풀숲을 살폈다. 그때 다시 풀이 움직이며 인기척이 느껴졌다. 허 일등병은 무전기를 들고 즉시 소대본부에 연락했다.

밤하늘에 조명탄이 터졌다. 수색조가 출동해서 포복으로 풀숲으로 접근했다. 그리고 인기척이 난 장소를 포위했다. 풀숲 바위 아래에 숨어 있는 검은 물체가 발견됐다. 정 하사가 잽싸게 덮쳤다. 잠시 후 소대장이 헐떡이며 도착했다. 인민군 포로는 몸피가 가늘었다. 소년병인 것이 분명했다. 무장을 해제시키고 포로의 군모를 벗겼다. 대원들은 소스라치게 놀라 물러섰다. 두 눈이 휘둥그레졌다.

"여자 아니냐!"

모두들 어이가 없었다. 귀엽고 앳된 소녀였다. 가냘픈 몸피에 무장한 인민군 여전사였다. 기껏해야 열여섯이나 열일곱 살쯤 되어 보였다. 낡은 군복을 입은 포로에게서 청순미가 흘렀다. 대원들은 어린 여자를 보며 안타까워했다.

아무리 아까워도 적군인데 어쩌랴. 전방에서 적의 포로를 잡으면 심문을 하고 총살했다. 기둥에 묶인 어린 포로는 곧 죽을 신세였다. 특히

정 하사가 아쉬워했다. 마치 귀한 물건을 잃은 것처럼 가슴 아파했다. 서너 시간이 지나자 심문이 끝났다. 즉결처분 명령이 떨어졌다.

그때 포로가 외쳤다.

"잠깐!"

목소리가 높고 가늘었다.

"저 아직 처녀…."

젊고 아름다운 여자가 눈물을 흘리는 모습은 측은했다. 정 하사가 급히 중대장에게 보고했고 선처를 기다렸다.

"그럼 자네가 알아서 하게. 처리는 내일 하도록 하지."

정 하사에게 하룻밤 민가에서 소녀와 함께 보낼 수 있는 외박 명령이 떨어졌다. 처음 발견한 사람은 허 일병이었다. 정 하사가 작전지휘를 했다는 이유로 여자를 혼자 차지하는 것은 불공평한 처사라고 수군거렸다. 그러나 속으로는 모두 '아 씨바, 재수 더럽게 좋네' 하며 정 하사를 부러워했다.

그날 밤 참호 안에는 젊은 병사들의 열기가 들썩였다. 시큼한 성욕을 이길 수 없어 헉헉대던 여름날의 무더위를, 여자 생각만으로 한없이 이어지던 수음을, 분수처럼 솟구치던 정액을, 그 냄새를, 갈증을 부추겼다. 고향에 두고 온 여자를, 짝사랑으로 가슴만 태우다 온 여자를, 인민군 포로를 떠올리면서 잠을 이루지 못했다.

정 하사가 막사로 돌아온 것은 다음날 아침이었다. 싱글벙글해야 할 놈이 이상하게도 얼굴에 눈물범벅이었다. 슬픔에 젖어서 곧 죽을 것처럼 보였다. 무슨 일이 있었는지 대원들은 궁금했지만 정 하사가 너무 슬피 우는 바람에 이유를 물어볼 수 없었다.

중대장이 나타났을 때 정 하사는 어디로 갔는지 보이지 않았다. 총살은 오전 10시로 결정되었다.

소대장이 명령을 내렸다.

"실시!"

잠시 후 세 발의 총성이 울렸다.

정 하사는 오후에 참호로 돌아왔는데 눈이 부어 있었다. 그는 사형집행을 볼 수 없다면서 내무반이 떠나가도록 통곡했다. 그 후 정 하사의 행동이 이상해졌다.

"내 일생에 다른 여자는 없다!"

그는 인민군 여전사와의 하룻밤 사랑을 가슴에 새기며 영원히 간직할 것이라고 말했다. 목숨이 끊어질 때까지 그녀만 사랑하면서 혼자 살겠다는 것이다.

대원들은 정 하사가 과연 죽은 여자를 위해 평생 수절할 것인지를 두고 설왕설래 하다가 내기를 걸었다. 그동안 겪어 본 정 하사의 작태를 미루어 보면 길어야 석 달을 넘기지 못할 거라는 의견이 지배적이었다. 정 하사는 곧바로 다른 여자를 품을 것으로 예상되기 때문이다.

이태호는 한 달 안에 다른 여자를 사랑할 거라는 쪽에 만 원을 걸었다. 그건 말도 안 된다고 본 다른 대원들은 6개월 안에 백 원을 걸었다.

"정 하사는 보름을 넘기지 못해. 내가 이길 수 있어."

이태호는 정 하사와 열흘 후 함께 휴가를 가기로 되어 있었다. 정 하사를 데리고 청량리역으로 가 볼 예정이었다. 정 하사 마음에 드는 여자가 청량리에 없다면 서울 시내를 뒤져서라도 인민군 소녀와 닮은 여자를 찾아 줄 심산이었다.

그러나 대원들의 이기고 지는 일들이 모두 허탕이 되었다. 정 하사와 함께 휴가를 떠날 수 없었기 때문이다. 그 열흘이 지나기 전에 전쟁이 터진 것이다.

이태호는 내기의 결과를 보지 못한 것이 못내 아쉬웠지만 틀림없이 이길 수 있다고 믿었다. 청춘의 그 황량하면서도 원초적인 부르짖음 앞에서 달리 어찌할 도리가 있겠는가? 남성 호르몬 충동이 한 달 이상 억제되기는 어렵다. 마음만은 너를 위해 영원히 남겨 둔다는 식인 어설픈 사랑을 정신적으로는 너만 사랑한다고 합리화시킨다는 것이다. 몸이 원하는 대로 행동할 거라는 게 그의 지론이었다.

개 전

6월 25일 새벽.

쾅! 쾅! 우르릉! 포탄 터지는 소리가 귓전을 때렸다. 참호에서 잠을 자던 이태호는 번쩍 눈을 떴다. 한시도 마음을 놓을 수 없는 긴장된 가운데 크고 작은 인민군의 습격을 받았지만 이번 대포소리가 심상치 않았다. 숲속의 깊은 정적을 깨트리며 총성이 울려왔다.

"급히 완전무장하고 중대본부 막사 앞에 집결하라!"

명령이 내려졌다. 총성이 귓전을 때리는 것과 동시에 부대는 군장을 갖출 사이도 없었다. 실탄을 준비할 사이도 없이 와르르 전선이 무너져 내렸다.

136

처음에는 항시 있는 국지전인 줄 알았는데 본격적인 전쟁이 시작됐음을 알았을 때는 이미 전세가 기울어진 상황이었다. 어떻게 된 일인지 따발총소리 몇 번에 방어선이 무너졌다. 통신병이 참호로 뛰어 들어 전했다.

"큰일 났습니다. 아무리 호출해도 중대본부에서 응답이 없습니다."

군장을 차려 대응하려 했으나 예광탄도 발사되지 않아서 적군과 아군이 누군지 분간할 수도 없었다. 오전 6시가 지나서야 겨우 중대본부와 무선 교신이 이루어졌다.

"지금 38선 전역에서 전투가 벌어졌는데 대대와 모든 연락이 두절되었습니다."

시간이 지나면서 작열하는 태양이 대지를 뜨겁게 달구고 있었다. 뜨거운 열기는 숲이라고 예외는 아니었다. 가만히 있어도 숨이 턱턱 막혔다. 이태호는 후퇴명령이 이곳까지 전달되지 않았다는 사실도, 본부대가 남으로 떠나갔다는 사실도 그때까지 모르고 있었다.

황혼이 깃들 무렵 10중대 대원들이 달려왔다.

"소대장님이 조금 전에 전사했습니다!"

그러면서 대원 한 명이 소대장의 총과 시계를 보여 줬다.

적지에 고립된 것을 알았을 때 이태호는 몸이 떨려 움직일 수가 없었다. 눈앞이 캄캄했다. 능선에서 골짜기로 굴러 떨어져서 숨을 죽였다. 본부대로부터 후퇴명령을 받지 못하고 고립된 것이다.

'살아야지, 너 살아야 해!' 하는 소리가 의식을 깨웠다. 동료들의 시체가 옆에 보였다. 본부대를 찾아가야 했다. 고립되어 있던 분대원은 마지막 실탄 한발까지 다 쏘고 흩어졌다.

능선을 넘어 골짜기로 들어서자 전사한 21부대 소대장의 시체가 소나무 위에 걸려 있었다. 목과 두 팔이 묶여 있는 자세로 눈알이 있던 자리는 핏물이 고인 채 비어 있다. 마치 그의 눈이 없어진 것 같아 몸이 떨려 움직일 수가 없었다. 나무 옆으로 20여 구의 시체가 여기저기 널려 있었다.

임진강에서 연천으로 이동하는 중 소속 중대는 물론 소대원들과도 뿔뿔이 흩어졌다. 적지에 고립되었고 그것도 1개 분대뿐이었다. 육로가 아닌 산악을 이용하기로 했다. 탱크를 피하려는 의도였다. 해발 800미터 조금 넘는 고지였다. 고지를 사수하라는 명령을 듣고 잠복해 있는데 저만큼 앞서 포탄이 계속 떨어졌다.

분대별로 분산해서 퇴각해야 했다. 인민군은 앞서 진군했는지 보이지 않았고 소대원도 보이지 않았다.

적군과 아군이 뒤섞인 상황에서 포탄소리만 요란했다. 정신을 차려보니 전투상황이 끝나 있었다. 잠시 어찌해야 할지를 몰랐다. 인민군은 그 지역을 벗어나 남쪽으로 내려갔는지 보이지 않았다. 수수께끼 같은 일이었다. 포위된 줄 알았지만 그게 아니었다. 험준한 계곡이어서 국방군의 존재를 모르고 인민군이 지나갔을 것이다. 우리만 사각지대에 방치된 것이 분명했다. 민간인보다 못한 애물단지로 방치되어 소대 병력이 방향을 잃고 허둥대던 사이에 인민군은 승전가를 부르며 남쪽으로 내려간 후였다.

상황판단이 안 서는 가운데 옆에서 사람의 신음소리가 들렸고 빨리 후방으로 퇴각해야 한다는 생각이 났다. 골짜기에서 엉뚱한 방향으로 포복으로 기어가다가 맥이 풀려 그 자리에 엎어지고 말았다. 끈이 떨어진 뒤웅박 신세 같았다.

눈을 감고 숨을 크게 들이마셨다. 절망과 공포 속에서도 움직여야 한다고 아우성쳤고, 지금껏 북쪽으로 겨누던 총을 돌려 남쪽 어디든 가야 했다. 개울물을 제각기 수통에 넣어 산으로 올라갔다. 대낮에 산마루로 올라가는 것은 위험한 짓이다. 산허리께 나무숲을 지나 8부 능선쯤 되는 바위 그늘에다 자리를 잡았다.

바람결을 타고 서울이 벌써 함락되었다는 소문이 나돌았다. 그럴 리가! 사흘밖에 안 되지 않았던가? 전우의 시체가 나뒹굴고 있다. 풀숲에 뒤통수만 보인, 저만치 군화 신은 채 잘려나간 다리 한 짝이 눈에 들어온다. 골짜기 밑에 엎어져 있는 시체를 뒤집어 보고 싶지만 움직이는 순간 벌집처럼 구멍이 뚫릴 것 같아 움직일 수 없었다.

유일하게 옆에 있던 허 일등병에게 빨리 부대를 찾아 합류하자고 재촉했다. 그는 입대 전부터 알던 고향 후배였다.

"자! 지금부터 국군 신분을 버려야 목숨을 부지할 수 있다."

목숨을 부지해서 본부대를 찾아 다시 만나기로 했다. 같이 행동하다가는 인민군에게 발각되면 위험할 수 있었다.

이태호 중사는 혼자 남겨졌다. 함께 낙오된 허 일등병은 어디에 있는지 보이지 않았다. 사람의 발자국 소리가 다가오고 있어 급히 바위 속 그늘에 엎드렸다. 한 발짝도 움직일 수 없었다. 방향도 가늠하기 어려웠다. 며칠째 굶어 기력을 잃었고 그대로 정신을 잃었다.

시간이 얼마가 흘렀는지 모른다. 어렴풋이 새벽을 알리는지 부스럭 거리며 숲이 깨어나는 소리가 들렸다. 여기가 어디인지 가늠이 되지 않는다. 군복 주머니를 뒤졌지만 나침반도 사라지고 없다. 개울물을 마시고 낮에는 숨어 있다가 어두워지면 한 발짝 더 남쪽으로 내려갈 작정이다.

땅거미가 내려앉기 시작할 무렵 떠날 준비를 했다. 조심조심 발걸음을 옮기며 먹을거리를 찾아본다. 우선 요기부터 해야 걸을 수 있을 것 같다. 골짜기로 걸어야 가재나 개구리를 잡을 수 있겠지. 무엇보다도 물이 흐르는 쪽이 남쪽일 가능성이 많다. 더덕냄새가 났다. 한 뿌리 캐서 냇물에 씻어 먹으면서 개울을 따라 걷고 있는데 발에 걸리는 것이 있었다. 눈앞에 군복이 보였다.

엎어져 있는 시체를 뒤집어 보니 눈에 익은 얼굴이었다.

"허 일등병!"

마지막까지 함께 있었던 허 일등병이었다. 목이 말라서 개울까지 기어가다가 숨을 거둔 듯했다. 위정자들의 잘못으로 수많은 생명을 죽이는 전쟁, 이 반(反)인류적인 헤게모니 쟁탈전을 어떻게 설명해야 하나? 앳된 얼굴을 보는 순간 눈물이 쏟아진다. 허 일등병 시신을 풀로 덮고 나무를 꺾어다 칡넝쿨로 묶어 십자가를 만들어 표시를 해 두었다. 언젠가 그의 가족과 함께 찾아와 선산에 묻어 주리라….

어둡기를 기다려 골짜기 산 밑을 돌고 돌아 남쪽으로 걷기 시작했다. 살아서 고향에 가게 된다면 허 일병 가족에게 무어라고 말해야 할까? 허 일등병 어머니와 아내에게 죽었다고 이 눈으로 똑바로 봤다고 말할 수는 없는 일. 희망을 가지고 살아가게 놔두는 것이 옳은 일인지, 쓸데없는 희망을 포기하게 하고 새 출발을 하게 하는 것이 옳은지 판단이 서지 않았다.

여기저기 엎어져 있던 피투성이 부상자들의 고통과 울부짖는 소리! 그 가운데 그 어디에도 국가는 존재하지 않았다. 도대체 국가란 무엇인가? 누구를 위한 국가인가? 명령에 죽고 명령에 살라고 배운 병사들만 전장(戰場) 한가운데 버려두고 지도자라는 인간들이 먼저 도망쳐 버리다니!

산 너머에서 총소리가 볶아 댔다. 정신을 차릴 틈도 없이 포복으로 민가 쪽으로 기었다. 군복이 거의 다 찢어지고 탈진상태에 빠졌다. 이번 전쟁 역시 신의 장난, 아니 인간의 오만인지도 모른다. 삶과 죽음은 개인의 의지로는 해결할 수 없는 불가항력이다.

지금 본부대를 찾아가는 일이 급선무다. 하지만 목표지점도, 도착지점도 모른다. 본부대로 귀환하려고 해도 할 수가 없다. 선택은 하나, 남쪽으로 걸어갈 수밖에 없다.

인민군은 험난한 산간지역을 피해 남쪽으로 침공했다. 읍내나 도시를 중심으로 남으로 진격하면서 전국을 점령해 나갔다. 인민군의 작전은 대성공이었고 작전대로 속전속결로 진행되었다. 패잔병이 남아 있더라도 저절로 소멸될 것이므로 시간을 허비할 필요가 없었다.

보급과 퇴로가 끊긴 국군은 궤멸상태였다. 전쟁터에 홀로 남겨진 병사는 아군과 적군 모두에게 존재하지 않는 존재였다. 아무도 모르게 유령처럼 사라져도 누가 누굴 죽였어도 모르는, 지구상에 없는 사람이 되었다. 힘들게 훈련한 것이 무슨 소용이 있으랴? 민간인도 아니고 무기도 없는 맨손 국군은 이편도 저편도 아닌 경계인이 되어야 했고 생물체에 불과했다.

이태호는 수풀을 헤치며 소리 없이 움직였다. 적이 지나간 꽁무니를 따라 남쪽으로 내려가야 했다.

그러나 수월하지 않았다.

달리기 선수보다 빠르게 후퇴해 버린 국군. 주력부대는 어디에 있는지 알 수 없었다. 적들과 싸우다가 홀로 전장의 한가운데에 남겨진 병사가 살아남으려면 피란민 행세를 해야 했다. 인공기가 걸린 마을을 통과하면서 살 수 있는 길은 국군 티를 벗는 것뿐이었다. 발각되면 끝이었다.

이태호는 살길을 찾아 민가에 숨어들어서 윗옷을 훔쳐 입었다. 낡은 무명 저고리 하나가 벽에 걸려 있었는데 바지는 보이지 않았다. 군복바지는 그대로 입고 있어야 했다.

이태호는 남쪽을 향해 걸었다. 남쪽으로 내려간다고 했는데 북쪽으로 가기도 했다. 산 속에서 길을 잃고 헤매기도 했다. 이번에는 물줄기를 따라 걸었다.

화전민 처녀

아침이 되어 이태호는 산골짜기 물을 마시려다가 낯선 사람을 만났다. 화전민 노인이었다. 기절할 것처럼 놀라 그 자리에 서 버린 이태호를 보고 오히려 미안해했다.

"괜찮어, 젊은이 미안허이."

노인은 손을 휘휘 저으며 걱정 말라는 손짓을 했다. 그리고 혼잣말처럼 천천히 가라고 했다. 오히려 빨리 가다가는 인민군을 만나게 될지도 모른다는 것이다. 인민군이 앞질러 갔고 며칠이 지났다고 했다. 태호는 산 능선으로 올라갔다.

산에 짙은 안개가 피어올라서 한치 앞도 분간할 수 없었다. 동서남북 어디가 어딘지 방향을 알 수 없었다. 오히려 밤중에 걷는 것이 나았다. 죽음과 삶, 그 경계선을 헤매는 것 같았다. 좀 전에 오른쪽에 있는 나뭇가지를 짚고 내려왔는데 걷다 보니 똑같은 나무가 왼쪽에 나타났다. 같은 장소를 맴돌고 있었다.

땅은 축축이 젖은 채 서늘한 기운을 뿜어냈다. 안개가 걷히자 능선 아래 민가 두어 채가 나타났다.

이태호는 옥수수 밭에 숨어서 동정을 살폈다. 화전민 움막 같았는데 사람이 살지 않는 것 같았다. 그는 몸을 숨기듯 움막 안으로 들어갔다. 예상대로 빈집이었다.

화전민은 전쟁이 터지기 전에도 늘 피할 준비를 하며 사는 사람들이다. 낮에는 국군 수중에 있다가 밤에는 인민군 세상이 되기도 했던 곳이다. 엎치락뒤치락하는 밤낮, 무슨 놈의 이런 세상이 있는가! 한탄하면서도 개간한 땅을 버려두고 떠날 수 없는 사람들이다. 공비들이 나타나 식량을 구할 때는 밥을 지어 놓았다가 주기도 했고 인공기를 감추어 두었다가 보여 주기도 했다. 목숨을 부지하려면 다른 방법이 없다.

움막으로 들어가니 몇 해나 묵은 창호지인지 덕지덕지 얼룩이 지고, 군데군데 낡은 헝겊조각으로 땜질한 문짝이 열려 있었다. 부엌 안에는 아무것도 없었다. 돌아서는데 무쇠 솥 변죽에 붙은 밀가루 줄기가 보였다. 첫눈에도 그것은 시루떡을 앉힐 때 김이 새지 못하게 바른 것이라는 걸 알 수 있었다.

솥이 따뜻한 걸로 미루어 시간이 그리 오래 지나지 않았다는 것도 알 수 있었다. 뒤꼍으로 돌아갔더니 나뭇더미가 있었다. 나뭇더미를 살펴보고 들춰 보았다. 땅굴 입구가 나타났다.

나뭇더미로 가려지긴 했지만 위험한 일은 없어 보였다. 땅굴 안은 짐작보다 길고 아늑했다. 습하긴 해도 정리가 잘 되어 있었다. 바닥에 멍석이 깔려 있고 물이 반쯤 남은 바가지가 놓여 있었다. 벽은 황토로 단단히 발라져 있고, 바닥에는 멍석이 깔린 것으로 보아 주인의 꼼꼼함이 보였다. 풀숲이 아닌 아늑한 곳에서 쉴 수 있다니! 웅크리고 졸였던 가슴이 확 풀어진 느낌이 들었다.

만신창이로 지쳐있는 몸을 쉴 수 있는 기회였다. 하루쯤 숨어 있다가 떠나도 될 것 같았다. 모처럼 잠을 자두고 기력을 회복한 후에 밤을 이용해 남으로 내려가기로 작정했다. 그는 안으로 들어갔다.

그때였다. 캄캄한 구석자리에서 숨죽인 비명이 들려왔다. 태호는 황급히 몸을 돌렸다. 이젠 죽었구나 생각했다. 그런데 가만히 귀를 기울여보니 가냘픈 여자 음성이었다. 하얗게 질린 여자의 얼굴이 흠칫 뒤로 물러서는 것이 보였다.

그녀는 얼굴이 하얗게 질리면서 어깨를 움츠리고 바들바들 떨었다. 스물이 좀 넘어 보였다. 떡시루를 안고 구석에 웅크리고 있었다. 검은

144

무명저고리를 입고 있었다. 단숨에 달려가 여자가 안고 있는 시루를 낚아채듯이 받아 들고 확인했다.

이태호는 두 눈이 휘둥그레졌다. 노란 시루떡이 수북이 들어 있었다. 입속에 절로 침이 돌았다.

"시루떡이라니?"

다물어진 입술이 저절로 열렸다. 전쟁 중에 굿을 하거나 고사떡을 할 일은 없을 것 같은데 이상했다. 아마도 무신(巫神)을 접한 처자일지도 몰랐다. 무당이 되려는 굿을 하려다 전쟁이 난 것 같았다.

여자는 얼굴이 하얗게 질려서 어깨를 움츠리고 바들바들 떨었다. 놀라움과 두려움이 가득했다.

이태호는 긴장이 풀리면서 어떤 딴 세상의 일같이 여겨졌다. 그리고 자신이 비현실적인 시간 속에 서 있는 것만 같이 느껴졌다. 여자와 함께 있는 시간이 영원처럼 끝나지 않기를 간절히 바라는 마음이었다. 지금껏 한 번도 느껴본 적 없는 욕구였다. 더 이상 쫓기지 않고 한마을에 정착하여 영원히 살고 싶다는 소망, 이 여자와 함께라면 하루하루가 새로울 것 같은 기대였다.

다음 날 아침 뽀오얀 기체가 나부끼면서 오르고 있었다. 굴뚝연기였다. 그날 여자는 강냉이 죽을 끓였다. 식사를 마친 뒤 말없이 여자를 쳐다봤다. 그녀는 조금은 당혹스러운 듯 조금은 수줍은 듯 어색한 미소를 지었다. 땅과 하늘과 그 사이를 가득 메운 초록이 뿜어내는 신선하고 깨끗한 기운이 몸과 마음을 두드렸다.

사흘이 지났다. 태호는 총각 딱지를 뗐다. 그 여자 역시 처녀였다.

태호는 아주 행복했고 결코 잊을 수 없을 것 같았다. 그곳에서 아주 눌러 앉아 살아 버릴까도 싶었다. 그러나 그럴 수 없었다.

"꼭 살아 돌아올게요. 엄니 걱정 말아요!"라고 한 어머니와의 약속 때문이었다. 사흘간의 밀월이 아쉽지만 고향으로 돌아가야 했다.

그는 여자에게 전쟁이 끝나면 찾아오겠다고 약속했다. 여자는 어깨에 기대며 물었다.

"우리, 정말 만날 수 있을까요?"

"전쟁이 끝나고 살아 있다면요⋯."

"꼭 살아 있으세요!"

여자도 그에게 꼭 살아 있으라고 당부하면서 그래야 다시 만날 수 있을 거라고 했다. 이태호는 그녀의 까만 눈을 들여다보았다. 그녀의 눈 속에서 자신의 눈부처를 볼 수 있었다. 그녀는 쑥스러운 듯 보일 듯 말 듯 희미하게 웃었다.

둘은 땅굴에서 밖으로 나갔다. 7월 초 여름 햇살이 눈부셨다. 그녀는 태호를 옥수수 밭 앞까지 바래다주었다.

"이거 가면서 잡수셔요."

누런 베보자기에 싼 삶은 감자였다.

"잘 있어요! 꼭 살아남아요!"

태호는 뭔가 더 말하고 싶었지만 무슨 말을 해야 좋을지 몰랐다. 옥수수 밭 옆으로 노란 기린초 꽃이 피어 있었다. 그 꽃들을 뽑아 여자 머리 위에 꽂아 주었다. 그녀를 얼싸안고 작별의 입맞춤을 오래오래 했다. 떠나야겠다는 마음과는 달리 아랫도리 수컷은 또 고개를 쳐들기 시작했다. 그러나 결단을 내리지 않다가는 영원히 여기를 떠나지 못할 것이기에 단호히 몸을 풀었다.

"안녕!"

목멘 소리를 내뱉고는 눈을 질끈 감고 뒤로 돌아섰다. 태호는 울지 않으려고 입술을 세게 물었다. 그리고는 베보자기를 허리에 두르고 능선으로 올라가기 시작했다.

이태호는 화전 여인이 싸 준 감자를 먹으며 속으로 말했다.

'당신에게 큰 도움을 받았어요.'

그리고 아침에 그녀가 했던 말을 떠올렸다.

"나를 다시 찾아올 거죠?"

그는 고개를 끄덕였다.

"약속하는 거죠?"

그는 다시 고개를 끄덕였다.

"살아서 돌아오세요."

그는 여자의 이마에 입을 맞췄다. 청명하게 닦인 하늘은 초록의 행진을 감춤 없이 드러내고 있었다.

"기다릴게요."

그녀의 목소리가 바람 속에서 속삭였다.

쌕쌕이

1950년 7월

이태호는 정확한 위치도 모른 채 무조건 남쪽을 향해 고향 집을 찾아 걷고 또 걸어갔다. 나무가 우거진 골짜기를 지나고 캄캄한 밤을 틈타 산을 넘었다. 강을 피해 산길을 걸었다. 절벽에서 뛰어내리다 발목을 삐끗했다. 인대가 늘어났는지 통증이 심했다. 나무 지팡이를 짚고 절 뚝거리며 걸었다. 우여곡절 끝에 고향마을에 도착했을 때는 인민군이 지나가고 보름이 지나 있었다. 감격적인 해후가 이루어졌다.

"너 태호 아냐?"

할머니는 절뚝이는 삼촌을 끌어안고 눈물을 흘렸다.

"엄니, 살아서 돌아왔어요."

"네가 죽지 않고 살아 돌아오다니…."

아들이 나무 지팡이를 짚고 나타나 준 것만으로도 할머니는 고마워했다. 가슴이 북받쳐 올라 말을 잇지 못했다. 다시 아들의 머리를 덥석 끌어안고 어깨와 등, 가슴, 허리를 만졌다. 아들이 온전한지 확인하고 나서야 마음을 놓았다.

낡은 군복 바지에 무명 저고리 차림인 채 인민군도 국군도 맞닥뜨리지 않고 수백 리 길을 홀로 걸어서 집으로 돌아온 것이다.

이태호 삼촌이 없는 동안 마을에는 많은 변화가 있었다. 기쁜 일도 있고 우울한 일도 있다. 작은아버지(이장호)가 내무서에 갇혀 있다는 것은 우울한 일이다. 감옥에 갇힌 작은아버지가 어떻게 될지도 모르는 상황이어서 온 가족은 살얼음판을 걷듯 숨을 죽이고 있는 처지였다. 그래도 삼촌이 집에 무사히 돌아온 것은 좋은 일이다.

시간이 지나자 삼촌 다리는 멀쩡해졌다. 할머니는 아들을 조금 더 쉬게 하고 싶어서 다리가 빨리 낫지 않기를 원했지만 삼촌 마음은 달랐다. 계속 아픈 척하기도 어려웠고, 마을 사람들 동정을 사서 얻을 지위도 이익도 없는 마당에 내키지 않아 했다. 할머니는 동네 빨갱이들 눈치를 보면서 반가움도 삼키고 담담한 척했다.

온종일 여름 땡볕에 달구어진 대지에 지열이 가시려면 시간이 필요하다. 해가 지고 땅거미가 내렸는데도 후덥지근하다. 작은형수(순덕)의 심기를 건드릴까 봐 눈치를 보아야 하는 삼촌은 저녁을 먹자마자 곧바로 우리 집으로 온다.

내무서에 잡혀간 작은아버지는 아직 연락이 없다. 이복동생이지만 아버지가 업어서 키운 동생이다. 어른들은 밤마다 마루에 모여 앉아서 시국이 어떻게 돌아가는지 알 수 없다며 걱정했다. 별 알맹이 없는 말이 이어지고 걱정하다가 한숨으로 마무리하게 된다.

"하나 마나 한 말해서 뭘 하느냐고!"

아버지는 이렇게 일갈하고는 체념하듯 담배를 비벼 끄며 일어나 방으로 들어갔다.

밤이 깊어 가고 있는지 마당 한가운데 모깃불이 사위어 가고 있다. 밤하늘엔 은하수가 동쪽에서부터 흐르고 있다. 담장 밑에는 심지도 않은 달맞이꽃 대궁이 길게 하늘로 뻗어 있다. 달빛에 노랑꽃은 흰빛으로 보였는데 이름처럼 달맞이꽃이 달을 쳐다보고 있다.

삼촌은 밤늦도록 이야기를 이어갔다. 큰형수인 우리 엄마에게 말했다.

"그때 그 골짜기에서 기절하지 않았다면 아마 죽었을 겁니다. 빨리 후퇴했다면 인민군과 맞닥뜨렸을 것이고 그러면 현장에서 사살 당했을 겁니다. 인간만사 새옹지마라 하던가요? 하하하…."

인간은 유일하게 웃을 수 있는 동물이라고 했던가. 아무리 비극적인 상황일지라도 웃기도 하고 즐거워하기도 한다. 나는 삼촌이 기절했던 것이 아니라 잠을 잤던 것이라고 추측해 본다. 학교에 다닐 때 늘 지각하던 삼촌이었고 '느림보'라는 별명이 떠올랐기 때문이다.

삼촌과 엄마는 비밀을 말하는 사이가 되었다. 호기심이 많은 엄마는 삼촌의 군대에서 있었던 일에 흥미를 보였다. 나는 자신의 말을 재미있게 들어 주는 청중이 있는 것은 이야기하는 사람에겐 기쁨이라는 사실을 나중에야 알았다. 그리고 공자의 《논어》 첫머리에 이런 말이 있다는 것도 알았다.

'벗이 있어 멀리서 찾아오니 이 아니 좋은가.'

두 사람은 이야기의 즐거움을 만끽했다. 삼촌은 신바람이 나서 입에서 거품을 내며 이야기보따리를 풀었다.

"어디선가 여자 냄새가 코에 감겨 와서 이상하다고 느낄 즈음 되면 어김없이 아주머니들이 나타나거든요. 한 번도 시골 할머니들을 여자로 여기지 않았는데도 여자 냄새라니! 희한한 일이지요? 백 미터 전부터 냄새가 느껴져요. 보이지 않는데도 정확해요. 찐 감자나 옥수수 등을 팔러 나타나요. 철조망 사이로 거래가 이루어지곤 해요."

"여자 냄새 때문이에요? 찐 감자 냄새 때문이에요?"

"여자 냄새 때문이죠. 쭈그렁 할머니 젖통도 새색시의 통통한 수밀도 같은 젖가슴으로 보인다니까요!"

"아이, 도련님도…."

삼촌은 눈치 없이 여자 이야기를 곧이곧대로 털어놓았다. 형수와 시동생 사이에 그런 야한 대화가 이뤄지는 게 제 3자가 듣기엔 민망할 수 있으나 사선(死線)을 넘어 살아온 삼촌은 아랑곳 않았다.

"휴가 갔다 온 병사들을 둘러싸고 앉아 여자 이야기를 하라고 다그치기도 해요. 청량리역 앞 사창가에서부터 일이 시작되지요. 롱타임 하룻밤에 몇 번 했는지 물어봐요. 침을 꿀꺽 삼키며 듣는 동료들을 위해 병사들은 허풍을 섞어가며 이야기를 꾸며 내요. 젖통이 수박만큼 큰 창녀와 열 번을 했다고 하면 모두들 곧이들어요. 아무리 정력이 왕성한 청년이라 해도 열 번이 어디 가당키나 하겠어요?"

"……."

"아침에 일어나 코피를 쏟았더니 그 창녀가 콩나물국을 끓여 주더라,

하고 뺑을 치면 동료들은 모두 입을 헤벌리며 다음 휴가 때 그 젖통 크고 마음씨 착한 여자를 찾아가겠다고 벼르지요. 숏타임 창녀들은 대부분 빨리 해치우라고 재촉하잖아요. 그 짜증 때문에 서두르다가 미진한 채 쫓겨난 경험이 있어서 공감들을 하지요."

"도련님 경험담이에요?"

"아이고, 형수님도⋯."

엄마는 삼촌의 이야기를 여러 번 들어서 전방 풍경에 대해 훤히 알게 된 듯했고 내가 옆에 앉아 있으면 방으로 들어가 자라고 다그쳤다.

"아이들은 어른들 이야기에 눈을 빛내며 옆에서 듣는 것이 아니야!"

그동안 삼촌 이야기가 궁금했지만 늘 잠이 쏟아져서 포기했었다. 나는 궁금한 게 있으면 알아야 직성이 풀린다. 오늘은 잠을 자지 않기로 한다. 눈을 감고 자는 척한다. 삼촌이 이야기를 꺼낼 때까지 기다렸다. 밖에서는 개구리들이 울어 대고 있었다.

엄마가 물었다.

"어떻게 생겼어요?"

"모르겠어요. 그 사이에 기억이 까맣게 되었네요. 길게 땋아 내린 머리가 탐스럽게 떠오르네요. 그게 기억의 전부입니다."

"참으로 답답하네. 얼굴 기억도 없는 여자를 어떻게 찾지요?"

"그래도 보면 알 수 있겠지요. 사흘이나 함께 지냈는데요."

화전민 처녀 얘기였다. 꼭 찾아오겠다는 약속을 한 것은 처녀를 범한 미안함 때문이었을까. 아무리 전시라지만 그건 사랑을 나눈 남자의 진심이었을 것이다. 하지만 그럴 기회가 없어 보였다. 더구나 지금은 삶과 죽음이 넘나드는 전시이다. 언제? 어떻게? 그때가 오기나 할까?

*

올해는 다행스럽게도 때를 맞추어 비가 내려서 모를 심었다. 이태호 삼촌은 논으로 피사리 작업을 하러 저수지 쪽으로 향했다. 작년에는 뒤늦게 비가 내려서 논에 물이 고이자 밑에 논으로 물이 새는 것을 막으려는 사람들 사이에 쟁탈전이 벌어졌다. 오죽하면 '제 새끼 입으로 들어가는 밥과 논에 물 들어가는 것이 기쁨 중 제일'이라는 말이 생겨났을까.

태호가 저수지 아래에 도착했을 때 마침 집으로 돌아오는 여동생 창희와 마주쳤다. 같은 집에 살면서도 둘이 마주 앉아 이야기해 볼 기회도 거의 없었다. 그렇지 않아도 형수에게서 여동생을 설득해 보라는 압박을 받는 중이었다.

좌익 세계에서 벗어나라고 충고하리라 마음을 먹었다. 수재로 이름난 여동생이 자랑스러웠는데 좌익 세계에 빠진 후로 가족이 분열되고 하루도 마음 편한 날이 없었다.

"저기 앉아 이야기 좀 하자."

수문 쪽을 가리켰다.

미루나무 두 그루가 서 있는데 마침 그늘이 있어서 앉아 이야기하기 편한 곳이었다. 둘은 논으로 통하는 수문 위에 나란히 앉았다. 비가 내렸지만 맨 아래 천수답까지 물을 공급하느라 저수지 바닥에 고인 물이 손바닥만 하게 보였다.

태호는 목에 두른 수건으로 이마에서 흘러내리는 땀을 닦으면서 창희를 바라보았다. 여동생의 뽀얀 얼굴이 하얀 적삼과 잘 어울려 보였다.

동상이몽이랄까. 창희는 작은오빠 태호를 설득해서 인민공화국에 참여시켜야겠다는 사명감을 갖고 있었다. 태호를 인공(人共)에 끌어들이려는 사상교육을 할 목적이었다. 자신은 인민공화국에 희망을 걸었고 조국통일만 되면 걱정할 필요가 없다고 했다. 그리고 왜 새 세상이 와야 하는지 그 이유를 말했다.

"작은오빠. 모두가 평등한 세상에 살고 싶지 않아요? 남녀 차별이나 빈부 격차가 없고 권리나 계급도 평등인 세상을 만들 나라가 눈앞에 다가왔어요."

"왜 계급의 차이가 없어? 김일성 장군, 도위원장 동무, 리위원장 동무, 동무라는 호칭도 다 국민을 홀리는 말일 뿐이야. 나는 그런 것을 목격했고 그자들의 속셈을 알고 있어."

"거야 직책에 따라서지. 옥동 동무를 봐도 알 수 있잖아. 일자무식 머슴도 필요한 만큼 쓰이고 있는 것 보고도 몰라요?"

"너, 어느 놈에게 포섭 당했는지 짐작은 한다만, 정신 똑바로 차려! 사랑은 무슨 놈의 사랑이냐? 위급하면 너를 두고 혼자 도망칠걸."

"오빠 나는 김일성 장군님을 믿어요. 미국 놈들을 무찔러 버리는 것이 우선 임무야."

여동생 창희의 말을 들은 태호는 공산당 의식교육이 짧은 시간에 이렇게 확고하게 세뇌를 시켰을까 섬뜩했다. 예상했던 일이지만, 그는 잠시 눈을 감고 심호흡을 해야 했다. 미루나무에서 울어 대는 매미 소리가 아까보다 커지기 시작했다.

"네가 똑똑하다는 건 아는데… 어쩌다… 네가 세상을 더 넓게 보는 눈을 가졌으면…."

154

태호는 한숨을 쉬었다.

이제 와서 저 애를 어떻게 설득시킬 수 있을까. 이미 남성우월주의가 여동생의 꿈을 잘라버렸으니 아무리 궁리해도 뾰족한 방법이 떠오르지 않았다. 답답한 가슴을 손으로 가볍게 콩콩, 치며 겨우 입을 열었다.

"요즘 비행기 자주 뜨는 것 봤지? 북한은 곧 패망할 거야. 김일성대학이 제일이냐? 우선 살고 봐야지 이 바보야!"

"미제 놈들만 아니면 벌써 통일이 되었을 거야. 언제까지나 미제 앞잡이로 살 순 없어요. 우리 땅에서 우리끼리 평화롭게 살면 될 것을 미제들 마음대로 하도록 놔둘 수 없어. 우리가 통일을 시켜야 해요!"

창희는 잠시 멈추었다가 말을 이었다.

"공화국은 평화를 지키고 자주적 통일을 이룩하기 위해 해방전쟁을 하고 있어요. 우리나라가 통일되지 못하고 분열의 아픔을 겪는 것은, 그리고 지금과 같은 험악한 세상이 벌어지는 것은 누구 때문일까. 미제국주의자들 때문 아녜요? 책동, 암투는 남쪽 친미괴뢰 때문에 벌어지는 것이구요."

마침 파란 하늘에 B-29 비행기가 지나갔다.

창희는 하늘에 대고 주먹질을 하며 화를 냈다. B-29 폭격기를 손가락으로 가리키며 외쳤다.

"저 원쑤 놈들! 미제국주의 쌍놈들!"

태호는 그런 창희를 바라보니 소름이 돋았다.

"창희야, 처녀 아이가 하는 말이 그게 뭐냐?"

"작은오빠! 지금까지 통일이 지연되고 있는 것은 저 원쑤놈들 때문

아녜요? 곧 좋은 세상이 오면 우리는 가난해도 대학도 갈 수 있고 얼마든지 출세해서 잘살 수 있어요."

창희의 얼굴엔 빛이 났고 자신감에 차 있었다. 태호가 기막혀 하며 대꾸하지 않자 창희는 태호의 손목을 잡아 흔들며 말을 이었다.

"오라버니 시대의 흐름을 보세요. 러시아가 인민혁명을 이루어냈고, 중국 대륙엔 인민의 깃발을 세워진 사실을 잘 아시지요? 한반도의 북조선은 인민의 나라를 세웠어요. 낙동강 전투에서 부산만 함락되면 인민의 나라로 통일될 거예요. 그날이 멀지 않았어요. 미제국주의 앞잡이 이승만 정권은 사회주의 새 역사 앞에 종말을 고할 수밖에 없어요! 미제 놈들이 아무리 발광을 해도 우리는 절대 물러서지도, 지지도 않아요!"

"……."

태호는 열변을 토하는 여동생을 물끄러미 쳐다보았다. 철두철미하게 공산당 논리에 무장된 여동생을 쳐다보며 깊은 숨을 쉬었다. 견해 차이가 너무 크다. 무모하리만치 굳건한 신념 앞에서 말할 기력이 없었다. 확고한 믿음에 발판을 딛고 있는 한 더 이상 논쟁하는 것은 무의미하다. 괜히 사이만 벌어질 뿐이다. 그는 아무 죄도 없이 내무서로 잡혀 들어간 작은형님 이장호를 떠올렸다.

"아무리 정의로운 나라라고 해도 죄 없는 형님이 잡혀 있는 이상 우리는 너를 용서할 수 없어!"

여동생과 논쟁하면서 그는 맷돌을 올려놓은 것처럼 가슴이 답답해서 자꾸만 숨이 막혀 왔다. 어떻게 해야 동생의 머릿속에 박힌 사상을 돌려놓을 수 있을까 고민했지만 어디서부터 손을 써야 할지 혼란스러웠다. 창희가 오빠의 속마음을 알고 있다는 듯 조용히 말했다.

"개인적인 희생은 어쩔 수 없는 일이에요. 오라버니 말을 몰라서가 아니에요. 당성을 굳건히 해야 하는 마당에 반동이라고 낙인이 찍힌 오빠 때문에 나까지 망칠 수 없어요. 장호 오빠는 전쟁이 끝나면 곧 풀려날 거예요."

"되지도 않는 헛소리 작작해! 내 가족, 내 피붙이부터 잘살자고 혁명하는 것이고 고생하는 것이지, 가족이 맞아 죽는 마당에 누구를 위한 혁명이냐? 그런 투쟁이 필요한 것이냐?"

어이가 없어 여동생의 얼굴만 바라보고 있었다.

"개인적인 가족에 얽매이다 보면 큰일을 할 수 없다는 걸 오빠는 잘 알 텐데요? 그렇다면 오빠는 왜 명분도 없이 개죽음을 당할지도 모르는데 군대에 갔어요? 그것도 자원해서. 사소한 개인의 영달만 취한다면 국가가 필요 없이 혼돈의 세계가 올 것이 뻔한데도요?"

창희는 오히려 딱하다는 표정을 지었다.

논쟁 또 논쟁, 논쟁은 계속되었고 결론도 나지 않았다. 다람쥐 쳇바퀴 돌듯 원점에서 원점으로 되돌아가곤 했다. 모두 자신의 말만 되풀이했다. 두 사람은 철로처럼 서로의 길을 달릴 뿐이었다.

태호는 창희를 바라보다가 베잠방이 주머니에서 담배를 꺼냈다. 엽초를 마는 그의 손끝이 가늘게 떨렸다. 담배를 깊게 빨아 한숨과 함께 내뱉는다. 후후 내뱉던 숨도 지쳤는지 빨던 꽁초를 저수지 위로 던져버리고 자리에서 몸을 일으켰다. 가슴이 답답해 견딜 수 없었다.

창희가 저렇게 되도록 왜 우리가 몰랐을까? 왜 우리가 이 땅의 딸들이 갖고 있는 고민이나 앞날을 살펴보지 않았을까? 여자로서 많은 차별을 당해서일까? 가족으로는 잘못이 없다고 여겼는데 그게 아닌 듯했다. 남자라는 이름으로 저지른 차별을 손꼽아 보았다. 여자들이 부르짖는 평등이란 말은 당돌하고 버릇없는 상것들이라고 치부한 점이 있었다. 여자들의 권리를 주장하는 사상은 곧 팔자가 드센 징조라고 질타했던 것이다.

같은 인간으로 동등한 위치에 놓고 생각해 본 적이 없었다. 그들처럼 대우 받지 않았으니까 남자들 뒷전으로 몰리는 여자의 심정을 모르는 것이 어쩌면 당연하다. 한국 사회에서 여성으로 산다는 것이 쉽지 않은 일일 것 같다. 모든 인간은 동등하다는 사고를 심어 준 사회주의 사상에 매혹된 동생이 이해가 되기도 했다.

남자형제들보다 똑똑한 여동생에게 우리 가족이 무엇을 해 주었나? 적령기가 되면 비슷한 가문의 남자와 결혼하고 아이를 낳아 기르며 현모양처가 되는 것이 여자가 가는 당연한 길이라 여겼고, 또한 부모님의 바람이었다. 여자는 아무리 재주가 많아도 남편이 하라는 대로 순종하며 사는 것이 미덕이라고 가르쳤다. 그런데 동생은 그 길을 거부했다. 곧 좋은 세상이 올 것이라는 여동생의 믿음은 확고해 보였다.

창희 고모는 미움을 받든 말든 기쁨에 차 있었다. 곧 모든 것을 자신이 해결할 것처럼 보이기도 했다. 고모가 열성당원이 되면서 집안 분위기는 더욱 냉랭해졌다. 작은어머니는 맹물만 마시며 한숨을 쉬었다.

"집안의 기둥이 죽었는지 살았는지 모르는 처지에 어찌 밥알이 목을 넘어가겠나? 휴우…."

할머니는 침묵했다. 며느리에게 미움을 받는 딸을 설득해 보았지만 역부족이었다. 고모는 작은올케의 질시에도 아랑곳하지 않았다. 중간에서 할머니만이 애간장이 타서 고모에게 조용히 하라고 나무랐다. 여동생이 빨갱이가 되었으면 그 덕으로 최소한 오빠에게 옷이나 먹을 거라도 차입시켜야 할 것이 아니냐는 작은어머니의 말은 지당했다. 할머니는 아무 말도 못하고 풀이 죽어 있을 뿐이다.

그해 여름 창희 고모의 얼굴은 빛이 나고 자신감에 차 있었다.

쌕쌕이

곧 승전보가 울릴 것이라고 큰소리를 치며 인공 협조자들이 떠들어도 여전히 미군 비행기가 상공에 날아들었다. 그즈음 미자 언니네 토끼가 새끼를 네 마리를 낳았다. 전부터 미자 언니가 새끼를 주겠다고 했는데 새끼가 젖을 뗄 시기가 되어 내가 두 마리를 분양받아 키우고 있었다. 학교가 파하고 집으로 오면서 토끼풀을 한줌 뜯어 와서 사립문 옆에 있는 토끼장에 먹이를 넣어 주는 것이 일과였다.

아버지와 어머니는 낮이면 공포를 잊으려는지 농사일에 매달리고 있었다. 자연스레 두 돌이 지난 남동생을 돌보는 것은 내 차지였다. 미자 언니가 토끼 구경하러 오라고 한 말이 생각났다. 남동생을 안방에 재워 놓고 그 틈에 빨리 다녀오기로 했다.

토끼는 제 이름이 붙은 토끼풀보다 배춧잎이나 무잎을 더 좋아했다. 지난번에 미자 언니에게서 토끼먹이를 받았던 기억이 났다. 배추김치를 담고 남은 배춧잎을 주섬주섬 모아서 가슴에 안고 사립문을 나섰다.

미자 언니네 가는 길이었다.

　길 중간쯤 갔을 때 쌔액 하는 소리가 들려 하늘을 보니 이미 비행기가 머리 위에 떠 있었다. 쌕쌕이였다. 뒷산에서 갑자기 나타난 것이다. 쌕쌕이는 목표물을 발견했는지 신작로를 향해 급강하하더니 머리를 솟구쳐 다시 날아오르고 있었다.

　나는 한 아름 들고 있던 배춧잎을 안고서 그대로 서 있을 뿐 한 발짝도 움직일 수 없었다. 그냥 비행기가 날아오는 방향과 마주 서 있었다. 가림막이 절실했다. 헛간이나 집으로 뛰어들고 싶었지만 그럴 여유가 없었다. 안고 있던 배춧잎을 머리에 쓰려고 해도 할 수가 없었다. 움직이면 죽을 것 같았기 때문이다.

　생각할 틈도 없이 비행기가 머리 위로 지나간 후 쌔액- 쌔액- 쌕 소리가 들렸다. 은백색, 태양빛을 받은 은빛 물체가 회전하면서 공기를 가르는 소리였다. 비행기는 소리보다 빠르게 지나갔다.

　길에서 오도 가도 못한 채 놀라 집으로 되돌아가야 한다는 일념뿐이다. 눈을 질끈 감았다. 고막을 찌르는 소리가 났다. 곧 폭탄이 떨어진다는 신호였다. 폭탄을 본 적도 위력도 알지 못했지만 사람을 죽일 수 있다는 것은 알고 있었다. 고스란히 서서 머리 위에서 떨어지는 거대한 물체가 주는 공포를 고스란히 감당해야 했다.

　'만약에 폭격기가 나타나면 무섭다고 뛰지 말고 그 자리에 있어야 해.'

　삼촌 말이 귀에 맴돌았다. 움직이지 않으면 하늘에서 보기에 나무인 줄 알고 그냥 지나칠 수 있다고 했다. 삼촌 말이 아니더라도 나는 움직일 수가 없었다. '부디 나를 나무로 알고 쏘지 말기를' 바랄 뿐이다.

이윽고 쌕쌕이가 차례로 상공을 엇갈려 선회하더니 그중 한 대가 신작로를 향해 곤두박질치며 은빛물체를 줄줄이 쏟아내기 시작했다. 쌕쌕이 편대가 나타난 것이다. 커다랗게 원을 그리며 순서를 기다리던 쌕쌕이는 뒷산 위로 사라졌다가 다시 그 다음, 다음 차례로 폭탄을 퍼붓고 날아오르곤 했다.

신작로를 향해 은빛포탄이 날아가는 것이 보였다. 머리 위를 지나 신작로에 굉음과 함께 포탄이 떨어졌다. 불이 난 것과 동시에 고막을 찌르고 있었다. 쓰러져서는 안 된다고 생각했다. 제트기가 쌕쌕이라 불리는 이유를 그때까지 몰랐는데 알 것 같았다. 은빛포탄이 저 혼자 돌면서 앞으로 나아가면서 내는 소리였다. 급상승한 쌕쌕이는 깜짝할 사이에 어디로 날아갔는지 보이지 않는다.

한 바탕 공습이 끝난 후 나는 정신이 돌아왔다. 그제야 집에 혼자 있을 동생이 생각났다. 집으로 뛰었다. 이 무서운 굉음에 아기 혼자 어쩌지? 신발을 벗을 새도 없이 급히 안방으로 뛰어들었다. 아기가 자고 있을 방에 들어섰으나 어둑해 잘 보이지 않았다. 부엌에도 없었다. 사방을 두리번거렸다. 이제 간신히 두어 걸음씩 발짝을 떼는, 걸음마도 제대로 못하는 동생이 얼마나 무서웠을까? 죽었을지도 모른다는 생각에 겁이 났다.

집 안이 조용했다. 일하러 나간 부모님은 논둑이나 밭둑에 공습이 끝날 때를 기다릴 것이다. 동생을 돌보지 않고 엉뚱하게 미자 언니네에 갔기 때문에 동생이 죽었다면? 순간 무어라고 대답해야 할지 걱정이 태산이었다. 야단맞을 일이 문제가 아니다. 동생이 없다면? 두려웠다.

혼비백산해서 바깥마당으로 나가 헛간을 둘러봤다. 높게 쌓아 놓은 보리 짚더미 맨 꼭대기에 동생의 엉덩이가 보였다. 어떻게 거기까지 올라갔을까? 불가사의한 일이었다.

평소에는 뒤뚱거리며 간신이 걸음마를 하던 동생이다. 높다랗게 쌓아 둔 보리짚단 위로 올라가기란 나도 어려운 일이다. 엉덩이가 높이 치켜 들린 채였다. 낙타처럼 머리를 박고 맨 엉덩이를 드러낸 채 그곳에 숨어 있었던 것이다. 급히 동생을 안아 일으키려고 해도 꿈쩍을 안했다.

"누나야, 수용아!"

보리짚단을 헤치고, 미끄러지면서 동생의 엉덩이를 쑥 빼서 안아 들었다.

폭격이 끝나자 밭에 나갔던 어머니가 호미를 버려두고 헐레벌떡 뛰어왔다. 이 애들이 어떻게 되었는지 겁이 났던 것이다. 조금 있으려니 아버지도 숨을 몰아쉬며 마당으로 뛰어 들었다. 나는 아버지에게 아기가 보릿짚더미에 올라가 있었던 이야기를 했고, 어머니는 아기를 안아 젖을 물리면서 동생을 끌어안고 칭찬을 했다.

"우리 수용이 무서웠구나. 그래도 울지 않고 잘했어."

나도 아기가 무사한 것을 보고 안도의 숨을 쉬었다. 아무것도 모르는 아기가 위험에 대처하는 능력이 있다는 게 신기했다.

그러고 보니 늘 뜰 밑에서 낮잠을 자거나 집근처를 맴돌던 누렁이가 보이지 않았다. 불러도 나타나지 않았다. 저녁때가 되었어도 보이지 않아 사방으로 찾아보았다. 마지막으로 대청마루 밑을 들여다봤다. 캄캄한 마루 밑에서 두 개의 시퍼런 불빛이 보였다. 여우가 숨어 있는 줄 알았다.

  얼마 전 아버지가 올무에 얽힌 여우를 잡아 와서 닭장 안에 넣어 둔 기억이 났다. 닭장 문을 단단히 단속했다. 이웃 사람들이 구경 왔었다. 여우 근처에만 가도 강렬한 악취, 여우의 시큼한 냄새가 나서 눈을 뜰 수 없을 지경이었다. 밤이 되자 여우는 눈에 파란 불꽃을 피우고 구석 에서 카아악 칵! 미친 듯이 닭장 안을 서성이며 도망칠 궁리만 하고 있 었다. 아침에 일어나 보니 여우는 도망치고 없었다. 아무리 신경을 썼 어도 닭장은 여우를 가두기에 부실했던 것이다. 누렁이에게서 뿜어져 나온 시퍼런 빛이 그때 여우의 눈빛과 닮아 있었다.
  누렁이는 눈만 껌벅이며 나올 기미가 보이지 않았다. 가까스로 불러 내어 저녁을 먹게 했다. 그 이후로 나는 한동안 밤보다 밝은 빛을 내는 낮이 더 무서웠다. 폭탄이 떨어지는 광경을 보지 못한 어른들은 내가 왜 하얀 대낮을 무서워하는지 이해하지 못했다. 별스럽다면서 그냥 흘 려 넘겼다. 환하면 무서움과는 관계가 없는 것으로 알고 있었다. 무섭 다는 것은 대부분의 사람들에게 캄캄하다는 것을 의미했던 것이다.

*

  수원과 여주를 오가는 수여선이 지나가는 우리 동네는 비교적 철로 와 가까이 있다. 신작로와 철도가 나란히 들판을 달린다. 가끔은 간격 은 서로 벌어졌다가 좁아지기도 한다. 동리사람들은 피란민을 상대로 철길 양편에 늘어서서 먹을 것을 팔았다. 감자를 삶아서 바구니에 담아

들고 앉았거나 산딸기, 머루 등을 들고 길에 나앉아 손님을 기다렸다. 그러면 지나가는 도시 피란민들이 더러는 금붙이를 내밀고 찐 감자를 사 먹거나 통보리를 빻아서 만든 개떡을 사 먹었다.

미군의 폭격은 주로 신작로를 강타했다. 산등성이를 몇 바퀴 선회하다가 산등성이에서 포탄을 뿜어댄다. 쌕쌕이는 뒷산에서 길을 향해 날아간다. 쌕쌕이가 꽁무니가 보이고 지나간 자리는 불바다가 된다. 반대로 도로에서 마을을 향해 날아오지는 않았다. 가미가제 특공대처럼 목숨을 버리려면 모를까 가당치 않았던 것이다.

우리 동네는 산 바로 아래에 위치했기 때문에 비행기가 사격하려면 산을 들이받아야 할 정도여서 공습을 면할 수 있었다. 사람들은 명당이라고 했다. 시도 때도 없이 날아드는 쌕쌕이 소리에 진저리쳤지만 그 안에서 사람들은 꾸물대며 생명을 부지하고 살아가고 있다.

쒜액~ 쒜액~.

이런 소리가 들린 후에는 어김없이 지지직! 우직근! 하는 소리가 들린다. 이어 신작로에서인지 철길에선지 불이 나고 사람들 비명소리가 들려온다.

무더위가 한창인 어느 날. 막 점심을 먹으려는데 피란을 가던 젊은 여자가 집 마당으로 숨이 넘어가는 소리를 내며 들이닥쳤다. 사립문으로 뛰어 들어온 여자는 한쪽 얼굴과 팔이 빨갛게 타 버렸다. 여자는 살가죽이 벗겨진 핏빛 목과 팔뚝을 내밀며 약을 달라고 애걸했다.

"살려주세요! 폭격을 맞았어요. 다이야찡 가루나 아까징끼(빨간 소독약) 있으면 발라 주세요."

사람에게서 나는 소리라곤 믿지 않은 짐승이 지르는 비명이었다.

"약이 없는데 어떻게 해야…."

어머니가 당황해서 어쩔 줄 몰라 쩔쩔매자 그녀는 간장이나 된장이 있으면 그거라도 발라 달라고 했다. 어머니는 바가지를 들고 맨발로 집 뒤에 있는 장독대로 달려가서 간장 한 바가지와 된장을 퍼들고 왔다. 여자는 핏빛인 팔뚝을 내밀고 발라 달라고 애걸했다. 어떻게 하든 살아야 한다고 결심한 듯 여자는 아픈 팔을 잡고 펄펄 뛰고 있었다.

"으허허허!"

화상을 입은 상처에서 새빨간 핏물이 줄줄 흘러내렸다. 빨갛게 껍질이 벗겨진 얼굴과 팔에 간장을 바르면서 어머니도 그녀와 함께 울었다. 여자는 온몸을 떨었다.

"아악!"

어머니는 무명 수건으로 닦아 주려다 깜짝 놀라 뒤로 물러섰다. 그녀가 단말마의 비명을 질렀기 때문이다. 된장이나 간장으로 버틸 화상이 아니었다. 그러나 어디에도 상처를 치료 받을 곳이 없었다.

여자는 머리에 쪽이 풀려 너풀대도 묶을 수도 없어 그대로 둔 채 고맙다며 고개를 숙이고 사립문을 벗어났다. 엄마가 좀 쉬었다가 가라고 했으나 가족을 찾아 남쪽으로 가야 한다며 떠나갔다. 귓가에 그녀의 비명소리가 쟁쟁했다.

어머니는 혀를 찼다.

"어떻게 하든 목숨을 건졌으면 쯧쯧."

혁명전사 Ⅱ

8월의 날씨는 한증막을 방불케 했다. 여러 날 내리던 비가 끝나자, 다시 찌는 듯한 더위가 찾아왔다. 작은어머니는 고모가 남편을 감옥에서 빼내는 데 한몫을 할지도 모른다는 기대를 여전히 품었다.

"창희 아가씨! 어떻게 해 봐!

한 가닥 희망은 빨갱이 시누이뿐이다.

"제발 오빠에게 옷 한 벌 차입해 봐!"

작은어머니는 사정했다. 그러나 늘 바쁜 고모는 늘 이 핑계 저 핑계를 댔다.

"제 오래비가 죽어 가고 있는데 팔짱만 끼고 있다니, 너무 하는 것 아냐? 천하의 호로 잡년!"

인공에 충성을 바치면 권력이 생길 법한데 모르는 척하는 시누이를 작은어머니는 이해할 수 없었다. 기대감이 무너지자 작은어머니의 입이 거칠게 변해 거품을 물며 독백했다.

어느 날 길에서 만난 미자 언니가 내 팔을 흔들며 숨을 헐떡였다.

"너네 고모를 봤어!"

미자 언니는 호들갑을 떨었다. 고모가 완장을 차고 면 사무소 앞에서 마이크를 잡고 군중을 향해 연설하는 것을 직접 봤다는 것이다. 팔에는 붉은 완장을 찼다고 했다. 나는 미자 언니에게 부탁했다.

"우리 고모에 대해 아무 말도 하지 말아 줘!"

나는 집에 돌아와서 누구에게도 고모 이야기를 하지 않았다. 알게 되면 공연히 분란만 일으킬 게 뻔했기 때문이다. 그런데 이틀이 못 가서 일이 터져 버렸다. 고모가 여성동맹 간부라는 사실이 알려진 것이다.

고모를 본 사람은 미자 언니뿐이 아니었고, 소문은 삽시간에 퍼져서 작은어머니 귀에까지 들어갔다. 읍내에서 고모가 마이크를 들고 외치는 모습을 봤다는 사람이 직접 말했던 것이다.

"오빠가 치안대원에게 잡혀가서 감옥에 갇혔는데 여동생이 여성동맹 선전위원장이라니!"

고모가 여성동맹 선전위원장이라는 말을 들은 작은어머니는 입술을 부르르 떨었다. 억장이 무너진다고 했다.

"골수 빨갱이가 되었으면 감옥에 갇힌 오빠를 풀어 주지는 못할지라도 옷가지는 차입시킬 수 있는 것 아냐? 해도 해도 너무하네! 이런 잡것이!"

작은어머니는 악에 받쳐 창희 고모 앞에게 험한 말을 퍼붓기 시작했다. 할머니라고 아들 걱정이 없는 것은 아니지만 속수무책이었고, 눈앞의 딸에게 핍박을 해 대는 며느리를 원망할 수도 없었다. 할머니는 죽은 듯이 침묵했다. 그렇지 않아도 작은어머니는 시집식구 모두에게 적개심을 가지고 있었다.

"어떻게든 살려 낼 방도를 찾아야 할 것 아녜요? 모두들 멀건이 앉아서 눈깔만 굴리고 뭐하고 있어요? 그러고도 숟가락으로 밥을 퍼먹어요?"

작은어머니는 패악질을 부렸다. 집안의 기둥이 죽었는지 살았는지 모르는 처지에 아무런 대책도 없이 밥을 먹으며 살고 있는 것을 이해할 수 없다고 했다. 할머니가 나서 창희 고모를 설득해 보았지만 소용이 없었다.

작은어머니는 남편이 그리울수록 분노와 원망이 커졌다. 이제는 시어머니까지 싸잡아 미워하기 시작했다. 두 사람이 공범인 빨갱이라도 된다는 듯이 미움의 강도가 점점 세졌다.

할머니는 그런 며느리를 원망할 수 없었다. 뜨거운 양철지붕 위의 고양이 처지가 되었다. 사랑하는 아들은 빨갱이에게 잡혀갔고, 하나밖에 없는 딸은 빨갱이가 되었다. 속수무책인 상황에서 할머니는 목숨을 끊지 못하고 외양간 옆 광 속 짚더미에서 지냈다. 작은어머니는 할머니와 고모가 이틀 혹은 사흘째 보이지 않아도 찾지 않았다. 모두들 제 앞에 닥친 고통의 덩어리가 너무나 컸으므로….

인공은 사상범들에 대해서 철저한 통제를 했다. 그런 마당에 옷을 차입한다는 것은 불가능했다. 창희가 아무리 여성동맹 선전위원장이라지만 올케의 부탁을 들어줄 수는 없었다. 자본주의 사고방식에 길들여져서 권력을 가진 사람을 알면, 빽만 있으면 된다고 믿는 올케에게 그런 상황을 설명할 길이 없었다. 무엇보다도 공화국의 엄격한 규율은 일체의 청탁도 통하지 않았다.

168

인공에 협조하는 창희 고모는 가족에게 몹쓸 짓을 하는 줄 알았으나 개인적인 부탁은 혁명하는 사람들에게 치명적인 결함이라고 알았다. 당성을 의심받게 되면 자본주의 근성이 남아 있어서라는 오해를 받을 수도 있고, 그렇게 되면 당에서 입지가 곤란해질 것이라고 여겼다.

인민회합은 마을에서 가장 넓은 집인 정 진사댁 대청마루나 마당에서 열렸다. 김동혁의 사상교육이 이루어지고 용감무쌍한 인민해방군의 낙동강전투 전황도 생중계되었다. 김동혁은 이번 전쟁은 노동자 농민을 해방시키는 성전(聖戰)임을 강조했다.

"부자나 지주들은 쳐 없애고 그동안 상것이라고 천대받던 사람들이 세상을 지배하게 되오!"

그 말을 들은 김옥동은 신바람이 났다. 드디어 자신을 알아보는 세상이 온다는 상상을 하니 가슴이 두근거렸다. 낯이 익은 이웃마을 머슴들이 보이자 입에 침을 튀기며 설명했다.

"우리 농촌부터 차차 개량해서 네 것, 내 것이 없는 세상을 만들어야 해유."

"땅을 갖고 다 같이 일해서, 다 같이 먹는 평등한 세상을 만드는 것이 우리 공화국이 바라는 거지유!"

김동혁이 앞에서 질문할 동무 있느냐고 묻자 옥동이 손을 번쩍 들고 일어서서 물었다.

"그런데 계급이 다 같으면 누가 농사를 짓나유?"

김동혁은 다 같이 농사를 짓고 각자 필요한 만큼 골고루 나눈다고 대답했다. 아무도 더 이상 질문하지 않았다.

소작인들은 그 말이 사실인지 긴가민가했지만, 죽을 둥 살 둥 일하지 않아도 먹고 산다면 편하겠다고 생각했고, 어차피 자신들의 땅도 없는 마당에 잘된 일이라고 여겼다. 하지만 한 뼘이라도 모 심을 땅을 가진 자들은 걱정이 되었다. 그나마 손톱이 닳아 없어지도록 들에 엎드려 일해서 산 내 땅을, 그마저 빼앗기는 것 아닌가 하고.

마을 회합을 마치고 마루에 앉아 있던 김동혁 위원장에게 이태호가 담뱃불을 빌려 달라고 이북말을 흉내내며 말했다.

"김동혁 동무! 담뱃불 좀 빌리갔소."

김동혁은 어이가 없었다. 누구와 맞담배질할 참이냐. 동무는 숙청당해야 할 신분인데 살려준 것도 모르는 같잖은 놈. 동무를 살려 둔 것은 국방군에서 탈영한 점이 가상해서 관용을 베풀고 있는 중이라고 했다.

"태호 동무가 인민군과 대항해 싸우지 않은 점을 높이 평가해서 이번은 용서하갔소. 용서는 이번 한 번뿐이오. 명심하시오."

"동무끼리 담배도 같이 피울 수 없다면 동무라는 의미는 뭐유?"

태호가 장난스럽게 반문하자 김동혁은 화를 냈다.

"위대한 조국이 베풀어 준 은혜도 모르고 경거망동하는 걸 보니 이태호 동무를 사상이 불순한 요주의 인물로 처리해야 되갔소!"

작은어머니는 집 밖으로 나오지 않다가 마을 회합이 있는 날이면 우리 집으로 온다. 작은아버지 소식이 궁금해서 툇마루에 앉아 마을 회합에 갔던 삼촌에게서 무슨 소식이나 들을 수 있을까 하고 기다린다. 삼촌은 회합에 가면서 마당 한 편에 마른 보릿짚에 쑥을 얹어 모깃불을 피워 놓았다. 형님 소식을 기다리는 형수를 위해서 준비해 둔 것이다. 매운 쑥 연기를 뚫고 모기가 앵앵거리며 지나간다.

"이따 들를게요."

삼촌이 지나가면서 한마디 했다.

요즘 어머니는 동서 얼굴 보기가 겁이 난다고 한다. 그러면서 혀를 찬다.

"이해는 가지만…."

나도 마찬가지다. 작은어머니는 늘 폭발 직전의 활화산같이 부글부글 끓어오르는 표정을 하고 있기 때문이다.

벌써 은하수가 입언저리에 들어오면 곡식이 익는다는 가을이 다가오고 있다. 나는 어머니 옆에서 맑은 밤하늘에 수를 놓은 별들을 쳐다본다. 반짝거리는 별들, 오리온자리, 사자자리, 황소자리를 찾아본다. 어머니 무릎을 베고 누운 나는 작은아버지 걱정을 하다 잠이 들기도 한다. 툇마루에 우두커니 앉아서 은하수를 바라보는데 어머니가 짓는 한숨이 귓가에 들려온다.

"같은 소리뿐이니 알 수 있어야지요."

"진전이 없나 보죠."

"김동혁, 김옥동… 이놈들이 설치는 꼴을 보니 배알이 뒤틀려서…."

"그런 놈, 부러워할 것 없어요. 잠시 스쳐가는 바람 같은 권력일 뿐이에요."

삼촌은 자신의 입만 쳐다보는 형님과 형수를 향해 좋은 소식이 없어서 미안하다는 얼굴로 같은 말만 되풀이한다. 타들어 가는 작은어머니 가슴 대신 느티나무에서 밤 매미가 피를 토하듯 자지러진다.

벼 이삭이 누렇게 익어 가기도 전에 수확을 앞두고 마을이 술렁거렸다. 군량미 이야기가 나돌았던 것이다. 일 년 내내 등이 휘도록 땀 흘린 곡식을 조국해방을 위해 싸우는 인민해방 전사에게 보내야 한다면서 수확량을 거짓으로 속일 경우 반동으로 몰 것이라고 했다. 한 마지기 논에서 벼 이삭을 세어 놓았고, 벼가 몇 섬 나올 예상까지 계산해 놓았다는 소문도 나돌았다.

그즈음 하늘에서 비행기 소리가 유난히 크게 들렸고 그것도 자주 났다. 국군에 대한 소식도 가끔씩 날아들었지만 진위를 가릴 방법이 없었다. 믿을 수 없어 눈으로 확인하기 전까진 숨을 죽이고 있을 뿐이었다.

전세가 불리해지면 가족이 또 찢겨질지도 모른다. 지금은 좌익인 고모가 있어 방패역할을 하고, 더욱이 삼촌이 국군에서 낙오되어 집에 온 것으로 완충지대를 형성하고 있다. 아버지는 가족을 지키기 위해 인공에서 하라는 대로 협조해야 했다.

가을이 다가오면서 앞산 활엽수에도 붉은 빛이 돌기 시작했다. 아침저녁 날씨가 차가워서 낮에 입던 옷을 그대로 입고 있으면 팔에 소름이 돋을 지경이었다. 대문 옆에 서 있는 백일홍나무를 바라보는 작은어머니는 남편 걱정에 가슴이 무너져 내렸다. 베잠방이 차림으로 감방에서 떨고 있을 남편 때문에 잠을 이룰 수 없었다.

앞에선 대놓고 시누이를 미워할 수 없고, 제발 오빠 옷 한 벌 차입해 달라고 사정했다. 혹시나 시누이 비위를 상하게 해서 일을 그르칠까 봐 분노를 참았다. 그러나 소문과 달리 시누이의 위원장 자리가 별 볼일 없는 자리였는지, 아니면 인공 정권에 사상을 의심받을까 봐 걱정되었는지 시누이는 모른 척했다.

정성을 다해 만든 남편의 겨울옷, 얄팍하게 햇솜을 놓은 명주 바지저고리가 소매부리, 배래기, 바지허리춤, 쏙쏙 들어간 시침자국을 그대로 드러낸 채 주인을 찾아가지 못하고 머리맡에 놓여 있었다.

한집에 사는 시누이를 볼 때마다 작은어머니는 남편을 떠올리며 눈에 핏발을 세웠다. 불길한 예감들, 흉한 꿈자리, 그동안 설마 했던 불안이 구체적으로 변하면서 붙잡혀 간 남편이 죽을지도 모른다는 두려움으로 증오심이 커져 갔다. 어려서부터 키우다시피 했고 어려운 형편에도 학비를 마련해 준 부모 같은 오빠가 아니던가.

그렇듯 좋은 나라 건설에 이바지하는 열성동지라면서도 감옥에 있는 오라비에게 따뜻한 바지저고리 한 벌 차입해 주지 않는 시누이를 원수라고 단정했다. 할머니는 며느리와 딸이 마주치지 않게 하느라 전전긍긍했다. 증오를 받아 낼 힘도 없었다.

언제부터인가 서슬 퍼렇게 볶아 대는 작은어머니의 분노를 받아 내는 고모와 할머니에게 연민이 생기기 시작했다. 사랑채에 쭈그리고 앉은 할머니와 고모는 이제 작은어머니 눈앞에 나타나지도 못한다. 이들은 얼마 전까지만 해도 한 밥상에서 밥을 먹고 웃고 지내던 가족이었다.

작은아버지가 고문으로 죽어 가고 있을지도 모르는 상황에서 나는 작은어머니와 함께 고모를 미워하고 저주해야 할 입장이다.

그런데도 자꾸만 고모에게 동정이 갔으니 도통 모를 일이다. 후에 따져 보니 고모는 당성을 인정받는 길, 입지가 불리했을 것이란 짐작도 들었다. 아무리 당성이 뛰어나도 오빠의 반동행위는 지울 수 없는 취약점이다. 몸으로 행동으로 보여야 하는 고모로서는 충성심만이 살아남을 길인지도 모른다. 그즈음 집안 분위기를 파악한 고모는 개울 건너쯤 오면 완장을 감추고 집으로 돌아왔다.

*

윤상현이 낙동강 전투에서 승전가가 울릴 것이라고 장담한 지도 한 달이 넘었다. 마을이 조용했다. 총소리도 없이 소문만 무성했다. 계속되는 전의를 불태우라고 다그치는 속에서도 곡식은 여물어 갔다.

어느 날 갑자기 창희 고모에게 윤상현 선생이 나타났다. 할 말이 있다고 했다.

"지금 시간이 있나?"

"네, 집에 가는 일뿐이에요."

"그럼 가면서 얘기하자."

초가을 햇살은 맑고 화사했다. 철로를 끼고 흐르는 개울가로 난 길을 따라 걸었다. 코스모스, 쑥부쟁이가 부쩍 자라 꽃을 피워 푸른 하늘을 배경으로 산들바람에 흔들리고 있었다.

창희는 동물적인 육감으로 세상이 급박하게 돌아가고 있음을 직감했다. 그것이 어떤 폭풍을 몰고 올지 예측하지 못했지만 뭔가 커다란 변화가 일어나고 있음을 알 수 있었다. 윤 선생은 고모를 바라보다가 입을 열었다.

"너를 오랫동안 보지 못할 것 같아."

"왜 그런 말씀을 하세요?"

"망각의 두려움 같은 것. 그러나 너를 기억할 거야. 세상의 어려움을 말하지 말자. 그것은 알면 알수록 견뎌 내기 어려울 테니깐."

그는 세상을 모두 안다고 자부했지만 실은 아무것도 모르는 것 같다고 했다.

외로운 인텔리… 공산주의 인공에 종사해 보니 이상세계에 대한 실망이 따라왔는지도 모른다. 이상적 사회주의 국가는 무리한 낙관주의와 근거 없는 성선설 위에 세워진 허구에 지나지 않음을 창희도 어렴풋이 깨닫고 있었다. 그가 왜 비통해하는지 알 수 없지만, 그의 곁에 머물면서 그를 위해 헌신하면서 자신을 희생 제물로 바쳐도 좋다고 생각했다. 그는 아나키스트로 남아 있을 것이라고 했다.

"너만은 나를 기억해 줄 테지?"

"선생님. 우리는 꼭 승리할 건데 왜 그러세요."

이창희는 윤상현을 기다리면서 슬픔도 알았고, 상상의 세계를 경험했고, 기다리는 즐거움도 희망도 가져 보았다. 하지만 윤상현이 돌아오지 않을 수도 있다는 절망이 밀려오는 것 어렴풋이 느꼈다.

한 개인의 삶을 조종하고 조종당한 책임을 누구에게도 물을 수 없고 물어봐야 소용없음을 안다. 기억을 잊고 싶지만 일은 저질러진 후다. 자연의 순리대로 시간과 계절의 흐름대로 그렇게 살다가 풍장(風葬)으로 마무리 되면 그만이다. 한 민족을 갈라놓고 적개심을 유발시키고 불평등을 조장해서 전쟁으로 이끈 권력들에 대한 분노였다. 무엇을 위해 지금껏 견뎌 왔을까? 무관심이라는 공포, 사라질 육신에 대한 공포였다.

그 후 그녀는 혼자 있을 때면 그때의 시간을 떠올리곤 한다.

어디에선가 불길한 바람이 불어오고 있다. 다 채우지 못한 그 미진함 때문에 조금 남아 있는 여름의 끝자락에서 그의 그림자를 잡고 있다. 그러나 그의 끈은 어디에도 연결되지 않았다. 감미로운 슬픔을 만끽하다가 현실로 되돌아서는 순간 더 깊은 절망을 씹는다.

창희는 날씨가 맑은 9월 어느 날 방죽 둑에 앉아 생각에 잠겨 있었다. 저수지 건너편에는 버드나무들이 어깨에 머리카락을 늘어뜨리고 끊임없이 슬픔을 토하고 있다. 물 위에 비친 그림자 사이로 물오리가 지나갔지만 곧 그 그림자는 아무 일도 없었다는 듯이 다시 완전히 제 모습을 찾는다.

이미지의 사랑, 생각 속에서 떠도는 사랑이란 어느 것이 진실이고 어느 것이 환상일까? 그것을 이루어 내면? 이룬다는 말은 없다. 사랑 행위는 말이나 이미지 대신 신체적인 접촉인가, 생각의 일치인가? 함께 하면 과연 만족할까? 오로지 그를 향한 마음으로 자신을 가두고 만다.

그를 잊으려면 많은 시간이 필요할 것 같다. 그동안 잡고 있던 한 줄기 빛은, 그 빛나던 세상은, 무한한 생명의 무대는 이제는 무자비한 박해자가 되어 나를 괴롭히는 존재로 변할 것이다. 사랑에 대한 확신이 무너져 내리고 있다.

3개월, 이창희가 반짝이며 활동했던 계절은 짧았다.

아! 고림리 양민학살

인천상륙작전이 성공했고 서울을 수복했다는 소식이 연이어 날아들었다. 국군의 승리가 기정사실화되자 우리 마을에도 사태는 급박하게 돌아갔다. 가족들은 곧 작은아버지 찾기에 나섰다. 삼촌과 아버지가 급히 경찰서로 달려갔지만 유치장 문은 열린 채였고, 작은아버지의 행방은 묘연했다.

인민군이 퇴각하면서 일부는 사살했고, 사상범들은 이미 북으로 이송시킨 후라고 했다.

아버지와 삼촌은 여기저기 무더기 시체가 발견된 곳을 찾아 헤매고 다니기 시작했다. 산길을 따라 북쪽으로 올라가면서 이곳저곳 골짜기를 헤맸으나 허사였다. 수소문해서 찾아간 골짜기엔 들어서기도 전에 시체 썩는 냄새가 진동했다. 남쪽으로 10여 ㎞ 떨어진 고림리 골짜기였다.

이북으로 끌려갔다는 말을 듣고 그동안 북쪽 방향으로만 찾아다녔는데 남쪽 방향에 위치했기에 찾을 수 없었다. 인민군이 퇴각하면서 북으로 끌고 갈 수 없게 되자 형무소에 갇힌 사람들을 끌고 이곳으로 온 것이다. 용인군에서 남쪽에 위치했기에 쉽게 찾을 수 없었다. 끌려온 사람들은 이곳이 남쪽인가 북쪽인가 알기도 전에 무차별 사살되었다.

처형장에는 저녁노을이 감빛으로 물들어 가고 있었다. 구름까지 붉은 물이 들어 꿈틀거리며 요동쳤다. 말뚝이 하나 서 있었고 용마가 몸부림치며 울부짖었다는 용마바위 위에 핏자국이 보였다.

속이 떨리고 메스꺼워 토할 듯 울렁거렸다. 사람을 죽이다니! 어떻게 인간이 인간을 이렇게 죽일 수가 있을까. 골짜기 여기저기에 시체를 확인하려고 온 사람이 몇 명 보였다. 그중 아들을 찾는다는 60세쯤 된 노인은 낡은 바지춤을 허리로 끌어올린 후 용마바위 옆에 서서 골짜기를 물끄러미 쳐다보며 한숨을 쉬었다.

골짜기에는 무수한 시체들이 즐비했다. 인민군이 후퇴하면서 급하게 총살시키고 미처 구덩이도 파지 못한 모양이었다. 주변 흙으로 얇게 덮여 있어서 삽을 들고 파헤칠 필요도 없었다.

흙을 쓸어내자 하나같이 살 썩는 냄새를 풍기며 진흙구덩이에 그 모습이 햇빛 아래 드러났다. 그동안 내린 빗물로 흘러내린 흙을 뒤집어쓴 시신이 즐비했다. 곳곳에 사지절단 시신도 많았다. 아버지와 삼촌은 시신 하나하나를 뒤집어 가며 확인했다.

팔이 없는 시신은 아무 팔이나 주고, 다리가 없는 시신은 다리를 맞추어 놓고, 머리가 없는 시신은 머리를 얹어 숫자를 세었다. 헤어 보니 모두 350여 구나 되었다.

숫자를 다 세고 나자 손목과 발목이 남았다. 몸통은 분해되었는지 보이지 않고 팔과 다리도 남아돌았다. 여기저기에 도마뱀 꼬리나 가재 앞발처럼 생긴 손목과 발목이 몸통을 찾아 꿈틀거리는 것 같았다. 얼굴 형체를 알아볼 수 없어서 누가 누구인지 식별이 불가능한 것으로 보아 골짜기에 사람을 몰아넣고 수류탄을 던진 듯했다.

시신더미 속에서 부상당한 채 살아 있을지도 모른다는 한 가닥 희망을 버릴 수 없어 시신들을 다시 하나하나 확인해 보았다. 기적은 일어나지 않았다. 시신이라도 찾기를 바랐으나 허탕이었다.

178

아무 소득도 없이 빈손으로 돌아온 시숙과 시동생에게 화를 낼 수 없었던 작은어머니는 자신이 찾아 나서겠다고 했다.

"제발, 제수씨는 그대로 계십시오."

아버지가 극구 만류했다.

"시체들 험한 꼴을 보면 마음만 더 괴로울 겁니다. 우리 남자들도 보기가 흉한데요."

죽은 사람들의 코와 입과 귀에 진흙이 들어간 얼굴을 본다면 제수씨가 기절할 것이었다. 남편 얼굴이 떠올라 괴로움만 더했을 것이 분명했다. 시신을 찾지 못했다는 것은 한편으로는 다행한 일이기도 했다. 작은아버지가 사망이 아니라 어딘가에 살아 있을지도 모른다는 희망을 갖게 했다.

서울이 수복되자 태호 삼촌은 탈영병이라는 오명을 벗기 위해 원대복귀를 서둘렀다. 전투가 한창이라 소속부대 위치가 막연했지만 군부대를 찾아가서 그간의 사정을 설명하고 관등 성명을 밝히면 귀대할 수 있을 거라 믿었다. 며칠 후 삼촌은 집을 떠났다.

나는 학교로 갔다. 학교 교실은 불타 사라졌지만 운동장은 그대로였다. 울타리 옆 나무 그늘에서 수업이 시작됐는데 한 반 60명 훌쩍 넘는 학생들 중에서 학교에 나타난 학생은 열다섯 명 정도였다. 학년별로 울타리 옆 나무들을 중심으로 옹기종기 모여앉아 수업했다. 까만 칠판은 벗겨져서 여기저기 흰 회칠이 드러나 있었다.

교과서가 있을 리 없는 5학년 학생들은 앞에서 담임선생님이 국어책을 읽으면 복창했다. 3학년 아이들 구구단 외우는 소리가 운동장에 울

려 퍼지면 담임선생님은 반장을 시켜 조용히 해 달라고 부탁했다. 옆
반에서 풍금 소리를 반주로 노래를 부르면 우리도 따라 부르곤 했다.

고모 이창희

인민군이 후퇴하자 보복과 숙청이 시작되었다. 고모는 나흘 동안 뒷
동산 김치광으로 쓰던 작은 구덩이에 숨어 있었는데 할머니가 발바닥
에 불이 날 정도로 음식을 넣어주러 다녔다. 밤이라지만 다른 사람 눈
에 띌지 몰랐다. 밖에서 보스락 소리만 나도 몸이 움츠러들었다. 하루
는 답답해서 밖에 나와 있는데 숲속에 인기척이 나서 바닥에 엎드려 숨
을 죽였는데 곧 들킬 것 같았다.

한 장소에 있다가는 발각될 위험이 있어서 그날 우리 집으로 거처를
옮겼다. 부모님은 고모의 손을 꼭 잡으며 말했다.

"우리 집은 적산가옥이어서 카미사마가 있던 벽장 속에 숨어 있으면
당분간 무사할 거야. 그 안에서 푹 쉬며 기다려."

하지만 고모는 사흘이 지난 후 발각되고 말았다. 누군가 고발했는데
고모가 한밤중에 감나무 옆에 있는 화장실에 가는 것을 본 모양이었다.

나중에 알고 보니 정 진사댁 둘째아들 정진국이었다. 인공시절에 많
은 고초를 겪어서 빨갱이는 모조리 잡아 족쳐야 한다는 것이 그의 신념
이었다. 고모가 이틀 정도 숨어 있는 동안 급작스럽게 경찰서에서 가택
수색을 했고 발각되고 말았다.

절망한 할머니는 그 자리에서 허리가 꺾이고 말았다. 빨갱이에게 협

조했어도 할머니에겐 금쪽같은 딸이었다. 하나뿐인 그 딸을 지켜내고 싶었다. 소식이 없는 아들 일로 가슴이 찢어졌는데, 이번엔 딸이 끌려가는 걸 보니 더 이상 찢어질 가슴이 남아 있지 않았다.

이창희는 담담하게 수갑을 차고 형사들을 따라갔다. 경찰서 앞마당에는 붙잡혀 온 사람들이 길게 늘어섰는데 창희는 골수분자로 분류되어 곧바로 감옥에 수감되었다. 감옥에는 인공에 부역했다가 붙잡혀 온 사람들로 넘쳐났다. 한마디로 아비규환이었다.

이 상황에 고민이 무슨 소용인가. 이미 지옥에 떨어진 것이다. 풀리지 않을 실타래 같은 인생 그냥 흘러가는 대로 내버려 두자. 걱정한들 뭐가 달라져? 확신에 찬 결정도 인생에 도움이 안 된 마당에 운명이 시키는 대로 흘러가게 내버려두는 거다.

창희는 유치장에 밀어 넣어진 후부터 가슴이 떨려왔다. 여기저기서 들려오는 신음소리는 앞으로 겪어야 할 고통을 예고했다. 비명을 듣게 하는 것도 고문의 한 부분이리라. 비명소리를 들으며 자신이 선택한 일에 책임을 져야 한다.

불타던 정의감도, 신념도 허상이었을까? 불행의 끝을 보고 나서야 세상의 진면목이 보이는 것은 왜 그럴까? 나는 그때나 지금이나 같은 사람인데. 숨어 지내는 동안 수없이 예상했고, 죽을 수 있다고, 신념에 변화가 없을 것이라고 다짐했는데. 시간이 지날수록 불안감이 커졌다. 숨소리, 뒤척이는 소리 등이 낮게 울리며 무음(無音)처럼 고요했다. 공기는 멈추어 버렸다.

다음 날 오전 경찰서 취조실에서 고문을 받아야 했다. 그 안의 세계는 숨소리조차 죽어 버린 공간이고 그 공간은 공포로 덧칠한 벽으로 둘러싸여 있었다. 삽시간에 인간이 아닌 짐승으로 변한 것이다. 찔리는 듯한 통증에 놀라 신음을 삼켰다. 단단하게 매듭이 묶인 손목에 통증이 심했다. 굳게 잠긴 입술은 열릴 줄 몰랐다. 익숙한 침묵이었다.

고통은 잠시 허기를 잊게 한다. 그러나 시간이 지남에 따라 굶주린 배가 내지르는 소리는 자존심도 이념도 필요 없다고 고통을 호소한다. 물, 물만 있으면 견딜 수 있다. 발걸음을 옮길 때마다 물기가 마른 입천장이 가랑잎처럼 바삭거렸다.

취조관이 집에 돌아가 있으라고 했다. 주거지를 옮기면 안 되고 필요할 때 다시 부르면 응해야 한다고 덧붙였다. 잠시 풀려났으나 돌아갈 곳도 없었다. 집? 어머니가 있는 곳, 그곳이 떠오른다. 개울가에 머리를 박고 물을 마신다. 일어서려다 앞이 캄캄해지더니 곧바로 설 수 없어 비틀거렸다.

어둠이 걷히고 나서 고개를 들었다. 눈부신 빛은 너무 많이 삼킨 듯 두개골이 투명해져갔다. 입으로 들어가 자신을 돌아보고 달착지근하게 목젖을 휘감으며 부풀어 올라 뇌까지 치솟는 그런 빛, 그 빛은 머릿속 뇌가 사라지고 배고픔의 메아리만 남을 때까지 퍼진다. 배고픔의 고통을 표현할 적절한 말은 없다. 지금 배고픔으로부터 벗어났음을 보여주어야 한다.

몇 시간이고 서 있어야 했던 하얀 벽, 뼈가 쇠처럼 무거웠다. 살이 빠지면 뼈는 천근만근이 되어 사람을 바닥으로 끌어내린다. 부동자세로 서서 자신을 잊는 연습을 해야 한다. 들숨과 날숨도 크지 않아야 한다. 고개를 들지 않고 눈만 치떴다. 그리고 하늘을 보며 내 뼈를 걸어 둘 만한 구름자락을 찾았다.

구름이 없는 날도 잦았다. 그런 날은 하늘이 탁 트인 물처럼 푸르기만 했다. 잿빛 구름이 하늘을 빈틈없이 뒤덮는 날도 잦았고, 비가 눈을 찌르고 옷이 피부에 들러붙는 날도 있었고, 추위가 내장까지 침범해 아픈 날도 있었다. 텅 빈 시간들이 신발 밑창 아래로 떨어지고 있는 것만 같았다.

주린 입천장은 저녁연기를 마신다. 주린 눈으로 밥 끓는 냄새를 먹고 먹는 동안 주위는 고요했다. 저녁 어스름을 뚫고 우르르 냄새가 울렸다. 인적이 드문 틈을 타 우물가에 물을 마셨다. 그곳을 벗어나려고 하면 할수록 발걸음이 눌러 붙었다. 다시 엎드려 물을 마시고 나니 허기가 밀려왔다. 저녁 풍경은 배고픔의 파노라마다. 땅거미가 내리고, 창희는 헛간 불빛을 향해서 비틀비틀 걸어갔다.

그녀는 밤마다 기억들을 이렇게 떠올렸다. 잠이 오지 않으니 나는 내 의지와 상관없이 기억해야 한다. 취조실 물건들이 하나씩 차례로 떠오르는 게 아니라 무더기로 나를 질식시킨다. 그래서 나는 안다. 물건들이 나를 찾아온 건 내가 기억해서가 아니라 나를 괴롭히기 위해서임을.

밤마다 고문의 기억들이 나를 찾아와 숨통을 조인다. 그러면 나는 거적문을 열어젖히고 머리를 내민다. 유리잔에 담긴 차가운 얼음 같은 달이 하늘에 떠 내 눈을 헹구는 것 같다. 맥박이 고르게 뛴다. 찬 공기를 마신다. 거적문을 닫고 다시 눕는다. 아무것도 모르는 이부자리가 나를 반긴다.

일주일 후 다시 불려간 창희는 골수분자로 분류되어 모진 고문을 받게 되었다. 김일성 사진을 놓고 그 앞에 맹세를 했던 상황을 재연시켰다. 김일성 수령에 대한 남다른 존경심이 있을 터, 감상이 어떠냐고 비아냥거렸다.

"이창희 동무! 빨리 말하라우!"

취조관이 이북말투로 다그쳤다. 운신도 어려운 각진 공간에서 사고의 벽을 헐어야 한다.

"새 정부는 일본 사람들이 물러간 후에 친일했던 사람을 죽이지 않았습니다. 그런데 우리는 한 민족이고, 더구나 국가가 힘이 없어서 백성을 방치해 놓고 이제 와서 사상을 따진다는 것은 모순이 아닌가요?"

"건방진 년!"

엎어 놓은 엉덩이로 매질이 시작되었다. 한 마리 사슴이 사냥꾼 총부리 앞에 떨고 서 있다. 무슨 말이든 해야 한다.

"한 마리 작은 새는 넓은 하늘을 날아 보려 했습니다. 그 꿈을 키웠고, 어느 날 날갯짓을 해도 된다기에 해 보았고, 결국 그 날갯짓 한 번 해 보지 못하고 추락했습니다. 새에게 날개 따위는 없었습니다. 그런데 왜? 누가? 나에게 헛날개를 달아 주었나요?"

"헛소리 집어치우고 윤상현이 지금 어디 있는지 말해!"

"모릅니다. 제가 묻고 싶습니다."

윤상현이 잡혔다는 말은 헛소문인가 보다.

"엎어 놔!"

취조 형사의 말이 떨어지자 곧 바로 방망이가 엉덩이를 내리쳤다. 매질이 계속되는 동안 같은 중얼거림이 반복되었다.

'내 머리 위에 빛나던 하늘, 창공을 훨훨 날고 싶은 꿈을 주던 그 하늘, 남쪽과 북쪽으로 줄을 그어 놓은 하늘이 있다는 것을 알지 못했습니다. 더욱이 조국이라는 이름으로 땅은 물론이고 하늘도, 공기도, 마시는 사람에 따라 색깔이 다르다는 것을 가르쳐 준 사람은 없습니다. 여자로 태어난 운명을 바꿔 보고 싶었습니다. 이 나라에서 여자가 날 수 있는 하늘은 있기나 한가요. 다만 내 가치를 알아주는 곳, 그 꿈을 이룰 수 있게 해 준다는 이상세계에 복종했을 뿐입니다.'

"어차피 붉게 되어 있어!"

"꿈을 버리지 못한 죄, 이승만도 김일성도 그들은 이 땅에 태어난 여린 여자를 농락했고 버렸습니다. 개인에게 죄를 덮어씌우지 말고 이 땅에 태어난 죄로 다스려 주십시오."

'모든 혁명가는 설사 죄과가 엄청날지라도 부르고 죽을 조국의 이름은 있었다. 그러나 우리는 부르고 죽을 조국조차 없다!'는 윤상현의 말이 귓가에 맴돈다. 지금 나에게 네 조국이 어디냐고 누군가 묻는다면 같은 대답을 할 수밖에 없다.

'김일성 수령 동지! 어느 날 갑자기 백마 탄 왕자처럼 그대가 나타나서 나를 유혹했습니다. 나는 그대가 내 첫사랑이라고 믿고 사랑했을 뿐입니다. 지금 나는 내가 누군지도 모릅니다. 과연 내 사랑이 맞기는 했는지, 당신이 나를 버린 지금, 당신이 내게 준 그 꿈을 믿었다는 죄로 나는 심판대에 섰습니다. 내 죄목이 무엇인지 모릅니다. 어느 조국도 내 인생을 책임져 주지 않았고, 버렸고, 그리고 나는 이 자리에 있습니다. 이편, 저편, 어느 편으로 가야 할까요. 누가 내 인생을, 나를 단죄

하며, 할 수 있는 자 누굽니까? 저는 두 조국에게 버림받은 이 나라 백성입니다.'

취조관이 태극기 앞에 세워 놓았다.

'이 혼돈을 정리해 줄 평생 나를 지켜 줄 조국이 필요합니다. 그 조국이 내게 해 준 것이 무엇입니까. 왜? 버리고 가 놓고, 이제 와서 당신은 나에게 자신이 내 조국이었다고 변절했다고 합니까. 내 생명도, 나라는 존재도, 더욱이 조국이라는 말도, 모르고 지금껏 숨 쉬고 살았습니다. 김일성이 내 사랑이라고 믿게 내버려 둔 당신, 이승만 정부에게 묻고 싶습니다. 측근들을 거느리고 힘없는 백성만을 적 치하에 버려둔 책임에 대해 어떻게 변명하실 작정입니까. 이제 당신들이 대답할 차례입니다!'

"건방진 년! 입이 살아서 주절대는 모양인데 입을 다물 때까지 족치라구!"

말을 해 보라고 해 놓고 시건방지다고 더욱 심한 매질을 당한 이창희는 기절했다.

경찰서에서 창희가 풀려난 것은 사흘 후였다. 경찰서에서 사람을 시켜 가마니에 막대기를 끼운 들것에 실려 반(半) 송장이 되어 돌아왔다. 할머니는 고모가 죽은 줄 알고 들것을 부여잡고 쓰러졌다. 사랑채에 부려진 딸이 신음소리를 내자 한숨을 쉬었다.

할머니는 방 안에 쓰러진 딸을 잡고 비틀거렸다. 창자가 끊어지는 고통이라는 표현도 불충분했다. 애간장이 시커멓게 타들어 갔다. 드러내 놓고 가슴 아파할 수도 없었다. 스스로 죄인이었고, 입을 다물었고,

눈은 깊은 우물처럼 우멍하게 파였다.

　매를 맞은 후유증 치료는 황금탕이 제일이라고 했다. 시퍼런 똥물에 구더기를 걸러 내고 황금탕을 먹여야 한다는 동리사람들의 권유에 할머니는 도리머리를 쳤다. 똥물이라니! 내 딸에게 그런 것을 먹여서 고통을 보탤 생각도 없으며 가여워서 못한다고 했다. 할머니는 며느리 몰래 산으로 헤매고 다녔다. 딸에게 줄 약초를 캐러 다닌다고 했다.

*

　이창희는 윤상현에게 걸었던 희망이 무너졌음을 인정해야 했다. 그러면서도 한편으로는 윤상현이 선택한 길이 옳았음을 아직은 부정하고 싶지 않았다. 그녀는 혼자 중얼거렸다.

　'전 당신 없인 살아갈 수 없었어요. 행복이 무엇인지 한 번 알고 나니 잊어지지 않더군요. 그래도 전 포기해 버렸어야 해요. 앞이 캄캄한 지금의 제 심정을 뭐라 설명해야 할까요? 아, 모든 것이 다 틀렸어요! 그 어떤 환희에도 저주가, 그 어떤 쾌락에도 혐오가 숨겨져 있어요.'

　창희 고모의 하루는 경찰서에 불려 다니는 것으로 시작되었다. 처음엔 순경이 와서 연행했고, 그 후부터는 소환 형식으로 불러들였고, 소환날짜가 정해지면 찾아가지 않을 수 없었다. 도망칠 엄두도, 도망갈 곳도, 성공할 가능성도 없으니 경찰서에서 하라고 하는 대로 고분고분해야 했다. 처음은 날마다, 이젠 격일로 불려가서 취조를 당하고 절뚝거리며 집으로 돌아왔다.

작은어머니는 사랑채에 기어든 고모를 못 본 체했고 그녀의 존재를 잊고 싶었는지 그림자 취급을 했다. 경찰서에서 집으로 돌아온 날이면 고모는 작은올케에게 들키지 않으려고 어둠을 틈타 연기처럼 헛간으로 들어간다. 외양간 옆에 농기구나 멍석 가마니 같은 잡동사니를 넣어 두는 헛간이 있는데 그곳이 고모의 거처가 되었다.

고모를 훑어보는 작은어머니 눈에는 살기가 돌았다. 무찔러야 할 사람은 공산당이 아니라 어머니와 시누이라고 생각했던 것이다. 자신의 아이들 먼저 밥을 먹이고 나서 손을 잡고 밖으로 나갔다. 고모와 할머니는 제대로 앉아 음식을 먹지 못했다. 죄인인 처지에 살려고 밥을 먹는 것 자체가 보기 싫다고 했다.

감자밥을 바가지에 조금만 담아서 바닥에 패대기 쳐놓고 사라졌는데 고모가 먹을 수 없도록 부엌에는 먹을 것을 남겨 놓지 않았다. 할머니가 부엌으로 먹을 것을 찾아보았지만 그곳에는 먹을 것이 남아 있지 않았다. 감자밥을 먹을 때마다 보리밥알만 떼어내고 감자를 숨겼다가 고모에게 먹이는 걸 알아차린 것이다.

고모의 경찰서행이 차츰 틈이 생기고 있었다. 날마다 불러 고문해도 별다른 혐의가 없었는지도 모른다. 그래도 사흘이 지나지 않아 다시 불려갔다. 차츰 젊은 경찰들의 눈요깃거리로 전락한 모양이었다. 그들은 인공에 부역한 처녀의 엉덩이를 보는 재미에 아무 죄책감도 가지지 않았다. 어떤 형태로 모욕을 주고, 고문을 하고, 그것을 즐기든 그들의 행위는 합리화되고 정당화되었다.

어느 날 아침 일찍 고모가 손짓해 부르더니 낮은 소리로 말했다. 고모 표정이 절박해 보였다.

"수미야, 미안하지만 빤스 좀 빌려 줄래? 찢어지고 낡아서 그러는데 경찰서 갔다 와서 벗어 줄게."

입고 있던 광목 팬티를 벗어 고모에게 건네주자 고모는 얼굴을 붉히면서 고맙다고 하고는 재빨리 돌아갔다.

나는 홑치마 바람으로 마루에 걸터앉아 하늘을 바라보고 있었다. 물자도 귀했지만 빨갱이 짓을 한 고모에게 속옷을 챙겨 줄 사람은 없었다. 할머니는 실권이 없을 뿐 아니라 작은어머니에게 미움을 받는 처지여서 그냥 죽은 체하고 지내는 형편이다. 속옷을 만들어 입을 천이 있을 리 없다.

고모와 할머니는 살던 집이 폭격에 불타 버렸고 지금 입고 있는 옷이 전부다. 집이 불타지만 않았어도 고모는 읍내 집으로 돌아갈 수 있었을 것이다. 옷감이 없으면 이불 호청이라도 뜯어서 밑 가림을 했을 것이다.

고모가 불쌍했다. 하지만 다른 사람에게 말하면 안 된다는 것을 느낌으로 알아차렸다. 작은아버지를 잡아간 빨갱이 '앞잡이'라고 세상 모두가 손가락질을 해도, 나는 고모를 미워할 수가 없다. 사람들은 죗값을 받는 거라면서 고모의 고통을 당연한 것으로 여겼다.

다음날 고모가 팬티를 빨았는데 광목 팬티에 묻은 피는 삶아야 없어지는데 애벌빨래로 피가 그대로 묻어 있었다. 이웃 어른들 말로는 취조할 때 여자 빨갱이는 치마를 벗겨 놓고 엉덩이를 몽둥이로 내려친다고 했다.

감옥은 복역만 하는 것이 아니었다. 시도 때도 없이 고문실로 불러냈다. 그들도 이창희가 윤상현의 행선지를 모른다는 것을 알고 있었다. 그녀가 여성동맹 위원장이라 고문할 명분은 확실했다. 윤상현의 행방을 대라고 고문하지만 모르는데 어떻게 하라는 것인지 그녀는 갈피를 잡을 수 없었다.

의자에 앉아 하나 마나 한 취조가 시작되었다. 다른 날과 마찬가지로 똑같은 질문과 대답이 오갔다. 처녀의 옷을 벗기는 일이 어떤 것인지 취조관은 모른다. 여자의 수치심을 최대한 이용할 모양이었다. 뽀얀 젖가슴, 연분홍 유두, 시커먼 거웃이 드러난다. 매질로 이어지는 통증보다 더 심한 고통은 수치심이다.

어느 날은 준비할 새도 없이 갑자기 월경이 물컹물컹 쏟아져 고문대 의자에 피가 흘러넘칠 때도 있었다.

동리 아주머니들과 개울가 빨래터에서 달거리 한 것을 빨 때도 부끄러워 아주머니들이 사라질 때만을 기다리던 고모였다. 같은 여자들에게도 부끄럽게 느꼈는데 남자들 앞에서 당하면 죽음과 같았을 것이다.

고문을 견뎌 낸다는 것은 어느 정도를 말하는 걸까. 모욕을 당하다 보니 자존심도, 부끄러움도 변명에 지나지 않는다. 몸은 죽기 싫다고, 아프다고, 애걸할 뿐이다. 부끄러움도 고문 앞에서는 무너지고 만다. 상대를 의식한다는 것은 견딜 만하다는 뜻일 것이다. 체면이나 자존심 운운하는 것은 사치다.

경찰서에 소환되는 오늘 하필 월경이 시작되고 있다. 생리대를 구할 곳도 없고 팬티도 떨어져 구멍이 난 처지였다. 고통은 인간이기를 포기하게 만들었다. 곧 이어지는 매질, 고통으로 비명이 터진다. 아무 생각도 할 수 없었다. 취조실로 끌려온 이창희는 비틀거리다 쓰러졌다. 얼마나 뺨을 맞았는지 고막이 터져서 멍멍했다. 모진 고문에 아픈 몸을 뉘일 수 있는 방은 고사하고 아플 곳도 없었다.

이창희에게 가해진 경찰들의 고문방식은 특별하다. 옷을 벗기고 통증으로 뒹구는 여자 알몸을 보면서 매질을 한다. 킬킬거리며 구경하기도 하고 호기심 가득한 번득거리는 눈길로 웃기도 한다. 가슴에 격렬한 통증이 일었다. 고문보다도 수컷들에게 능욕을 당하는 일이 더 괴로웠다.

몸이 홍두깨 돌리듯 바로 눕혀져 천정을 향했다. 살갗에 달라붙은 옷이 벗겨지고 처녀인 몸이 그대로 드러난다. 처녀의 수치심을 최대로 이용할 모양이었다. 누운 채로 두 팔로 무릎을 잡고 머리 위로 올리게 했다. 여자의 은밀한 곳이 하늘을 향해 드러나게 하는 자세였다. 이참에 여자의 성기가 홍합처럼 생겼다는 게 확실한지 확인하려는 것 같았다.

젊은 축은 물론이고 몇몇 나이든 경찰도 여자의 성기를 이렇게 자세히 보기는 처음이라며 호기심을 나타냈다. 많은 경찰이 취조실을 드나들며 힐끔거렸다.

"빨갱이 년은 다르게 생겼는 줄 알았는데 똑같이 생겼네. 예쁜 홍합이야!"

창희는 수치심으로 벌떡 일어나 앉았다. 취조 경찰관의 구둣발에 옆구리를 채여 창희는 바닥에 쓰러졌다. 엉덩이에 몽둥이가 내려치고,

이를 악물었어도 새어 나오는 비명 때문에 자존심을 챙길 여유가 없었다. 정신을 잃고 쓰러졌다. 그녀에게 누군가 담요를 덮어 주었다.

그녀가 깨어나 보니 경찰서 숙직실이었다. 사찰계장이 젊은 순경에게 눈짓했다. 조서를 쓰고 있던 방 순경은 그가 무슨 짓을 했는지 짐작했다. 찢어진 치마 사이로 미처 받아 내지 못한 피가 다리로 흘러내리고 있었다. 젊은 순경은 상급자를 경멸했고 연민으로 그녀를 바라보았다. 사찰계장이 계면쩍은 얼굴로 젊은 순경에게 말했다.

"이창회를 데려다 주게."

상급자의 명령을 받은 방지훈 순경은 그녀가 깨어나자 집으로 데려갔다. 심한 고문을 당한 그녀는 제대로 걷지를 못했다. 고문을 당하고 절뚝거리며 걸었다. 말라붙은 멘스는 끈적거려 살갗에 접착제를 붙인 것처럼 쓰리고 아파왔다. 방지훈 순경은 그녀를 부축하며 걷다가 개울을 건너야 할 때는 업고 건넜다.

"혹시 서장님께서 무슨 말이 없었는지요?"

사립문 앞에 도착했을 때 방 순경이 물었다. 그녀가 고개를 젓자, 방 순경은 거처를 옮기는 게 좋다고 말했다.

날마다 자살할 방법을 연구하던 때였다. 시간이 지나면서 방지훈 순경에게 사람의 냄새가 났다. 그동안 느끼지 못했지만 그와 있을 때 죽음에 대한 공포가 사라졌고 잠시 편안함을 느끼기까지 했다.

마지막 비행

    인공이 물러갔다는 소식이 들리고 읍내에 경찰과 국방군이 돌아왔다는 소문이 삽시간에 돌았다. 그저께 밤부터 인공이 물러가고 경찰이 돌아오기까지 무법천지가 되었다. 지서에는 청년단이라는 유령단체가 등장했고 그들은 부역자들을 하나라도 더 잡아 권력을 행사하려고 혈안이 되었다.

    옥동은 안절부절 정신이 없었다. 그 무질서 속에 제일 먼저 희생될 사람은 자신이기 때문이었다. 부역을 했으니 국군이 온다면 총살감이다. 어물대다가는 잡힐 것 같으니 잠시 피해 있겠다고 선이에게 말했다. 김동혁 위원장 동지와 함께 지리산으로 들어가서 때를 기다릴 예정이었다. 그러나 마음이 달라졌다.

    벌써 사흘째 밤에만 행군했다. 애당초 인민공화국에 참여한 것도 선이를 위한 일이었고, 선이가 없는 세상은 아무런 의미가 없었다. 선이에게서 자꾸 멀어지고 있었다. 더 이상 선이와 멀어지는 것을 원치 않았다. 차라리 죽음을 택하는 편이 나았다.

"낙오는 용납치 않아!"

선발대장 동지의 경고에도 불구하고 옥동은 비탈길을 구르듯 뛰어내렸다. 옆에 있는 나무 밑이 파여 나감과 동시에 옆구리가 뜨거웠다. 왼쪽 갈비뼈에서 찌르는 통증이 왔다. 광목 잠방이로 홍건히 피가 젖어들었다.

옥동이 기다시피 집으로 향하면서 수없이 새긴 말은 '죽어도 선이 옆에서 죽자'는 것이었다. 집에 도착했을 때는 밤중이었다. 옆구리에서 둔탁한 통증이 왔고 곧 혼절했다.

얼마 안 있어서 사찰계 형사들이 찾아왔다. 지서에 도착하니 인공 부역자들이 잡혀 와 있는데 족히 열대여섯 명은 되어 보였다. 손이 묶인 채로 무릎을 꿇고 앉아 매타작을 받고 있었다.

"김동혁이 어디에 있는가?"

이렇게 김동혁의 근거지를 대라며 윽박질렀다. 그들도 알 것이다. 옥동이 같은 하수인에게 김동혁이 어디로 간다고 말할 리는 없다는 것을.

옥동은 완장을 차라고 해서 찬 일이 전부라고 대답했다. 그는 매질을 당한 후 감방에 널브러졌다. 그들은 빨갱이를 잡았으니 매질을 해서 자백을 받아야 했던 모양이다.

부역자들은 치료받을 엄두를 낼 수도 없었다. 더구나 지금은 전시다. 잠방이로 홍건히 피가 젖어들었지만 목숨을 잃든 말든 그들은 개의치 않았다. 계속되는 매질로 정신을 잃었고 그때마다 머리 위로 차가운 물이 쏟아져 내렸다.

"네 마누라를 족치면 알 수 있어!"

"우리 선이는 아무것도 몰라유."

"네 놈이 모른다니 마누라에게 물어보겠다."

선이일지도 모르는 여자의 비명소리가 고막을 찢었다. 가슴에 총을 맞을 때처럼 아프다. 임시 붕대로 감아 둔 상처는 지혈이 되었지만 곧 터질 것 같았다.

몹시 추웠다. 매타작에 터진 살같이 쓰렸고 가슴이 뜨끔거렸다. 뼈 근한 통증 같은 것이 느껴졌고, 온몸이 떨리며 소름이 돋고 갈비뼈가 내려앉는 것 같았다. 숨을 제대로 쉴 수 없었다. 이대로 죽을 것 같았다. 이대로 죽을 수는 없다는 몸부림에 눈꺼풀을 들어 올리려고 애를 써도 그대로 혼미해졌다.

정신을 잃자 그들이 밖에 내다 버린 것이다. 시간이 얼마나 지났는지 모른다. 희미하게 여명이 밝아 오고 기억을 더듬어도 어디에 와 있는지 몰랐다. 잠시 후 거적을 쓰고 누워 있다는 사실을 알게 되었다.

경찰서에서 옥동이 풀려난 것은 일주일 만이다. 몸 상태가 심각했다. 치료를 못한 상처가 곪아 생명이 위태로운 상태였다. 경찰서 관계자는 공연히 고문으로 죽었다는 소리를 듣기 싫어 면피하려고 석방이라는 미명으로 지서 밖으로 내던진 것이다. 옥동은 경찰에서 풀려나왔으나 갈 곳이 없었다. 옥동과 선이는 신혼의 달콤함에 젖어 있던 방으로 와서 쓰러졌다.

어머니는 병들어 눈만 껌벅이는 옥동 내외를 받아들였다. 함께 풀려난 선이도 엉덩이가 터져서 바로 누울 수 없어 엎드려 있었다. 그러나 선이의 상처는 살이 터진 것이어서 곧 아물었지만 옥동의 상처는 깊어

갔다. 황금탕을 먹어도 아픔은 그대로였다.

깊고, 깊은 긴긴 가을밤이다. 옥동은 방 안에 혼자 누워 있었다. 낮에 고구마 반쪽을 먹은 것이 전부다. 배에서 소리가 난다. 밥을 굶는다는 것과 외로움 중 어느 것이 더 괴로울까 생각해 보았다. 외로움이 크다고 할 사람도 있을지도 모른다. 하지만 그건 굶어 보지 않은 사람의 넋두리일 것이다. 살아 있는 생물에게 먹이가 최우선이다.

배고픔을 견디지 못해 눈을 감는다. 그러면서도 잠시 배고픔을 채우고 나면 생각이라는 것이 생긴다. 하늘이 나에게 왜 이런 벌을 내릴까. 목숨을 붙여 놓고, 오욕을 경험하게 하는 처사는 부당하다.

외롭고 두려운 상황 속에서도 옥동은 숨을 쉬는 동안 햇빛과 맑은 하늘이 있다는 것, 살아 있음을 느낀다. 생명의 욕구는 끈질기게, 치사하게 자신을 괴롭힌다. 선이를 만나 삶의 희열을 경험했고 슬픔도 맛보았다. 이 쓸쓸함, 방향도 모르고 떠나는 구름이었고 밤마다 피를 토하며 울다 지친 두견새 신세였다.

과연 무엇을 위해 혁명을 원했는가? 우선 내 가족이 잘 살아 보자고 혁명도 한다고 믿었다. 몸에 병이 들고 선이가 동리 수컷들의 먹잇감이 될 줄 알았다면 혁명이 무슨 소용인가. 지금 받고 있는 고통은 헛꿈을 꾼 것에 대한 값이라고 해도 너무 가혹하다. 헛된 꿈, 프롤레타리아 노동자 혁명, 이념이 무엇인지 개념도 모르던 그였다.

위정자들은 아무것도 모르는 사람들에게 자신들의 사상을 강요하고, 자신들 사상에 동조하지 않으면 죽이는 존재들인가. 자신들이 직접 총을 들고 나서서 전쟁의 한복판에서 승부를 결정지을 일이지, 백성들을 앞세워 대리전을 치르게 하는가?

고통 받고 있는 육신, 성욕이 그를 괴롭힌다. 개인의 의지로 이겨 낼 수 없는 거대한 역사의 톱니바퀴에 찌그러지고, 사라질 존재인 그. 성욕으로 인해 질투와 나약한 자신과 투쟁을 벌인다. 생명과 성욕은 무엇이 먼저인가. 그는 살기 위해 성욕이라는 또 다른 생명력을 버릴 수밖에 없다는 자괴감에 시달린다.

선이의 밤 외출이 시작된 후 죽이라도 먹을 수가 있었다. 손바닥에 꽂을 한 뼘의 땅도 없는 처지로 품삯만으로 생계를 꾸리던 옥동이 지금 목숨을 부지하고 있다는 것 자체가 기적이었다. 여름내 지은 농사도 빨갱이 놈 것이라고 빼앗겼다. 오늘 아침 밥상을 들고 들어온 선이에게 쌀이 어디서 났느냐고 묻지 못했다. 밤새 선이를 원망해 놓고 밥을 보자 침을 삼킨 것이다.

아무도 빨갱이가 무엇을 먹고 사는지 아는 사람은 없다. 아직 살아 있는 사실만 알 뿐이다. 마을 사람들은 빨갱이, 그의 근처에도 얼씬거리지 않는다. 같은 부류라고 찍힐까 봐 겁을 먹었는지도 모른다.

어르신에게 은혜를 입었고 잠시 제정신이 아니어서 부역한 것은 잘못이다. 그렇다고 옥동이 작은집 이장호 씨를 잡혀가게 한 것도 아니었고 그 집에 피해를 준 사실도 없다. 구해 내지 못한 것은 내게 힘이 없었고, 여동생 창희도 못 해낸 일이다.

그렇게 친절하던 주인아주머니도 고개를 돌린다. 모든 불행이 자신의 책임인 걸 알면서도 섭섭한 마음이 들 때도 있고, 받아 준 곳으로 고맙기도 하다.

동리 또래들은 옥동이 머슴살이에서 벗어나 장가간다고 했을 때 막말을 했다.

"옥동이 그놈에게 선이는 돼지에게 진주를 준 격이지!"

그러나 어른들의 시선은 달랐다. 그동안 착하게 살아 복을 받은 것이라고 했고, 부지런하고 싹싹해 잘살 것이라고 칭찬했다.

전쟁으로 우익과 좌익이라는 말들이 오갔고 지금 상황에서는 인공에 부역한 빨갱이는 벌레보다 못한 죄인이 되었다. 잠시 평등한 세계에 대한 동경으로 덫에 걸렸다. 무엇이 어디가 옳은지 몰랐고 왜 싸우는지도 모르면서 그렇게 살았던 것이다.

겨울이 되면서 집 울타리는 땔감으로 야금야금 뜯기어 나갔다. 울타리가 사라져 버린 집은 덩그러니 알몸이 드러났다. 선이는 동리 늑대들의 표적이 되고 있었다. 머슴의 마누라, 빨갱이 마누라…. 부상한 몸으로 방 안에 누워만 있는 옥동의 존재는 무시되고 누구든 손을 뻗어 차지하는 놈이 임자라는 말까지 나돌았다. 그 즈음 정 진사의 조카인 정진국이 선수를 쳐서 선이를 낚아챘다는 소문이 있었다.

"진국이가 선이와 그렇고 그런 사이라 하던데…."

진국은 선이가 큰집에 들어와 식모살이를 할 때부터 군침을 삼켰다. 버들가지처럼 휘어질 것 같은 가는 허리에 양반 티가 밴 우아한 몸놀림이 시골에서 보기 어려운 처녀였다. 마음 같아선 선이를 제 여자로 만들고 싶었으나 선이를 차지하기엔 악조건 천지였다. 우선 큰집 사촌형의 딸일지도 모른다는 말이 걸렸다.

하지만 형수가 아니라고 했으니 그리 믿으면 안 될 이유도 없다는 억지도 생겼다. 무엇보다도 문제는 마누라였다. 결혼을 물릴 수 있다면 그러고 싶었다.

그런 선이가 무식한 옥동에게 가 버리자 죽고 싶도록 절망했다. 밤이면 선이 방 앞에 벗어 놓은 고무신이라도 보고 가야 잠을 잘 수 있었다. 문제는 옥동의 존재였다. 저런 놈의 마누라는 한번쯤 건드려도 괜찮을 것 같은 욕망을 털어 내지 못한 것이다.

진국은 선이네 집 앞에서 서성거리다가 우연히 옥동과 선이의 심상치 않은 소리를 들었다. 남녀의 교접 소리였다. 진국은 화가 났다. 외간 남자인 옥동이 선이를 강탈한다는 생각이 들었다.

큰집에서 더부살이할 때도 선이는 진국을 보고 눈웃음을 쳤다. 진국에게뿐 아니라 웃으면 저절로 그렇게 웃게 되는 건 태생적인 것이다. 마을여자들은 그런 선이 눈웃음에 도화살이 끼었다고 혀를 찼다.

선이가 경찰서에서 매를 맞고 돌아오던 날이었다. 행성도가 옆을 지나면서 선이는 자신이 죽으면 상여는커녕 거적때기에 싸여 버려질 것이라고 생각했다. 기구한 팔자 운명에 대한 회한에 잠겨 눈물을 흘렸다. 이곳에서 아무도 볼 수 없을 때 죽으면 얼마나 좋을까. 앞으로 어떤 희망도, 바랄 것도 없는 인생이라면 차라리 즉시 데려가 달라고 염라대왕에게 빌었다.

진국은 지금 선이가 처한 조건이 자신이 그녀의 틈을 비집고 들어갈 수 있는 기회라고 보았다. 옥동은 병이 들었고 더구나 죄인인 빨갱이가 아닌가. 마을 남정네들은 혈안이 되어 기회만 엿보고 있었다. 다만 행동에 옮기지 못하고 있을 뿐이었다.

‘아마도 지금쯤 도마 위에서 잉어가 물을 그리워하는 것처럼 선이는 사랑을 동경하고 있을 거야. 틀림없어 두서너 마디 다정한 말을 해 주기만 하면 홀랑 반해 버릴 텐데. 그리고 막상 동티가 난다고 해도 그런 뒤에 떼어 버리면 되는 일이지.’

진국은 어떤 방법으로 선이에게 고백할 것인가를 골똘히 궁리했다. 작은집 오라버니라고 부르던 선이였으니 염치가 없기도 했다. 사랑을 고백하면 그녀가 놀라 거절하지 않을까? 걱정과 양심 사이에서 주저했다. 그러나 진국은 마음을 다잡아도 선이에 대한 사랑을 접을 수가 없었다.

금지된 사랑은 더욱 불타오르고 있었다. 눈 감고 고백해 버려? 누군가 그녀를 낚아챌 것 같아 조바심이 났다. 잃을 것 같은 불안은 진국의 욕심에 부채질을 했다.

행성도가 안을 천천히 둘러보았다. 상여 옆에 벙거지, 북, 상두가 쳤을 징, 장례 옷이 보였다. 진국은 옷을 벗어 바닥에 깔아 주었다. 일을 치르고 나자 급히 서둘러 나가면서 말했다.

"내일 방문 앞을 살펴봐."

선이는 옥동과 초야를 치를 때보다 더 슬펐다.

선이는 옥동과 결혼하면서 자신이 그를 사랑하는지 어떤지는 따져 보지 않았다. 고통에서 벗어나는 길이 우선이었기 때문이다. 그렇다면 진국을 만나면서 싹튼 이 감정은 사랑일까? 진국과의 밀회는 지붕에 홈통이 막혀 있는 상태이고, 계속되면 빗물이 넘쳐 호수를 만들지도 모른다는 두려움이 몰려왔다.

‘틈이 있어서야.’

200

정 진사 큰집에 있던 책에서 읽은 기억이 난다.

사랑이란 순식간에 나타나서 나무를 뿌리째 뽑아 버리는 뇌성이나 번개처럼 갑자기 나타나 삶을 뒤흔들고 온 마음을 심연으로 끌고 들어가는 것이라고 했다. 그런데 자신은 지금껏 살아오면서 사랑이라는 달콤한 감정은 고사하고 오직 살길을 찾아 선택한 것이 전부였다.

옥동이 부엌문을 열고 한 발을 내딛는 순간 걸리는 것이 있었다. 부뚜막에 쌀자루가 놓여 있었다. 그가 몰래 쌀자루를 놓고 간 모양이다. '아침밥은 먹을 수 있겠구나!' 하는 안도감이 드는 동시에 생명에 구차함을 느꼈다. 평소 같았으면 상상할 수도 없는 일을 묵인하는 셈이다.

아내를 팔아 목숨을 부지하고 있는 자신, 무엇으로도 설명이 안 된다. 목숨이 끊어져야 고민을 멈출 수 있다. 수컷의 욕망도, 아내를 지켜야 하는 사명감도, 자존심도 없었고 오감을 느낄 뇌도 빼 버려야 했다.

헛기침 소리가 방문 앞을 지나갔다. 울타리가 없어져 버린 방문 앞은 누구나 다닐 수 있는 길이었다. 조심스런 발소리, 기침소리와 함께 사라졌다. 유독 가슴을 후비는 발소리가 옥동의 귀를 울렸다. 그놈이다. 자! 지금부터의 역할은 자는 체해야 한다.

옆에서 자는 선이의 숨소리가 들린다. 지금 무슨 생각을 하고 있을까. 선이는 내가 빨리 잠들기를 바라고 있을까. 아니면 그놈이 기다리는 것이 안쓰러워 조바심을 내고 있을까.

결혼식을 하고 신방에 들었을 때가 뇌리에 떠오른다.

결혼식은 동리 전체의 즐거운 행사이다. 동리사람들은 호기심으로 신방을 훔쳐본다. 창호지 문에 침을 발라 구멍을 뚫고 안을 들여다보며 킬킬거린다.

"어이! 새 신랑이 사내구실을 못하는 것 아니냐?"

동리 사람들이 가장 재밌어 하는 구경거리는 남녀가 합방하는 순간을 지켜보는 것이다. 마을 친구들이 아무리 놀려도 옥동은 그들에게 구경거리를 제공하고 싶지 않았다. 피곤했을 선이를 요 위에 눕히고 이불을 덮어 준다. 자신은 술잔만 기울였다. 사람들이 지켜보는 가운데 선이를 범하기는 싫었다. 우리 둘만의 초야다. 더욱이 짐승도 아니다. 선이에게 자존심을 지켜주고 싶었다.

밖에서 구경 패들은 추위에 지쳤는지 돌아가고 없었다. 새벽닭이 울었다. 그때 선이에게 다가갔다. 선이의 손을 잡았을 때 가슴에서 전류가 휘돌았다.

지금 그때처럼 선이의 손이라도 만져보고 싶다. 밤나들이 이후 그녀는 자신의 몸에 손을 대지 못하게 한다.

옥동은 잠결인 양 뒤척이며 선이의 가슴 위로 팔을 얹었다. 선이가 갑자기 돌아눕는 바람에 선이의 등 뒤로 팔이 툭 떨어졌다. 팔을 움직여 보려 했으나 마음뿐이다. 선이에게 밀려난 옥동은 절망의 바다 밑으로 떨어져 내렸다. 1초, 2초, 무거운 정적에 눌려 질식할 것 같다. 청각은 제 구실을 하고 있어 공기흐름이 느껴진다. 몸의 감각은 머리카락이 곤두서는 소리까지 잡아낸다. 뱃속에서 꼬르륵 소리가 났다. 선이가 침을 삼킨다. 송곳 같은 긴장을 견딜 수 없는지 선이가 일어난다.

"저녁 먹은 게 안 좋은가 봐."

중얼거리며 부스럭거리는 소리가 들린다. 창에 비친 달빛이 뿌옇다.

선이가 목도리를 집어 든다. 방문이 여닫히고 고무신 끄는 소리가 들려
온다. 잠시 후 아무 소리도 들리지 않는다. 그리고 긴긴 시간은 영영
움직이지도 지나가지도 않고 멈추어 버렸다.

어둑하기만 해도 선이는 무서움이 많아서 혼자서 뒷간 출입을 못했다.

"언제까지 마누라 변소 보초를 서야 하나?"

이러면서 딴청을 부리는 남편에게 선이는 이렇게 말했다.

"뒤꼍에 밤나무 위에 호랑이가 앉아 내려다보는 것 같단 말이야."

나오던 것도 끝이 쏙 들어간다고 어리광을 부렸다.

밀 회

선이의 밤 외출이 계속되고 있다. 옥동이 할 수 있는 일은 선이를 곁
에 오래 잡아 두어서 기다리고 있을 진국이 녀석을 추위에 꽁꽁 얼게 하
는 일이 고작이다. 어디일까? 지금쯤 옷을 벗었을까? 누운 채 머리를
흔든다. 자꾸만 진국, 그놈의 육중한 몸이 떠올라 미칠 것 같았다. 선
이의 외출에는 확실한 근거가 있었다.

옆집 제사 설거지를 하고, 잔치음식과 생일음식을 장만하는 일을 돕
고, 엿을 고고, 두부를 만들고…. 다양하다. 일일이 확인할 수는 없지
만 믿어야 한다. 동리사람들이 다 아는 비밀이라도 선이에게 자신이 알
고 있다는 것을 알리긴 싫다. 까발려 봐야 무슨 이득이 있겠는가. 차라
리 선이 마음을 편하게 하고 싶다.

옥동이 할 수 있는 일은 없다. 일은커녕 몸도 움직이기 어렵다. 팔다

리에 힘이 들어가지 않는다. 갈비뼈를 스쳐 간 총알이 폐를 건드렸고 그 때문에 염증이 괴롭히고 있다. 옥동이라는 이름 앞에 '폐병쟁이'가 덧붙여졌다.

옥동은 방 안에서 체온을 유지하며 지낼 수 있는 공간이 있다는 것에 만족해야 한다. 몸과 마음에 잘 맞는 옷처럼 방은 익숙하게 뒹굴 수 있어 다행이다. 병든 자신과 아내의 외출 때문에 이러쿵저러쿵, 남들의 뒷담화가 난무해도 그것은 저 멀리 타인의 일로 치부하면 된다. 지금 옥동에겐 행복, 불행을 구분할 세속적인 말은 사치일 뿐이다.

선이의 밤 외출을 방해해서는 안 된다. 그나마 목숨을 부지하는 것은 선이 덕분이다. 내가 사랑해 주어야 하는 선이를 대신 사랑해 줄 누군가가 있다 한다면 오히려 감사해야 한다. 젊고 예쁜 선이를 독수공방시킬 수도 없지 않으냐. 옥동에게 선이는 하늘이 내려준 선물이었다. 무슨 수를 써서라도 선이를 행복하게 해 주고 싶었고 목숨까지 걸 각오였다.

초겨울 햇볕은 오후에만 겨우 문설주로 찾아온다. 선이는 감기가 들지도 모르니 절대로 밖에 나오지 말라고 옥동에게 주의를 주었다. 하지만 어둑한 방이 답답하다. 현재론 방문을 열고 나가 햇볕을 쐬는 일이 유일한 낙이다.

그러나 세상에는 사람들 머릿속에 존재하지도 않은 일이 일어나곤 한다. 전쟁만 일어나지 않았으면 일어날 수도 없고 상상조차 해 보지도 않은 일이다. 그러나 세상에는 일어날 수 없는 일이란 없는 모양이다. 태어난 후로 가져 본 유일한 내 여자를 잃게 되다니!

선이를 죽도록 아끼고 싶었다. 선이를 사랑하리라 목숨이 붙어 있는 한 지켜 주겠다고 한 약속, 하늘에 대고 한 약속을 지키지 못하고 고생만 시킨 죄인이다. 그렇게 생각하려 해도 괴로움이 없어지지 않는 것을 보면 진정으로 그녀를 사랑하는 것이 아닌 모양이다.

내가 선이 입장이라면 어땠을까? 젊은 여자가 참아야 하는 본능, 병든 남편을 먹여 살려야 한다는 의무로 생각했을지도 모른다. 모든 것이 자신의 책임이고, 오히려 그녀를 측은히 여겨야 한다는 것도 안다.

그러나 본능적인 이기심인지 모르지만 자신을 뺀 모든 것을 참을 수 없다. 몸은 외롭다고 징징대고, 세상에서 단 하나 보물, 내 것을 빼앗긴 아픔은 참을 수가 없다. 하지만 선이에 대해 섭섭해하지 않는 것, 이것은 내가 할 수 있는 최상의 사랑이다.

선이의 외출이 밤마다 이어졌다. 어쩌다 연거푸 외출이 없는 날도 있었다. 그런 날 선이는 쌀쌀하게 굴었다. 오늘은 사흘 만에 선이가 밤 외출을 할 모양이다. 잠은 밤낮이 바뀌었는지 낮에 자고 밤엔 잠들 수 없다. 계속 잠들 수 있다면 길고 지루한 밤을 보내기 수월할 것이다. 자는 척 눈을 감고 숨소리를 죽인다.

잠든 척 연기하기도 어렵다. 선이가 알건 모르건 그냥 편히, 빨리 나가기를 바란다. 방문소리가 들리고 이윽고 운신의 폭이 생겨 편안하다. 선이 치마가 걸려 있던 자리, 윗목에 있는 벽이 무척 멀어 보였다.

어제도 그제도 끝없는 절망에 허덕이며 밤을 보내던 차에 선이가 돌아왔다. 방 안으로 들어온 선이가 이불 한쪽으로 들어와 눕는다. 얼음장이 된 몸을 녹여 주려고 가까이 다가간다. 그녀는 말없이 돌아누우며 한숨을 쉰다. 지금 이 순간에 선이는 내 여자가 된다.

한순간의 잘못으로 이 지경에 이른 자신의 운명이 원망스럽다. 아무리 내 탓이고 참아야 한다고 다짐해도 그것은 잠깐이고 배신에 대한 보복을 하고 싶다. 지금 아픈 몸으로는 어떻게 해 볼 수 없지만 방법이 아주 없는 것은 아니다. 유일하게 선택할 수 있는 길은 자살뿐이다.

내가 죽으면 선이가 슬퍼할까? 거추장스런 존재가 사라져서 편안해할까? 도리머리를 친다. 선이가 그럴 리가 없다. 선이의 슬퍼하는 얼굴이 스친다. 마음대로라면 선이를 탐내는 그놈을 죽이고 싶다.

아무도 모르게 숨어 있다가 몽둥이로 그놈의 머리를 내려치고, 마구잡이로 때려죽이면 속이 좀 풀릴까? 어떻게 해야 밀회를 못하게 하지. 미칠 것 같다. 묵인한다면 조용히 끝날 일이다.

낮에도 선이는 보이지 않았다. 옥동은 툇마루에 앉아서 마루 위에 해그늘이 지나가는 것을 보고 있었다. 기욱 어머니가 밥을 가져와 먹어 두라고 말한다. 번번이 신세를 지는 처지가 미안하다. 갚을 수 없을지도 모르는데. 선이에게 저녁밥도 주셔서 고맙다고 인사한다. 김동혁옆집 기욱 어머니는 눈을 크게 뜨다가 입을 다문다. 딸이 시집가기 전에는 사위를 삼고 싶다고 한 적이 있었다. 딸이 바람이 나서 집을 나갔고 결혼하는 바람에 무산되었지만.

동리사람들이 빨갱이라고 손가락질할 때도 기욱 어머니는 옥동 편이었다.

"빨갱이는 무슨 놈의 빨갱이야. 힘없고 어리석은 착한 사람만 잡지. 쯧쯧."

밥그릇을 반쯤 비웠다. 수저를 놓으려는데 기욱 어머니는 밥그릇에

물을 부어 버렸다. 선이에게 남겨 주려는 옥동의 마음을 알아차린 것이다.

"성한 사람인데 무슨 걱정이람. 점점 예뻐지는 걸 보면 모르나. 아픈 사람이 먹어 둬야지. 팔자는 못 속인다고, 바람꽃 같은 계집을 쯧쯧. 살랑살랑 대니 원."

"그런 여자가 아니에요. 이쁜 게 무슨 죄예요? 제 탓이지요."

"하긴 사람을 믿어야 마음이 편하지."

옥동은 기욱 어머니에게 선이가 이상해졌다는 걸 털어 놓고 싶었지만 말하지 않았다. 그렇게 되면 선이 처지가 곤란해질 것이고 선이에게 못할 짓이다. 이 세상이 다 화냥년이라고 비웃어도 선이에게 험한 말을 듣게 해서는 안 된다. 아직은 내 사람이다.

상여움막에서 밤마다 남자의 불알 앓는 소리가 들렸다는 소문이 삽시간에 퍼져 비밀 아닌 비밀이 되었다. 진국이 그곳에서 나오는 것을 봤다는 말이 나돌았다. 옥동 앞에서는 주의를 하느라 말을 안 했지만 그 소문의 주인공이 선이라고 묵계가 되어 있었다. 그 소문은 진위여부를 확인할 수 없는 채로 사람들 입으로 옮겨 갔다.

마을 사람들은 옥동에게 와서 염장을 지른다. 폐병이 들어 죽을 날만 기다리는 옥동에게 그보다 더 잔인한 일은 없다.

"자네는 남자 구실을 제대로 하나?"

"집사람을 몰라서 하는 말이야. 나 없인 못 살아."

마당가를 서성이는 동리 친구들이 한마디씩 거든다.

"여보게 옥동이 자네 안사람 어디 갔는가?"

선이 소문을 말하고 싶은가 보다. 대꾸하기 귀찮다. 선이는 지금 임신 중이다. 그 아이가 누구 아기인지 아느냐고 묻는 것이다.

사람들이 뭐라고 하든 선이는 내 생명의 은인이다. 옥동의 옆구리상처에서 나온 고름을 입으로 빨아 치료해 준 여인이다. 그뿐 아니라 굶어 죽었을 처지에 삶을 지탱해 준 주인공이다. 어떻게 선이에게 돌을 던질 수 있겠는가.

선이가 임신한 사실을 받아들이자. 임신 중 먹고 싶은 것을 먹이지 못하는 것이 안타까울 뿐이다. 누구 아이일까? 궁금하지 않다. 선이와 함께 살게 될 것이고, 그렇게 선이와 같이 있게 된다는 사실이 좋다. 진국이 아이면 어떤가. 자신의 아이로 키우면 될 일. 집안에 아이울음소리를 들으며 선이와 함께 살, 그런 날이 오리란 기대를 해 본다. 새 생명의 탄생은 앞으로 희망이 있다는 것이고 행복한 삶을 만들어 가면 된다.

망나니 소리를 듣던 기욱이 소달구지 주인이 되어 돈을 버는 것이 부러웠다. 옥동은 읍내에 벼를 실어 나르는 기욱을 보면서 언젠가 자신도 지게를 버리고 마차를 끄는 것이 소원이었다. 기욱이 마차를 끌 수 있었던 것은 그의 어머니 덕이었다. 머리에 필수품들을 이고 다니며 파는 방물장사를 했던 것이다. 마차는 기욱 어머니에게도 부러움의 대상이었다.

마차꾼 기욱이 의용군으로 지원했다는 말이 나돌았으나 마을에서 아무도 본 사람이 없었다. 그의 어머니는 펄쩍 뛰면서 기욱이 국군에 입대한다는 말을 하고 떠났다고 했다. 언젠가 돌아올 아들을 기다리고 있다고 했다.

기욱이 인민군에 징집되어 갔다가 낙동강 전투에서 전사했다는 소문도 있었고, 이북으로 갔거나 빨치산이 되어 남쪽으로 피신했을 거라는 소문이 무성했다. 하지만 기욱 어머니는 아들은 부역한 적이 없다고 딱 잡아뗐다. 그 아들을 그리워해서인지 옥동을 자식처럼 돌보았다.

어느 날 기욱 어머니가 시멘트 포대 속 종이에 떡을 싸들고 왔다.

"웬 떡이유?"

"그 녀석 생일이야."

"기욱이가 먹어야 할 떡을…."

"네가 기욱이와 친구이니 자식이나 마찬가지지. 많이 먹어라."

"엄니, 고맙구만유."

옥동은 담 옆에서 햇살을 받으며 앉아 있었다. 두툼한 무시루떡이 부드럽게 입안에서 녹는다. 태어나 처음 먹어보는 맛이었다. 남은 떡을 부스럭거리며 종이에 꼭꼭 쌌다. 선이에게 주려고 다 먹지 않고 남겼다. 기욱 어머니가 눈치를 채고 말했다.

"또 줄 테니 다 먹어."

덤으로 받은 것을 선이에게 주기보다 자신의 몫을 선이에게 나누어 주고 싶었다. 선이를 위해서라면 자신의 목숨이라도 내놓을 각오이지만 막상 선이를 위해서 해 줄 수 있는 일은 아무것도 없었다.

밤이 깊었다. 머리맡에 놓아 둔 떡에 눈이 간다. 선이가 오면 함께 먹어야지. 사랑하는 마음은 그득한데 표현할 방법도 가진 것도 없다. 선이가 돌아오자 옥동은 떡을 내밀었다.

"이것 먹어 봐."

"당신 먹지 그랬어."

선이는 떡 따위는 대수롭지 않다는 듯 떡을 방구석에 밀어 놓았다. 옥동은 왈칵 눈물이 솟구쳤다. 하지만 작은 일에 신경 써서는 안 된다는 것을 알고 있다. 옥동이 떡을 다시 방 가운데로 끌어당겨 놓자 선이는 침울한 표정으로 마지못해 한 입 베어 물고는 밀어 놓는다.

이제 열여덟 살밖에 안 된 선이는 물이 한창 오른 나이여서 눈부시게 아름다웠다. 윤기가 흐르는 얼굴은 사랑을 해서 그렇다고 말하고 싶은 모양이지만 원래 예쁜 여인이었다. 잠시 고통에서 벗어나니 아름다움을 되찾았을 뿐이다.

초저녁에 나갔던 선이는 새벽녘에 얼음장처럼 언 몸으로 돌아온다. 구들장도 냉골이어서 오히려 사람 덕을 볼 지경이다. 옥동은 눈을 감고 선이의 차가운 발을 다리 사이에 보듬는다. 봉긋한 젖가슴을 더듬거리면 매몰차게 털어 내는 선이지만 다리 사이에 있는 발은 거두어들이지 않는다. 선이의 발을 녹여 줄 수 있는 지금이 좋다.

인민군이 물러갔다고는 해도 소문은 흉흉했다. 불길한 예감이란 무슨 근거가 있는 것이 아니라 막연한 낌새일 뿐이지만 적중률은 높다. 마을 사람들은 밤에는 일찌감치 문 밖 출입을 삼가고 집안에 칩거하고 있었다. 낮에는 어디에 숨어 있었는지 모를 까마귀 떼가 밤이 되면 까옥까옥 울어댔다.

작은어머니가 어머니에게 불만을 터트렸다. 옥동 부부를 받아들인 데 대해 따지는 것이었다.

"형님은 속도 좋으세요. 빨갱이를 집에 들이다니! 애들도 못 먹이는 감자떡을 해 갖고 간 내게 옥동이 그놈이 뭐라 한 줄 아세요? 인민공화국에서는 법대로 한다고, 저더러 자본주의 근성이 박혀 있다고, 제 놈은 그것을 깨부수는 것이 임무라고 했던 놈입니다."

작은어머니가 한바탕 포악을 떨고 간 후 어머니는 한숨을 쉬었다. 하지만 당장 눈앞에서 병들어 죽어가는 사람을 모른 척하기는 어려운 일이다. 같이 한마을에서 산 처지로 야속하게 할 만큼 모질게 할 수 없었던 것이다.

어머니는 답답한 마음을 아버지에게 털어놓았다.

"여보, 아무리 생각해도 이상해요. 옥동에게 우리가 하느라고 했는데 왜 빨갱이에게 넘어갔을까요. 못된 놈, 공도 모르고 날뛰더니 이용만 당하는 걸 보면 불쌍하지만 제 운명도 스스로 만드는 것이니 어쩌겠어요. 고생 팔자는 어떻게 해도 면할 수 없나 봐요."

"그놈이라고 평생 남의 밑에서 일만 하고 살고 싶었겠소? 제 것을 가질 수 없는 세상에서 사느니 남들처럼 평등한 사회에서 평등하게 살고 싶었겠지."

김동혁에 대한 소문은 분분했다. 지리산으로 들어가 투쟁 중이란 말도 들렸고, 이북으로 미처 못 올라가 지리산 공비 소탕작전 때 잡혀 모처에서 고문을 받는 중이라는 풍문이 들려왔다. 골수분자여서 고문이 상상 이상이라고 했다. 양 손가락 손톱, 열 발가락을 바늘로 찌르고 윗선이 누구며 접선 동지를 대라고 했다는 것이다. 말초신경을 자극하는 방법이 고통스러워 불기가 쉽다는 거였다.

말만 들어도 소름이 끼쳤다. 어쩌다 손톱 밑에 가시가 들었을 때 짜릿한 아픔을 기억하는데 하물며 열 손가락 발톱이라니! 그것도 깊숙이. 아! 끔찍하다. 그냥 총으로 탕, 하고 쏴 죽인다면 충격은 덜했을 것이다. 죽이지 않고 견디기 힘든 고통을 주어 동지를 배반하게 한다고 했다. 우익이건, 좌익이건 모두 같았다.

그가 동지를 위해서 끝까지 고통을 견디다 죽었는지, 아니면 배신하고 어딘가 살아 있는지 모른다. 배신했어도 결국 죽임을 당했을 것이다.

옥동의 귀에도 김동혁의 소식이 날아들었다. 희망이자 우상이 깨어진 순간이다. 다시 승리의 나팔소리를 듣기엔 자신의 팔자는 끝이 났다. 지옥에서 벗어날 수 있는 길은 없다. 김동혁의 꾐에 넘어가 어리석은 행동을 한 자신, 이젠 돌이킬 수 없다는 사실이 가슴을 때렸다.

옥동은 무겁게 한숨을 쉬었다. 그동안 굶어 가며 밤을 낮 삼아 뼈가 으스러지도록 일해서 산비탈에 있는 밭 3백 평을 샀었다. 유일하게 김옥동의 명의로 된 땅이었다. 그런데 그곳에 새끼줄이 쳐져 있었다. 빨갱이 땅은 빼앗아도 된다는 억지가 횡행하면서 동네 유지인 정 진사가 차지해 버린 것이다.

아무도 옥동의 편을 들어 주는 마을 사람이 없는 마당에 그들 마음대로 새끼줄만 쳐 놓으면 되는 세상이었고, 옥동의 피와 땀은 순식간에 그들에게 소유권이 넘어간 것이다.

취조실에서 심문을 받았을 때 아픔이 되살아난다. 그때보다 더 아픈 것 같았다. 땅을 사들이기까지의 고통이 생각난다. 주린 배를 움켜쥐고 잠이 들었고, 깊은 산에 올라 나무를 해다가 팔기도 했고, 눈길에 미끄러져서 골짜기에 처박힌 일도 있었다. 헤아릴 수 없는 수모도 마다 않고 밭 2백 평을 샀고, 그것을 밑천으로 해서 두 마지기 천수답과 야산자락을 사서 산비탈 밭을 마련했었다.

중공군이 내려오고 있다는 소문이 나돌았다. 인공 때 당한 경험이 있어 모두들 공포에 떨었다. 민심은 극도로 술렁거렸다. 철석같이 정부 말을 믿었던 사람들은 이번만큼은 속지 않겠다고 피란 갈 준비를 했다. 옥동은 착잡했다. 병든 몸으로는 움직일 엄두도 내지 못했다. 그냥 앉아서 굶어 죽을 처지였다.

송짓골

"김옥동 씨!"

나직하면서도 무거운 목소리다. 자정이 지난 것 같은데 선이는 아직 돌아오지 않고 있다. 선이에게 일이 생겼나? 방문을 열고 마루로 나선다. 밤이 깊어 어둡다. 누구인지 사람은 보이지 않고 섬뜩한 물체가 가슴을 찌른다.

"조용히 따라와!"

겁에 질려 모르는 사람들이 시키는 대로 할 뿐이다. 다시 방으로 들어가 윗옷을 걸치려고 하자 누군가 제지한다. 경찰서에 다시 가둘 모양이다. 더듬거리며 엎어진 짚신을 찾아 신는다. 발이 비틀하며 다리가 휘청거린다.

인솔자를 따라 나선 길은 경찰서가 아니라 반대방향이다. 몇몇 부역자의 가족들까지 줄줄이 엮이어 움직이고 있다. 그중 김동혁의 어머니도 보인다. 설마 죽이기야 할까 생각했던 옥동은 김동혁 어머니를 확인한 순간 어떤 상황인지 짐작이 간다. 이 대열이 죽음으로 가는 길이라는 것을. 옥동이 비틀거리자 뒤에서 총대로 등짝을 쿡쿡 찌르며 발길을 재촉한다.

송짓골로 가는 것이 분명했다. 며칠 전 내린 눈이 얼어서 걸을 적마다 뽀득뽀득 밟지 않은 눈이 부서졌다. 기침이 쏟아져 밤을 지새우던 가래도 멈췄다. 극도의 공포가 몸의 통증을 사라지게 했다. 그러나 빨리 이 순간을, 세상을 보아두고 지난 시간을 반추해야 한다.

끝이라는 것을 안 순간 아무것도 할 수 없고 생각도 멈추어 버렸다. 아니, 한꺼번에 잡념들이 몰려와 머리가 터질 지경이다.

시간이 없다. 마지막 내 인생에서 가장 행복했던 때를 기억하고 그때를 떠올리며 웃으며 죽으리라.

'선이, 마지막 너에게 말하고 싶어. 네가 있어 행복했어. 부디 행복하게 살아라. 네가 내 마음을 몰라도 상관없다. 너만 살아 준다면. 내 마지막 사랑이다.'

미리 와 있던 마을 사람들이 커다란 흙구덩이를 만들어 놓았다. 그중에 정진국의 모습도 보였다. 녀석이 왜 여기 있을까? 녀석은 옥동과 눈이 마주치자 고개를 돌린다. 그렇다면 선이를 어디에든 숨겨 놨을 것 같다. 그토록 미워한 정진국 놈이지만 선이를 살려 줄지도 모른다. 어떻게 생각했든 선이를 탐한 놈이니 제 계집을 살려 줄 것이라 믿는다.

'선이! 너라도 살아 준다면 내 마지막 사랑이 헛되지 않을 것 같다. 네 가슴에 한 자락 내가 남아 있을 것 아닌가! 어떻게 하든 너만은 살아 있어라. 그렇게 된다면 내 여자, 내 아이를 임신한 여자, 너를 사랑했고 세상에 흔적을 남길 수 있다는 희망, 그런 꿈을 꾸었고, 내가 세상에 태어났었다는 흔적이 남을 것이고, 나라는 한 인간이 아주 허상은 아닐 것이리라!'

윗마을과 타지에서 끌고 온 사람들까지 모두 이곳으로 집합시킨 모양이다. 30여 명은 되었다. 옆줄 뒤 끝에 덜덜 떨면서 여기저기 두리번거리는 선이가 눈에 들어온다. 살려 줄 누군가를 찾는 것 같다. 치마끈이 발밑에 흘러내려 밟히고 있어도 허둥거리기만 한다. 진국이 놈을 찾는 모양이다. 조금 전에 그놈을 봤다. 흙 묻은 삽을 들고 내려가던 모습이 심상치 않았다.

옥동은 마지막으로 하늘을 올려다봤다. 코끝이 시려온다. 지금껏 울수도 없고, 울 여유도, 운다는 생각도, 슬프다는 감정도 없었다. 이 못난 남편과 마지막을 가야 하는 저 여자가 가여웠다.

'바보. 너를 구해 줄 남자를 찾으라고 빌었는데.'

진심으로 살아남기를 바랐는데 왜 이곳으로 끌려왔어. 혼자 남아 손가락질을 받으며 살아가야 할 선이를 구해 준 건 하늘일지도 모른다.

이 넓은 세상에 죄 없이 산 너 하나를 받아 줄 그런 사람이 없단 말인가. 옆줄에 선 선이가 먼저 앞으로 나간다. 맨발이다.

"이거 신어."

마지막 선물이다.

커다란 눈으로 옥동을 쳐다보곤 그대로 지나치려다 받아 신는다. 선이가 커다란 남자 짚신을 신고 앞에 서서 걸어간다. 발에 감각이 없어진다. 잠시나마 선이 발이 편했으면 하는 마음으로 맨발에서 오는 통증을 받아들인다.

선이가 당한 배반을 생각하니 가슴이 저려 온다. 비겁한 놈! 선이의 차림새로 보아 진국이 놈이랑 같이 있었던 게 틀림없다. 그럼에도 여자 하나 빼돌리지 못하다니. 욕망을 채우고 나서 막상 자신에게 불리할 것 같으니까 배신한 것이 분명하다. 빨갱이 마누라를 구해서 어쩌겠는가, 거추장스럽고 골칫거리일 뿐이다. 살아가는 데 걸림돌이 될 것 같아 버렸겠지?

그렇다면 선이는 단순하게 남자를 찾아 밤 외출한 것은 아닐 것이다. 선이의 밤 외출에 가슴 태우던 일을 떠올리자 자신이 비겁했다는 후회가 든다. 남들이 뭐라고 해도 자신은 선이를 믿어야 했고 용서했어야 했다. 지금껏 자신이 목숨을 부지할 수 있었던 것도 선이 덕이다.

'바람꽃'이라고 손가락질 당하면서도 병든 남편을 먹여 살려야 하는 선이 입장을 누구보다도 먼저 이해하고 받아들여야 했다. 무엇보다도 목숨을 부지할 수 있는 길을, 사람을, 그나마 권력을 가진 진국이 필요했을 뿐이다.

옥동은 목울대를 넘어오는 눈물을 삼켰다. 발끝에서 오는 저림이 마치 선이 고통 같다. 분노나 질투는 사라지고 오직 생명에 대한 허무가 몰아친다. 그래도 마지막 선이를 만나 사랑한 시간, 그 사랑만큼은 귀중한 시간이었다. 연인보다는 동생처럼, 육친이 된 것 같은 사이였다.

한편 정진국은 평소 선이를 위해 목숨을 바칠 각오가 있었고 자신의 목숨처럼 중요하다고 믿었다. 그러나 위기가 닥치고 보니 어림도 없는 허세였고, 자기중심적일 뿐이었다. 사랑은 잠깐 동안 마법에 걸린 환상이자 허상인 셈이다.

선이는 진국을 만나러 오면서 늘 춥다고 했다. 마을에서 떨어진 곳이라 안전하긴 했지만 입성도 변변치 못한 채로 추위를 뚫고 달려오느라 고생을 했다. 진국은 미리 와 기다리다가 선이의 언 몸을 끌어안고 녹여 주었다. 떨고 있는 선이를 멍석에 눕혀 놓고 서서히 애무를 시작했다. 그랬어도 젖무덤에 어른거리는 소름은 여전했고, 사랑의 순간 가쁜 숨을 몰아쉬면서도 선이 다리에 소름은 그대로였다.

"따뜻한 곳이면 좋을 텐데."

선이가 가슴을 파고들면서 말했다.

"이제야 생각이 났어. 큰집 헛간에 머슴이 살던 방이 있는데 아무도 모를 거야."

"들키면 어쩌려구?"

"우리 집과 떨어져 있고 겨울이면 아무도 안 와. 소 먹이밖에 없어.

진국은 한사코 싫다는 선이를 달래 헛간으로 데리고 갔다. 겨우 하루를 지내고 이틀째였다. 광문 열리는 소리가 들렸다.

"정선이, 나와!"

속삭이듯 나직하면서도 무거운 소리였다. 손전등이 비치더니 선이를 찾아내고는 머리에 총을 겨누었다. 선이는 진국의 바지를 잡고 부들부들 떨었다.

"살려 주세요!"

선이는 진국을 보며 애원했다. 원망이 담긴 선이가 자신을 쏘아보고 있었다.

"진국 씨. 믿었어."

선이는 진국 옆에 있으면 살아남을 수 있다고 믿었던 것이다. 연체동물처럼 휘감겨 오던 선이는 자신의 목숨을 죽음에서 건져 올리려고 몸부림쳤다.

"조용히 해!"

총구를 들이밀며 치안대원이 말했다.

"이 여자 당신 마누라야?"

"아니요. 김옥동의 첩니다."

"한심한 사람이군. 당신도 죽고 싶지 않으면 빨리 꺼지라구!"

치안대원이 선이를 포승줄로 묶는 동안 진국은 슬그머니 헛간을 빠져 나왔다. 선이의 시선이 등줄기로 따라왔다. 정진국은 오금이 저려 발이 떨어지지 않았다. 어떻게 도망쳐 나왔는지 모른다.

그때 선이의 심정이 오죽했겠나? 정진국은 생각만 해도 몸서리가 쳐졌다. 희망이 무너진 선이의 절망, 그 시선을 잊을 수가 없다. 생명의 욕구여! 너는 모든 것을 뛰어넘는구나. 탄식할 뿐이었다. 자신이 사랑한 여자를 죽음에서 구하지 못한 비겁한 행동이 부끄럽다.

굳이 김옥동의 이름을 들먹인 자신이 한심했다. 아무 말 안 했어도, 덜 비겁해도 되는 일이다. 순간 얄팍하게도 살 궁리를 먼저 떠올렸다. 우선 마누라에게 들볶일 일도, 빨갱이 마누라를 가로챘다는 것도 불리했고, 공공연한 진실, 생피를 건드렸다는 것 등 민망한 것 천지였다. 그 장소에 함께 있었다는 사실이 알려질까 봐 전전긍긍했다.

정진국은 우선 급한 대로 큰집으로 갔다. 그때 큰형님이 눈치를 채고 빨리 윗골로 가서 부역하라고 했다. 서둘러 흙구덩이 파는 일에 협조했

218

던 것이다. 선이로 인해 겪게 될 굴레, 그것을 감당하기 어려웠고 그것은 파멸을 의미했다.

그런데 이상한 것은 광에서 겨우 하룻밤을 지냈을 뿐인데 선이와 자신의 위치를 그렇게 빨리 누가 어떻게 알았느냐 하는 의문이 든다. 동네 남자 중 방귀깨나 뀌는 사람들은 늙은이나 젊은이나 다 선이에게 눈독을 들였으니 그중 누군가가 기미를 알아채고 미행했을 것이다.

잠시 침착하게 숨을 돌리고 조금만 더 선이를 배려했다면? 만약에 이 여자의 사상을 책임지겠다고 약속했다면? 목숨만을 구해 주고 멀리 보냈다면 후회하지 않았을 것이다.

형장에서 옥동의 눈과 마주쳤을 때 그는 진국을 향해 웃었다. 그것은 비겁자에 대한 조소였다.

*

새벽녘 무렵 수상한 낌새에 나는 잠이 깼다. 부엌에서 놋대야 부딪치는 소리가 들렸다. 아버지다. 손과 발을 씻고 손에 물기를 털고 방으로 들어서며 몸서리를 친다. 어머니와 종이 구겨지듯 속삭이는 말이 귀에 들어온다.

"어디 갔었어요?"

어머니가 조심스럽게 묻자 아버진 송짓골에서 내려왔다고 했다. 어젯밤 늦게 잠든 나는 아버지가 언제 나갔는지 몰랐다.

아버지는 누군지도 모르는 사람들에게 불려가서, 시키는 대로 커다란 구덩이를 팠고, 수십 명이 총살당하는 광경을 목격했고, 나무 밑에서 오들오들 떨었다고 했다. 뒷마무리로 시체를 묻고 왔다고 했다.

그중에 창희 고모가 있나 살펴봤는데 보이지 않았다고 한다. 일렬로 묶어 끌고 왔기 때문에 확인할 길이 없었다고 한다. 또 뒤돌아 세워 놓고 돌아보지 말라고 명령해서 쳐다볼 경황도 없었다고 한다. 그러면서 날이 밝는 대로 시체를 다시 살펴볼 예정이라고 한다.

그때부터 마을 사람들은 그 골짜기에 대한 금기가 생겼다. 많은 혼령과 귀신들이 하늘로 올라가는 것을 거부하고 그 골짜기 근처를 배회한다는 것이다. 듣기로는 밤에 이곳을 지날 때 흐느끼는 울음소리가 들린다고 했다. 어둠이 내리고 나면 죽음의 골짜기로 변한다고 했다. 졸졸 핏물이 흐르는 소리, 산바람이 울부짖는 죽은 영혼들의 탄식이라고 했다.

이제는 헤어지세
헤어져야 또 만나지
이 다음 이승에선 사람이 되지 마세
헤어지기 눈물 나는 사람은 되지 마세

우리 죽어
깊은 산골짜기에
밀려오는 어둠이나 문지르다
바람이 된다면
우리 그 바람으로나 살아가세

너는 남쪽 끝에서 불어오고

나는 북쪽 끝에서 불어 가다가
우리가 살아서 그리워하던 것들
하나씩 찾아보며
맨 마지막
너와 나
어느 바다를 떠나가는 깃폭 위에서 만난다면
깃폭이 찢어져 방향을 잃도록
부둥켜안고

영원의 바닷속
소용돌이 목에나 빠져들어
한없이 빠져들어
이 세상에서 제일 듣기 좋았던
뻐꾸기 울음까지 잊고 지내세

    마을에서는 그때만 되면 무당을 불러 굿을 했다. 억울한 혼령을 위로하고 마을엔 아무 탈 없기를 바라고, 그 억울한 영혼을 달래는 지노귀굿을 했다. 그런데 이변이 생겼다. 정진국의 아내가 실성한 것이다.

    마을 사람들은 죽은 선이 귀신에 씌었을 거라고 수군거렸다. 진국은 실성한 아내 걱정보다 마을 사람들의 시선을 받아내는 일이 고역이었다.

    "막말로 죽은 선이가 원수를 갚으려고 한다면 정진국이에게 해야지. 억울하게 영산댁에게 들러붙을 게 뭐람!"

곧 추위가 왔고, 학교 운동장에 임시천막이 들어섰다. 미군의 도움으로 군용천막 학교가 세워진 것이다. 학생들은 자신이 앉을 수 있는 가마니를 가져와서 바닥을 깔았고, 삼각 받침대 위에 칠판을 세웠다. 제법 안정된 수업을 할 수 있게 된 것이다. 그러나 곧 엄동설한 난방이 되지 않은 천막 안에서 수업은 불가능했다. 학교는 방학에 들어갔다. 압록강을 접수했다는 승전보가 속속 들려오기 시작했다. 그러나 승리를 실감하기도 전에 다시 흉흉한 소식이 날아들었다.

어미 소

어미 소

   중공군 30만 명이 나팔소리와 함께 침공했다. 전쟁이 곧 끝난다고 믿었는데 새로운 전쟁이 시작된 것이다. 인공을 경험한 마을 사람들은 숨어 있는 동리 빨갱이를 더 무서워하던 터라 잠시 피해야 한다고 했다. 다시 인공 치하가 되면 국군인 삼촌 때문에 문제가 될 것이고, 불순분자로 낙인찍힌 아버지가 어떤 참변을 당할지도 모른다. 어머니는 아버지의 피란을 적극 권했다.

   "당신만이라도 은신할 곳을 찾아야죠."

   아버지는 임신 8개월 만삭인 아내와 어린 자식과, 새끼 낳은 소를 두고 떠날 수 없다고 버티다가 어머니 의견을 따랐다. 어머니는 비상식량으로 쌀을 볶아 만든 가루에 조청을 섞어서 덩어리를 만들었다. 아버지는 어머니가 싸 준 미숫가루 덩어리를 지고 남쪽으로 떠났다.

시간이 지나면서 집을 지키던 어머니 마음이 달라졌다. 우익이든 좌익이든 반대편 사람 가족을 몰살시키는 것을 지켜봤다. 난리를 겪고 보니 사람이 무서워졌다. 어느 날 홍 씨 아저씨가 찾아와서 함께 피란 갈 것을 권했다. 어머니와 동성동본으로 친척처럼 지내는 사이였다. 아버지가 일찍 죽자 어머니가 개가(改嫁) 해서 깊은 산골에 살고 있다고 했다. 그곳으로 가면 안전하다면서 아침에 출발하면 늦어도 해질 무렵엔 도착할 수 있다고 했다.

차가운 바람이 몰아치고 있었다. 만삭인 여자가 두 살 아들, 여섯 살 아들과 초등생 딸을 데리고 가야하는 피란길은 힘든 고생길이다. 게다가 6개월도 안 된 어린 송아지를 데리고 가야 할 일이 난감했다. 코뚜레라도 했다면 어떡하든 데리고 가겠는데 뾰족한 방법이 없었다.

이른 아침에 어머니는 쇠죽을 끓였다. 볏짚을 조금 넣고 콩깍지와 콩을 잔뜩 넣어 별식을 마련했다. 피란길에 고생할 터고, 무엇보다 가는 도중에 여물을 먹일 처지가 아니어서 아침이라도 든든히 먹여 두어야 했다.

어미 소는 짐을 지고 가야 해서 데려가야 하지만 새끼 송아지를 데리고 갈 수는 없었다. 말간 눈으로 바라보는 어린 송아지를 남겨 두고 가려니 마음이 아팠다. 그런데 어미 소가 땅에 발을 붙인 채 꿈쩍도 하지 않았다. 어쩔 수 없이 새끼도 데리고 떠나기로 했다. 홍 씨가 헛간에서 길마를 꺼냈다. 어미 소 등에 길마를 얹어서 쌀 한가마니를 반으로 나누어서 얹고, 그 위에 이불보따리와 옷가지를 실었다.

사립문을 나서자마자 부룩송아지가 신이 났는지 이리 뛰고 저리 뛰기 시작했다. 사방으로 뛰어다니다가 어미에게 되돌아오기를 반복했다. 길을 메운 피란 행렬만으로도 비좁은 길에 부룩송아지는 방해만 될 뿐이었다.

"이 난리 통에 어린 송아지까지 끌고 가다니….“

사람들이 투덜거리자 어머니 가슴이 까맣게 졸아들었다. 어미 소는 새끼가 잠시라도 보이지 않으면 그 자리에 버티고 서서 울면서 새끼를 불러댔다.

여기저기서 다른 소들도 덩달아 울고, 울음소리는 메아리처럼 산과 들을 쓰다듬듯 울려 퍼졌다. 사람들은 겁을 먹고 불안해하는데 소들은 아랑곳하지 않았다. 함께 음메에~ 하며 뒷발에 힘을 주며 버텼다. 부르는 소리인지 대답하는 소리인지 길 위에서 소들이 서로 화답하는 것 같았다.

어미는 혹시나 새끼가 어떻게 될까 정신이 없다. 등 위에 짐을 잔뜩 진 어미는 뒷발질을 해대며 사나움을 떨었다. 송아지가 뛰어간 방향으로 가려고 할 뿐, 아무리 고삐를 바투 잡고 끌어도 그 자리에서 움쩍하지 않았다. 새끼를 찾아 날뛰는 어미 소를 당해 낼 수 없었다. 결국 마을 어귀를 벗어나기도 전에 집으로 되돌아가야만 했다.

홍 씨는 송아지를 두고 우선 우리끼리 먼저 떠나야 한다고 했다. 어머니는 홍 씨 말을 듣지 않을 수 없었다.

"오늘 하루만 묶어 놓는다고 별일이야 있겠어요?"

홍 씨가 내일 데려가도 된다고 어머니를 설득시켰다.

모질게 마음을 먹고 송아지를 외양간에 단단히 묶었다. 어머니는 송아지 목을 끌어안고 얼굴을 비벼 대며 눈물을 쏟았다. 송아지는 어머니의 이별인사에 머리를 흔들고 화를 내고 있었다. 다시 길을 떠났다.

간밤에 내린 폭설로 온 세상은 얼음 천지였다. 한가족인 새끼 송아지를 남겨 두고 간다고 생각하니 착잡했다. 어머니는 만삭의 몸으로 보따리를 머리에 이고 뒤를 따랐다. 나는 젖 떨어진 동생을 등에 업고 여섯 살 동생 손을 잡고 걸었다. 바람은 차갑고도 매서웠다. 칼바람이 머리통을 죄었고 진눈깨비가 얼굴을 때렸다.

한 피란민이 새끼줄을 나눠 주고는 고무신 밑바닥이 미끄러워서 걷기 힘들 거라면서 자신의 신발을 보여 주었다. 우리도 새끼줄로 고무신과 발등을 묶었다.

"생각이 있기나 한가?"

피란민들이 혀를 차며 지나갔다.

"소에게 징을 박지 않으면 미끄러워 가기 어려울 텐데…."

정신이 번쩍 들었으나 방법이 없었다. 마차꾼이 황소 발바닥에 징 박는 걸 본 적이 있다. 고삐를 바짝 조여 머리가 하늘로 쳐들리게 나무에 묶어 놓고, 받침대 위에 발을 올려놓고 빨갛게 달군 말굽처럼 생긴 쇠징을 맨발에 박았다. 얼마나 아플까, 가슴이 찌릿했다. 논밭만 가는 우리 소는 편자를 신길 일이 없어 미처 생각지 못했다.

산길로 접어들면서 좁은 길이 나왔다. 홍 씨가 소를 세우더니 돌아보고 말했다.

"산길이 미끄러우니 조심해!"

둥근 산처럼 높게 짐을 실은 소는 발짝을 뗄 때마다 비틀비틀 거린다. 코에서 허연 입김을 내뿜으면서 진땀을 흘리고 있다. 더 이상 못 가겠다고 비명을 지르는 것 같았다. 눈길에서 비틀거릴 때마다 간이 오그라들었다. 옆에는 길에 쓰러져 버둥거리는 소를 일으켜 세우느라 주인이 쩔쩔매는 모습이 보였다.

겨우 몇 발자국을 걷다가 우리 소도 길마를 진 채 나뒹굴었다. 커다란 눈을 굴리며 버둥거렸다. 이제 소가 죽는 구나! 가슴이 떨렸다. 길마를 풀고 쌀가마니부터 내려야 한다. 이런 일이 벌어질 줄은 상상도 못했다. 짐이 떨어질까 봐 단단히 묶었기에 한참 실랑이를 해서 겨우 풀었다.

홍 씨는 짐을 덜어 내서 지게에 얹었다. 홍 씨와 옆 사람이 합세해서 쓰러진 소를 겨우 일으켜 세웠다. 나는 신발에 묶은 새끼줄이 닳아서 다시 고쳐 맸다. 모두 얼굴이 얼어서 퍼렇게 부어 있었다.

어머니는 길가에 누렇게 말라 있던 풀과 눈이 뒤엉켜서 어미 소 발에 들러붙은 눈덩이 검불을 뜯어냈다.

"미안하구나⋯."

말을 잇지 못했다.

"왜 난리는 나가지고 이다지도 괴롭히는지⋯."

한숨만 내쉬었다. 그렇다고 그 자리에 그냥 머물러 있을 수 없었다. 뒤돌아 가려니 엎어지고 자빠지며 걸어온 길이 너무 멀어 보였다. 어차피 가야 할 길이면 앞으로 움직여야 했다. 날뛰던 소도 기운을 다했는지 헉헉거리며 한 발짝, 한 발짝 힘겹게 걸었다. 산길로 접어들자 길가에 마른 풀이 있어 덜 미끄러웠고, 소도 요령이 생겼는지 얼음을 피해서 걸었다.

산 속으로 접어들었다. 더 이상 갈 수 없다고 산이 시커멓게 배를 내밀고 있었다. 하늘을 찌를 듯한 산이 사람들의 접근을 막고 있었다. 산들이 겹겹이 겹쳐 있어 위를 쳐다보니 하늘이 쟁반만 하게 보였다. 겨우 곁을 내준 산, 조심조심 산허리를 돌았다. 사람도 지쳤고 짐승도 지쳤다.

산에 갇힌 동리는 10여 채, 산을 개간한 밭, 밭두렁에 쌓인 흰 눈이 계단을 이루고 있었다. 겹겹이 둘러싸인 산을 비집고 목적지에 도착했다.

어떻게 이런 산중에 자리를 잡았을까? 첩첩산중, 초가집들이 버섯처럼 동그랗게 옹기종기 모여 있었고, 사람들은 산자락 틈바구니에 끼어 있었다.

30리도 안 되는 길을 산줄기를 타고 넘어 꼬박 하루해가 걸렸다. 임진왜란과 동학란도 비켜갔고, 《정감록》에도 명당이라고 했다는 곳이다. 겨울해가 저물고 있었다.

소는 핏발 선 눈을 들어 으르렁거리며 돌아온 곳을 향해 버둥거렸다. 짐을 내리는 동안 온몸을 비틀고 발길질을 해댔다. 코뚜레에서 흰 거품을 뿜어내며 음매에~가 아니라 한 번도 들어본 적 없는 절규를 뱉어 냈다. 그 소리가 산 계곡으로 퍼졌다. 목이 쉬도록 애타게 새끼를 찾는 소리였다. 퉁퉁 부른 젖을 뒤뚱거리며 새끼를 찾아 피울음을 토해 냈다.

"허! 이 녀석 조금만 기다려라."

우리를 맞이한 홍 씨 친척이 혀를 찼다. 종일 굶은 소는 먹이통을 팽개치고 뿔을 휘둘러댔다. 고삐를 기둥에 묶으려는 순간, 어미 소가 홍 씨 친척을 향해 덤벼들었다. 홍 씨는 나대는 소를 기둥에 묶으려고 고삐를 넘겨주다가 놓치고 말았던 것이다. 길길이 날뛰던 어미 소는 고삐를 매단 채 계곡을 향해 힘차게 내달렸다.

사람들이 어! 어! 하기도 전에 쏜살같이 깜깜한 산을 타 넘었다. 모두 멀겋게 바라볼 뿐 말뚝처럼 그 자리에 서 있었다. 소는 왔던 산길 방향을 향해서 꼬리를 쳐들고 내달리더니 곧 시야에서 사라졌다. 소는 달을 향해 네 발로 높이 높이 날았다. 날개를 단 것처럼 공중부양 했다. 이윽고 치켜든 꼬리만 보이더니 곧 시야에서 사라졌다. 검푸른 하늘엔 상현달이 산허리에 걸려 있었다.

어머니는 발을 동동 구르며 애간장을 태웠다.

"어떻게 해! 어떡해!"

이렇게 말할 뿐 달리 방도를 취할 수가 없어 소가 뛰어간 쪽 까만 하늘만 바라보았다. 어미 소는 새끼를 찾아 날개도 없이 공중부양을 했다. 어미 소는 집을 찾았을까? 어머니는 소는 영물이니 집을 찾아 새끼에게 젖을 물리고 있을 거라고 기대했다.

"낼 새벽에 가서 데리고 오겠슈. 지가 가면 어딜 가겠슈?"

어머니는 홍 씨에게 당장 되돌아가 소를 찾아오라는 말을 하고 싶었으나 차마 그럴 수 없었다. 홍 씨도 지쳤고, 곧 바로 되돌아갈 마음이 없는 홍 씨를 다그칠 수 없었다. 아마도 집으로 가서 새끼를 품고 있으리란 희망으로 마음을 달랬다. 다음날 새벽 홍 씨가 어미 소를 찾으러 떠났다.

홍 씨가 돌아온 것은 저녁 무렵이었는데 새끼 부룩송아지만 끌고 왔다. 하루 종일 고갯길을 바라보며 초조해하던 어머니가 달려갔다. 음매음매 하며 슬프게 울며 쫓아오는 어린 송아지를 보다가 아저씨 얼굴을 바라보았다. 홍 씨는 어머니를 바로 보지 못하고 가타부타 말이 없다. 어두운 표정을 보는 순간 어머니는 털썩 주저앉았다.

어머니 같았으면 온 산속을 뒤져서라도 찾고 싶었으리라. 어딘가 새끼를 찾아 헤맬 어미 소, 지금이라도 찾아 나서기만 하면 찾을 수 있을 것 같았다. 더 찾아보지도 않고 온 홍 씨가 원망스러웠다. 성의 없이 몇 번 둘러보고 그냥 왔을 것이란 생각도 튀어 나왔다. 좀더 찾아봤다면 하는 아쉬움을 달래야 했다.

"홍 씨, 애썼어요."

어머니는 미안해하는 홍 씨에게 건성으로 말했다. 어미 소에 대한 미련을 버리지 못해 고생하며 다녀온 홍 씨에게 섭섭한 마음이 들었던 것이다. 그 후 눈에 보이는 소는 모두 우리 것 같다면서 소들만 보면 찾아가 확인해 보곤 했다.

하필이면 왜? 아버지가 애지중지하던 우리 소인가? 고삐를 매단 채피란민 틈을 헤집고 새끼를 찾아 하늘을 날던 소가 눈에 밟힌다. 아무리 짐승이지만 젖이 불은 채, 무거운 짐과 고삐에 묶여 어쩔 수 없이 새끼를 두고 따라나선 어미 소의 고통을 알려고 하지 않고 오직 편리한 대로 사람 위주로 생각한 것이다. 인간의 미련함과 잔인함과 이기심에 희생된 소, 음매 음매 부르며 어미를 찾아온 송아지를 보자 어머니는 눈물을 훔치며 머리를 끌어안았다.

"미안하다. 우리가 잘못했구나!"

낯선 환경, 먼 길을 오느라 지쳤는지 주인을 알아보지 못했는지 송아지는 화들짝 놀라며 뒷걸음질을 쳤다. 어머니는 짐을 풀고 무엇인가 꺼냈다. 가장 아끼는 노란 명주저고리였다. 자주색 반호장이 달린 저고리 배래기를 뜯어 송아지 허리에 둘러주었다. 갈색 털 사이로 분홍색 살이 비치는 암송아지의 예쁜 눈에 슬픔이 묻어 있다. 동리 사람들이 킬킬거리며 웃었다.

"꽃단장시켜 시집보내게요?"

어떻게 어미를 잃은 송아지의 슬픔 앞에 농담을 할 수가 있을까? 나는 사람들의 무신경에 화가 났다. 잃어버린 소는 아버지가 몇 번의 실패를 거쳐 얻은 보물이었다.

첫 번째 식구

초짜 농사꾼인 아버지는 소를 사들이는 일부터 삐걱거렸다. 어느 날 읍내 장터에 나간 아버지가 비쩍 마른 암소 한 마리를 사 왔다. 아버지는 채꾼 말을 그대로 믿었다.

주인을 잘못 만나 비루먹은 소가 됐지만 제대로 먹이기만 하면 제값은 할 수 있고, 어깨와 엉덩이뼈가 넓은 것으로 봐서 힘깨나 쓸 것이라고 했다.

적갈색 털이 박힌 소는 엉치뼈가 낙타등, 아니 산봉우리 양대 산맥처럼 툭 튀어나와 있었다. 우량종 말처럼 키와 털빛도 다른 소와 달랐다. 왕년에 씨름대회에 나갔을 법한 몸집이다. 다만 뼈와 가죽이 전부인 비쩍 마른 폼이 달랐다. 말라서 처량해 보였다.

채꾼이 말했다.

"주인이 아픈 바람에 먹이지 못해 이렇지만 부지런히 거두면 제몫은 할 놈이라우."

잘 먹이면 한밑천 톡톡히 잡을 수 있으니 두고 보라고 채꾼이 권한 것이다. 채꾼에 속은 것도 아니고 좋은 소를 몰라봐서도 아니다. 유일하게 싸게 나온 소이며 적은 돈으로 살 수 있어서였다. 그런저런 사정으로 비실거리는 암소를 집으로 끌고 왔다.

병든 암소는 여물을 잘 먹지 못했다. 낯선 환경에 겁을 먹었는지 외양간 구석에 조용히 엎드려 있거나 얌전하게 새김질만 하고 있었다. 푸석한 털을 날마다 갈퀴로 긁어 주어도 윤기를 되찾지 못했다.

"여보, 내가 보기엔 헛고생인데 이젠 그만둬요. 당신이 아무리 애써 봤자, 일꾼 구실 하기는 글렀어요."

어머니 잔소리에 아버지는 마음을 바꾸었다. 이왕 잘못된 선택을 두고 계속 원망을 들을 듣기에도 지쳤지만 꼭 잔소리 때문만은 아니었다. 아버지는 두어 달 정성을 들였어도 나아질 기미를 보이지 않자 겁이 났다. 우물거리다가 자칫 소 장례를 치르게 될 것이 분명해 보였다. 그냥 죽을 거라면 하루라도 일찍 처분해야 한다. 차라리 우시장으로 보내 반값이라도 건지는 게 좋을 것 같았다.

아버지가 침통해 보였다. 돈이 모자라서 싼값에 동했을 뿐, 속이 상하기로 하자면 아버지가 더 했을 것이다. 어머니도 아버지 마음을 모를 리가 없는데도 불평하는 것을 보면 소 살 돈을 마련할 일이 걱정인 것 같았다.

다음날 새벽 아버지가 외양간 앞으로 다가가자 비실거리던 암소가 갑자기 어디에서 힘이 생겼는지 밖으로 끌어내려고 해도 나오지 않고 죽자고 버틴다. 비쩍 마른 뒷다리에 힘을 주고 움직이려 하지 않았다.

"허! 이놈이 왜 이러나?"

힘없이 그렇게 말했지만 소는 아마 자신의 운명을 알았던 것 같았다.

땅거미가 지난 후 아버지는 술이 취해서 집으로 돌아왔다. 쇠고삐를 넘겨주는 순간 아버지를 보고 눈물을 흘리더라고 했다. 병든 소지만 튼튼하게 만들어 보려고 정성을 쏟으면서 정이 들었기에 가슴이 아프다고 했다. 아버지 말을 들으며 병든 소가 틀림없이 도살장으로 끌려가서 장터 입구에 있는 할매집 설렁탕이 되었을 거라 짐작하자 겁을 먹은 소의 눈망울이 떠올랐다.

아버지는 착잡한 표정으로 신문지에 잎담배를 말아 불을 붙이며 말했다.

"도살장으로 들어가기 전 대기하고 있던 늙거나 병든 소들이 자신의 운명을 이미 알고 있는 듯 슬퍼하더라고."

당장 걱정이다. 농사를 지으려면 필수적인 것이 소이다. 농번기에는 각자 자신의 농사짓기에 급급해 소를 빌리기도 어렵다. 당면 문제는 얼른 일 잘하는 소를 구해야 한다는 것이다. 아버지는 호랑이보다 무섭다는 이자를 물더라도 영농자금을 신청해서 소를 사는 쪽으로 결정한 모양이다.

아버지의 소

두 번째 식구

암소를 팔고 나서 두 달이 지난 어느 날 아침 아버지 손엔 황소 고삐가 쥐어 있었고, 그 고삐를 잡은 아버지 얼굴이 자랑스럽게 빛났다. 아침에 일어나 뒷간에 가려다 주춤했다. 뒷간 옆 잿간과 연결된 외양간에 새 식구가 들어와 채운 것이다. 검은 구멍처럼 텅 비어 있던 외양간이 허전하기도 했던 차였다.

외양간을 꽉 채운 황소 외양간이 그들먹하다. 황소 등에 얹혀 있는 것 같은 얄은 지붕은 황소가 용을 썼다 하면 통째 짊어지고 뛰쳐나갈 것 같다.

적갈색 황소는 눈알을 부라리며 성질을 부리고 있다. 큰 덩치도 한몫했고, 으르렁거리며 고삐가 매여 있는 기둥에 대고 머리를 들이받는 뜸베질하는 것도, 공연히 뒷다리를 헛발질하는 짓도 심상치 않았다.

234

횡재를 한 표정으로 의기양양해하는 아버지와 달리 어머니는 반갑지 않은 표정이다. 황소는 마차를 끈다면 모를까 밭을 갈기엔 너무 힘이 넘치고 부리기가 수월하지 않을 것 같다는 것이다. 뜨악해하는 어머니에게 아버지는 열심히 설명한다.

먼저 실패한 소는 장터 개울가에 있는 작은 우시장에서 샀지만 이번에는 전국에서 이름이 알려진 용인 백암 우시장에서 구입한 것이다.

"우시장에서 단연 돋보이는 놈이었지."

우람한 황소가 마음에 들었지만 어림짐작으로 가진 돈으론 턱없이 부족할 것 같아 살 엄두를 못 내고 구경이나 할 요량으로 가까이 가서 구경하고 있는데 윗동네 채꾼이 다가와서 아는 체했다. 이놈이 사납긴 해도 일은 잘할 거라며 소를 툭툭 쳤다. 그리곤 싸움질을 해서 싸게 나온 것이라고 귀띔했다.

대부분의 소들은 힘을 쓰지 않고 슬쩍 건드려도 뽑힐 작은 말뚝에 매여 순종한다. 힘으로 따지자면 인간은 소를 당해낼 수 없다. 하지만 코뚜레를 정점으로 자유를 잃은 소들은 나무 말뚝에도 순종한다.

우시장에 나온 소들은 대부분 순했는데 이놈은 달랐다. 연신 땅을 파헤치고, 땅 깊이 박힌 쇠말뚝에 뜸베질을 하며 싸움꾼 티를 냈다. 열 사람 몫을 하고도 남을 놈이라고 생각했다. 이것저것 따질 여유도 없이 비실거리는 소에 질린 아버지는 힘깨나 쓰는 황소가 탐이 났다.

코뚜레에 핏줄기가 그득한 송아지보다 더 싼 가격에 나온 황소에 아버지 눈이 번쩍 뜨였다. 채꾼은 묻지도 않은 말을 했다.

"사나운 것이 흠이지만 길만 잘들이면 된다."

아버지는 길게 따질 것도 없이 황소가 마음에 들었고 곧바로 결정을 했다.

적갈색 털은 윤기가 흘렀고 말처럼 갈기가 길었다. 머리에서 하늘로 우뚝 솟아오른 뿔은 기품이 있고, 미끈한 몸통이 누가 봐도 투우 같았다. 눈알이 붉은 것이 마음에 걸리긴 했지만 힘을 상징한다고 믿었다.

아니나 다를까? 황소와 아버지의 힘겨루기가 시작됐다. 고삐를 쥔 손을 움켜쥐고 소와 한참을 씨름해야 했다. 겨우내 얼어붙어 있던 논 갈기부터 말썽을 부렸다. 옥답일수록 흙이 차져서 힘이 든다. 힘겨워하는 소는 걸음을 멈추고 움직이지 않는다. 이때를 놓치지 않고 밀어붙여야 한다. 소를 쳐다보지 않고 자리를 바꾸어 다시 채찍을 휘둘러 논을 간다. 일을 가르치는 사람이나 배우는 소나 힘들기는 마찬가지다.

짐승과 교감이 되기까지 많은 훈련이 필요하다. 예외는 있는 법이라고 아버지는 생각했고 자신도 있었다. 그러나 싸움판에서 지내던 소는 아버지의 사랑에도 불구하고 반항에 반항을 거듭했다.

어떻게든 길들여 보겠다는 아버지의 기대도 허사가 될 사건이 일어났다. 여차하면 머리부터 추켜올려 외양간 기둥에 뿔을 비벼대는 바람에 나무기둥이 남아나지를 않았다. 쇠말뚝을 구해다 땅 속 깊이 박았다. 그래도 이놈의 황소는 반항을 멈추지 않았다. 나중에는 쇠말뚝에 시멘트를 발라 움직이지 못하게 했다. 소와 인간의 힘겨루기가 계속되었다.

사납다고 소문난 황소는 '쌈패'라는 별명이 붙었지만 튼튼한 유전자 때문에 인기가 있었다. 동리 암소 주인들에게 씨받이로 소문이 난 것이다. 황소가 이제야 밥값을 한 셈이다. 그것은 암놈과 교미를 하고부터 고분고분해졌다.

"어이 이씨! 우리 소가 암내를 내고 있는데 접을 부치게 해 주게."

마을에서 기르던 암소가 암내라도 내면 소 주인이 기웃거렸다. 황소를 빌려준 대가로 대두 한 말 콩을 받았다. 그런데 수놈을 낳았다. 암놈이었으면 좋았을 것을 하고 아쉬워하자 아버지는 화를 냈다.

"자네가 아들 좋아하는 줄 알고 아들 만들어 주었으면 고마워해야지. 우리 집 황소가 영물이야. 또 누가 아나 애비를 닮아 씨받이로 불려 다니고 재미도 쏠쏠할 텐데…. 쥔 닮아서 여기저기 씨는 잘 뿌릴 걸세…."

"에끼! 이 사람 별 말을 다하네."

윗집 아제가 어물쩍거리는 품새가 수상했다. 황소에게 계집 구경 시켰다고 맨 입으로 때울 작정인가보다.

"암놈 타령은 그만하고 콩이나 많이 가져오게. 아들놈 만드느라 힘들었을 애비 몸도 생각해야지…."

아버지는 혀를 찼다.

근방에 암소를 가진 사람들이 튼튼한 씨를 받으려고 찾아와서 청탁했다. 아버지는 함부로 내돌리지 않기로 했다. 아무리 졸라도 일축했다. 지난 번 겨울이었고, 농사철이 아니라서 견뎠지만 농번기에는 곤란했다. 일도 안 하고 암놈만 보면 길길이 날 뛰는 황소 때문에 애를 먹었다.

"농번기에 무슨 가당치 않은 소린가. 힘 뺄 일 있나? 그리고 이놈이 바람이 나면 일을 안 하려고 한단 말일세. 다른 데 부탁하든지 가을이 되면 모를까?"

"이씨. 지금 암소가 발정기인데 가을이라니!"

부탁하는 사람이 투덜댔지만 아버진 꿈적도 안 했다.

"다음에 두고 봄세."

소를 향한 아버지의 사랑은 각별했다. 연한 풀이 있으면 아무리 바쁘거나 멀어도 달려가 풀을 베어다 먹였다. 산에 올라가서 칡넝쿨을 캐다가 끓어 먹이고, 옥수수 대를 잘라서 여물을 만들어 먹이기도 했다.

"상전이 따로 없어요. 마누라를 그렇게 위해 봤으면!"

"당신이 우리 뜸베소 몫을 해 낼 수 있소?"

아버지는 허허 웃었다.

초봄부터 연이어 논과 밭을 갈았고 품앗이까지 했다. 튼튼한 황소 덕에 사람 몸 삯의 갑절을 받고 이웃집 논을 갈게 빌려주었다. 하루 종일 진흙 논을 갈아도 지치지 않는 소가 대견했다. 황소는 아버지가 원하던 소다. 사람이건 짐승이건 힘이 세면 힘자랑을 하게 마련이라고, 소에 대해 관대했고 그리고 만족해했다.

어느 날 아침 아버지는 외양간에서 황소를 끌어내었다. 이웃집 아저씨에게 소를 빌려주어서 논을 갈 예정이었다. 마당으로 끌려나온 소를 이웃아저씨 손에 고삐를 건네주려는 순간 펄쩍 뛰면서 그에게 덤벼들었다. 갑작스럽게 당한 일이라 뿔에 받혀 저만치 나가떨어지고 말았다. 또다시 달려들려는 황소를 향해 아버지가 바람처럼 달려갔다. 코뚜레에 긴 고삐를 짧게 움켜잡고 재빨리 쇠뿔에 매달렸다.

쇠뿔을 잡고 등에 올라탔는데 납작 엎드린 폼이 말 위에 앉아 달리는 기수 같았다. 아버지는 끝까지 고삐를 움켜잡아 날뛰는 황소를 제압했다.

사단이 생긴 이유는 우리 집 황소가 처음 교미했던 이웃집 암소가 집 앞을 지나가는 걸 보고 길길이 날뛰었기 때문이다. 원래부터 성질이 있던 놈이 고삐가 잡혀 쫓아갈 수 없게 되자 성질대로 뿔로 받아 버리고 암놈을 쫓아간 것이다. 아저씨는 소를 빌리러 왔다가 병원 신세를 지고 말았다. 우리 집은 소 새경을 받아도 모자랄 판에 병원비만 물어 주게 되었다. 다행히 크게 다치지 않아서 가슴을 쓸어 내렸다.

"값이 쌀 때는 이유가 있을 거라고 했지요?"

어머니는 걸핏하면 코에 바람을 일으키며 발광하는 황소가 무섭다고 했다. 아버지 이외에 아무도 황소 근처에 가지 못했다. 들에서 소를 끌어 들이는 일도 어려웠다. 언제 튈지 모르기 때문이다.

"내다 팔자고 했건만 고집을 피우더니, 쯧쯧."

어머니가 혀를 찼다. 사람이나 짐승이나 타고난 천성은 어쩌지 못하는 것이니 이 참에 없애 버리자고 했다. 일해야 할 놈이 암놈만 보면 쫓아다니니 아무짝에도 소용이 없는 놈이라고 했다. 잘못하다가는 큰일 낼 놈이라고 절레절레 머리를 흔들었다.

아버지 생각은 달랐다. 암놈을 좋아해서가 아니라 가끔씩 쉬게 해서 사나운 성질을 달랬어야 한다고 믿었다.

"아무리 힘센 놈이라도 하루쯤 쉬게 해 줘야 하는데 내가 배려가 부족했어. 너무 부려 먹어서 반항하는 거라고."

그러면서 소를 쉬게 해 주었다. 그러자 새로운 문제가 생겼다. 구렁이처럼 영리한 황소가 걸핏하면 꾀를 부렸다. 일을 시키려고 하면 뿔로 기둥을 들이받고 성질을 부렸다.

황소의 난폭함으로 다루기가 힘들어지자 동리사람들이 소를 빌려가지 않았다. 황소 길들이기를 포기해야만 했다. 암놈을 좋아한 죄, 머리가 좋아 꾀를 부린 죄, 주인의 사랑을 몰라본 죄, 황소를 없앨 명목이 많았다. 무엇보다도 결정적인 것은 사람을 상하게 한 죄였다. 그 벌로 우시장으로 끌고 갈 수밖에 없었다.

세 번째 식구

언제 떠났는지 모르지만 늦은 저녁이 되어서 아버지는 예쁜 암송아지 고삐를 손에 들고 돌아왔다. 외양간은 깨끗하게 청소가 되어 있었고 뽀송뽀송한 볏짚이 깔려 있었다. 전국에서 제일 큰 오산 우시장에서 송아지를 고른 것이다.

지난번 읍내 장터 쇠전에서 산 암소는 실패한 경험이 있고, 백암 우시장에서도 성공하지 못한 것이다. 그래서 전국에서 제일 큰 오산 소시장에 간 것이다. 새벽장을 보려면 하루해로는 안 되기 때문에 하루 전 미리 가서 우시장 앞에서 숙박한 후 소를 골랐다.

새벽이 되자 줄줄이 소들이 엮이어 우시장 안으로 들어왔다. 항문이 열렸는지 모두 설사를 해 댄다. 왁자지껄 소들이 일제히 어흥 거리고, 송아지들의 음매음매 울음소리, 사람들의 왁자지껄한 소리가 어우러져 장터는 순식간에 아수라장으로 변했다.

새벽부터 모닥불이 지펴졌고 설렁탕 국이 넘쳤고, 전날 먹은 막걸리에 해장국을 마시는 축들도 있었다. 여기저기서 싸움질하는 소리도 들렸다. 쌍소리가 정겹게 들리는 것은 이곳만의 특성이다.

쇠전을 둘러보니 당장 일할 어미 소를 사기에는 돈이 턱없이 모자랐다. 부룩송아지를 사서 길들여 부리는 것이 났다고 생각했다.

"씨팔, 개소리 그만 해. 10만 원이 뉘 집 이름이냐?"

"좆 까는 소리 그만 해. 7만 원이면 잘 받는 거야."

아버지는 처음으로 쌍스런 말을 뱉었다.

채꾼은 고삐를 움켜잡고 흥정했다. 그래도 꿈쩍을 안 하자, 이번에는 아버지 멱살을 잡은 채로 오천 원을 더 쓰라고 한다. 아버진 웃으며 고개를 끄덕인다. 채꾼에게 돈을 건네고 대신 고삐를 잡았다. 아침 내내 흥정하느라 시간이 걸렸다. 오후 점심을 먹고 오산 우시장을 떠났다. 송아지와 함께 집으로 향하며 아버지는 가슴이 뿌듯했다.

부룩송아지, 갓 코뚜레를 한 예쁜 암송아지는 눈이 사슴처럼 순해 보였다.

'등허리가 길쭉한 것으로 봐서 다 자라면 덩치가 클 놈이여.'

송아지 머리를 쓰다듬으며 아버지는 자신의 안목에 만족했다. 소도 족보가 있고 씨가 있다면 암송아지는 귀족일 것이다.

어린 녀석이 귀티가 났다. 당장은 일손에 도움이 못 되더라도 송아지가 크는 동안 기다리기로 한 것이다. 논갈이와 밭갈이뿐 아니라 새끼를 낳아 재산을 늘려 줄 것이 분명해 보였다.

아버진 국도를 피해 걸었다. 국도는 수월하지만 지나가는 차들이 경적을 울리면 송아지가 놀랄까 봐 일부러 도로를 벗어나 산길을 택했다. 하루 종일 먹지 못한 송아지에게 좋은 풀밭을 발견하면 풀을 뜯게 해 주고 냇가에서 물도 마시게 해 주었다.

둘만의 오붓한 시간, 소에게 말을 걸며 데이트를 즐기는 셈이다. 50리 길을 소와 함께 걸었다. 집에 도착했을 때는 서산에 해가 기울고 있었다.

고르고 고른 끝에 구입한 송아지는 아버지 자존심을 채워 줄 것이다. 아버지는 송아지를 자식처럼 애지중지했다. 겨울에는 추워서 외양간에서 마당으로 끌어내 햇살 바른 양지에 매어 놓고 손으로 갈기를 긁어준다. 엉덩이에 묻은 쇠똥을 싸리 빗자루로 긁어내고 나면 예쁘다. 손길이 닿아 깨끗해진 송아지는 네 다리를 늘리면서 거드름을 피운다. 갈퀴로 깃털을 빗겨주면 가만히 서서 눈을 껌뻑거리며 음미한다. 옆구리를 빗기고 나서 엉덩이를 손바닥으로 툭 친다.

"이 녀석, 잘도 생겼지. 너는 우리 집 식구다."

소는 아버지의 애완용 동물인 동시에 친구였다. 소만 부려 먹지 않는다. 언제나 함께 일했고, 비오는 날은 소는 쉬게 해도 아버지는 일을 했다. 외양간에서 소똥을 치우고 새로운 볏짚으로 갈아서 깨끗하게 만들어 준다. 다른 집 소는 엉덩이에 마른 똥을 더덕더덕 붙이고 다녀도 우리 집 소는 언제나 깨끗했다.

아침마다 송아지를 어루만지며 말을 섞는다. 겨울 내내 콩깍지와 겉을 털어낸 속 벼줄기만 섞어 소죽을 끓여서 송아지에게 준다. 암송아지는 봄이 되자 몸집이 커졌다. 송아지는 아버지 손길에서 사랑을 받고 잘 자라 주었다.

여름이 되면 새벽부터 고운 풀만 골라 아침을 먹였고, 낮에는 더위를

242

먹을까 봐 햇빛을 피해 그늘 혹은 외양간에 매어 놓았다. 여물통 옆 기둥에 묶어 놓은 고삐에 손을 대는 순간 소는 머리를 한 바퀴 흔들고 문 앞으로 와 선다. 고삐를 풀려고 다가가면 소는 아버지 가슴에 대고 머리를 비비며 애교를 부린다.

뿔로 이것저것 들이받는 같은 뜸베질이라도 다르다. 뿔이 솟기 시작한 송아지는 머리가 가려운지 아버지 가슴에 가볍게 머리를 디밀어 댄다. 뿔과 뿔 사이에 털이 노랗게 돌기가 돌아서 예쁘다. 곱슬한 털을 빗겨 주는 아버지, 소와 아버지는 서로의 마음을 알아주는 소울 메이트인 것이다.

"이 녀석, 좀 기다려 봐라."

들판으로 뛰고 싶어 보챈다.

음매! 소는 코를 벌름 벌름 헛발질을 하며 따라나설 채비를 한다. 외양간에서 마당을 가로질러 대문으로 나서는 소는 내딛는 발짝마다 똥을 줄줄이 싸 놓고, 어느새 아버지 앞서 들판을 향해 뛴다.

"처음 솜씨치고 말을 잘 들었고, 제법이야!"

처음 밭을 갈고 돌아온 날 아버지는 송아지 등을 쓰다듬으며 기뻐했다. 짐승도 사랑을 알아보는지, 순하고 똑똑한 종(種)이 따로 있는지 제몫을 완수했다.

겨우내 외양간 안에서 묵은 볏짚만 먹던 소, 봄이 다가오면 소도 춘궁기가 된다. 맛있는 콩깍지도 떨어지게 된다. 소는 아침부터 고운 풀이 많은 들을 향하여 외출을 나간다. 소는 벌써부터 아버지 마음을 알아채고 아버지를 혀로 핥아 대며 좋아한다. 자기가 갈 곳을 알고 있다는 듯. 아버진 들판에 좋은 풀이 난 곳을 봐뒀다가 이른 아침 동리사람들보다 먼저 풀밭에 매어 놓는다. 그러면 근처에는 다른 소를 매놓을 수 없다. 그것은 소가 엉켜 싸우게 되기도 하지만 이웃 간 예의이고 누가 정하지 않았어도 불문율이다.

봄 햇빛을 받은 연한 풀 맛을 본 소는 새벽이 되자 아버지보다 마음이 급해 들판으로 뛰쳐나갈 궁리만 했다. 날뛰는 소를 마당에 세워 놓고 털을 골라 주며 꾸짖는다.

"워 워, 알았다. 이놈 봐라."

여름이면 더위를 먹을까 봐 햇빛을 피해 외양간에 매어 놓는다.

"이 녀석! 좀 기다려 봐."

어머니가 밭으로 나가면서 말했다.

"마누라와 아이들을 소의 반만큼만 돌보면 얼마나 좋을까?"

"말 못하는 짐승이 얼마나 괴롭겠어. 이놈은 털 속에 박혀서 꿈쩍도 안 한다니까. 아무리 꼬리로 쫓아내려고 해도 소용없어. 그러니 사람이 잡아 줘야지."

"애들 머리에 이가 들끓는 것은 보이지도 생각도 안 하죠?"

"그건 당신 몫이잖아."

"내가 그럴 새가 어딨어요!"

귀 향

온종일 고생하면서 도달한 피란지, 골짜기는 사방이 산으로 둘러싸여 있었다. 우리가 거처할 방은 주인집 아들이 군대 간 후 비어 있던 방이었다. 불을 때 두었는지 몰라도 냉골을 면했고, 허둥지둥 짐을 풀고 나자 배가 고팠다. 갖고 간 주먹밥을 녹여 먹고 잠이 들었다. 아침이 되자 안집에서 나무를 주어 밥을 할 수 있었다.

우리를 데려다 놓은 홍 씨는 보이지 않았다. 처음엔 죄책감인 줄 알았으나 애초부터 그의 어머니의 권고에 따라 남쪽으로 피란을 떠났던 것이다. 홍 씨마저 보이지 않자 우리 가족은 끈 떨어진 뒤웅박 신세였다.

어머니는 만삭의 몸으로 거동조차 불편한 상태다. 주위를 둘러봐도 기댈 곳은 없었다. 가족의 끼니를 해결하는 일, 밥을 해 먹으려면 누군가 나무를 해야 했다. 어머니가 나서려고 했지만 높은 산은 눈이 쌓였고 삐끗하면 크게 다칠 것이다. 맏딸이라는 중압감이 나 자신을 전사(戰士)처럼 행동하게 만들었다.

안집 벽에 세워 둔 작은 지게가 눈에 들어 왔다. 내 또래 어린 아들이 졌던 지게인 것 같았다. 거미줄이 엉겨 있는 헌 지게를 지고 녹슨 낫을 빌려 산으로 향했다. 막상 동리 남자애들을 따라나서 보니 막막했다. 야산은 민둥산인 데다 주인이 있었고, 산꼭대기까지 올라가야 나무 구경을 할 수 있었다.

인민군 구경도 못했다는 깊은 산중이었다. 그곳 숲은 올빼미와 두더지와 곰들이 출몰한다는 곳이다. 지게를 나무 옆에 세워 두고 갈참나무 가지를 자른다. 언제 사용했는지 모를 무딘 낫은 날이 어느 쪽인지 모르게 시뻘건 녹이 묻어난다. 어른 손가락만 한 나뭇가지를 수십 번을 내려쳐도 꿈쩍도 하지 않는다. 혼신의 힘을 다해 잘라 낸 가지 끝은 허연 걸레처럼 너덜거렸다. 어쩌다 나무 등걸이나 고주박을 줍기라도 하면 횡재한 기분이었다.

새처럼 가는 다리로 산을 오르고, 나무를 해 짊어지고 내려오면 다리가 덜덜 떨렸다. 동네 머슴애들은 내 얼굴을 보고 킬킬거렸다.

"그냥 아궁이로 쑥 들어가면 되겠네!"

열두 살 여자애가 산에서 나무를 잘라 짊어지고 내려오는 모습이 만화에서나 볼 수 있는 불쌍한 캐릭터 같았을 것이다. 머슴애들은 웃어댔지만 나는 심각했다.

산중턱에 내려오면서 다리가 비틀거려도 일어날 일이 걱정되어 쉬지 못한다. 앞선 일행이 쉬고 있는 곳에 가까스로 쫓아가서 길옆 비탈진 언덕에 지게를 벗지도 못하고 작대기를 버텨 놓고 잠시 쉰다. 나무와 바위로 둘러진 조그만 공터였다. 작대기를 고여 놓기가 무섭게 선발대가 일어선다. 나는 숨 돌릴 사이도 없이 (그들은 앞서 왔기 때문에 오래

쉬었음) 나무지게를 지고 일어나야 한다. 누군가가 도와주지 않으면 혼자 일어설 수 없기 때문이다.

나는 날마다 나무를 하러 산으로 갔고, 내가 해 온 나무로 밥을 지었다. 동생은 어머니 옆에서 빈 젖을 빨다가 배가 고픈지 자꾸 보챈다. 겨우겨우 버티는 피란지 생활에 바닥이 나고 있었다. 그동안 버틸 수 있었던 것은 가지고 간 양념소금(고춧가루와 깨소금을 섞은 소금)으로 견딘 것이다. 가지고 온 쌀은 송아지를 키워 주는 값을 지불해서인지 윗목에 놓인 쌀자루가 베개만 해졌다.

쌀이 바닥이 날 즈음, 풍문에 중공군이 물러갔다는 소식이 들렸다. 그 말을 듣자마자 늘 누워 있던 어머니는 머리를 빗고 주변을 정리했다. 윗목에 널브러진 옷가지와 냄비를 챙기며 어머니가 말했다.

"객지에서 아이를 낳을 수 없고 죽고 사는 것은 하늘에 달렸다."

이왕 죽을 거면 집에 가서 죽을 각오가 섰던 것이다.

동리사람들은 어미 잃은 부룩송아지를 데리고 가긴 어렵다고 했고, 그중에는 송아지를 잡아먹자는 사람도 있었다. 어머니는 질색을 했다. 아버지를 만나면 어미는 잃었지만 송아지만큼은 지켜 냈다는 것을 보여 주어야 했다. 어린 송아지에게 코뚜레를 끼우기로 했다. 8개월은 돼야 코를 뚫어 동그란 코뚜레를 끼우는데 전쟁 통에 겨를이 없었다. 송아지를 데리고 가기 편하게 코뚜레 끼우는 시기를 앞당겨야 했다. 이웃집 아저씨가 코뚜레를 끼우기로 했고 얼마 후 코 점막에 뻘건 피를 줄줄 흘리는 송아지를 끌고 왔다. 사슴 눈을 닮은 송아지가 두려움과 아품으로 눈물을 흘리고 있었다.

어머니를 따라 나서면서 나는 부엌을 둘러봤다. 어머니는 내가 해 온 땔감을 아끼고 아꼈다. 어린 딸을 고생시키는 것이 미안하다면서 겨우 밥을 하기도 아깝다고 냉골에서 견뎠다. 아직도 이틀쯤 밥을 해 먹을 수 있는 땔감이 남아 있다. 몇 번이나 골짜기로 굴러 떨어지며 베어다 모아 둔 나무였다. 남기게 될 줄 알았다면 어제 저녁 한 번이라도 따스한 방에서 자고 떠날 수도 있는 일인데, 아까웠지만 어쩔 수 없었다. 남은 쌀자루를 털어 소금을 손에 묻혀 주먹밥을 만들어 보따리에 넣고 길 떠날 채비를 했다.

어머니는 할아버지 돌아가셨을 때 입던 소복으로 갈아입었다.

"엄마, 왜 하얀 소복을 입어?"

"색깔 옷을 입고 가면 군인들에게 히야까시를 당할지 몰라."

"히야까시라니? 무슨 말이야?"

"추근댄다는 뜻이야."

내 눈엔 배가 불룩한 어머니가 여전히 젊고 예쁘게 보였다.

이웃 사람 셋이 나와 돌아가는 우리를 전송했다. 만들어 온 주먹밥으로 허기를 때우며 우리는 온종일 걷고 또 걸었다.

여섯 살짜리 남동생이 다리가 아프다고 업어 달라고 떼를 썼다. 자꾸 뒤처지는 동생을 모른 체 앞으로 걷기만 했다. 엄마는 만삭의 몸에 머리 위에 솥단지며 옷가지를 목이 들어가도록 잔뜩 이고, 아우를 본 동생을 업고, 한 손엔 송아지 고삐를 끌고 있었다. 나는 나머지 짐을 동생 기저귀를 이어서 만든 멜빵으로 묶어서 등에 졌다.

여섯 살 동생은 혼자 걸었다. 아프다고 징징거리는 동생을 돌볼 경황이 없었다.

"안 쫓아오면 버려두고 갈 거야! 징징거리지 말고 따라와!"

모질게 말해 놓고 동생의 표정을 살폈다. 비척거리며 걷는 폼이 곧 쓰러질 것 같다. 길옆에 앉아 걷기가 힘들어 우는 동생에게 나는 빨리 오라고 욕을 해대고 윽박질렀다. 동생은 엄마를 쳐다보며 울먹였다.

"엄마, 응가 마려워."

"쟤 바지 좀 젖혀 줘라. 바지에 똥 묻을라."

밑이 트인 풍채바지 속으로 맨 엉덩이에 찬바람이 들어 더 추웠을 것이다.

좌르르륵…. 동생은 설사를 했다. 얼굴에 핏기가 없어 보기에 안쓰러웠다. 나는 옆에 풀잎을 주워 밑을 닦고 바지를 여며 주었다. 그리고 걸어가자고 손을 잡았다. 동생 손이 뜨끈뜨끈했다. 고열에 설사까지…. 큰 병이 아닐지? 걱정이 태산 같다. 동생은 걸을 수 없는지 비틀거리며 그 자리에 그냥 서 있었다. 도리가 없다. 나는 동생 손을 잡아끌었다. 동생은 울상을 지으며 억지로 따라왔다.

간신히 코뚜레는 했지만 반호장 색동저고리를 입은 송아지, 만삭의 몸으로 머리엔 취사도구를 싸서 머리에 이고 한 손엔 송아지 고삐를 쥐고 서 있는 어머니, 그 옆에 나는 어깨에 함진아비처럼 기저귀로 멜빵을 만들어 이불을 지고 여섯 살짜리 동생 손을 잡고 서 있었다. 동생의 손이 더욱 뜨거워져 불덩이 같았다.

"엄마 수동이가 아픈가 봐."

"그래? 불덩이네. 어쩌니?"

그제야 아들의 머리를 짚어 본 어머니는 울음 직전이었고, 나 또한 눈물이 났다. 어린 동생은 아프다는 말도 못하고 먼 길을 쫓아왔던 것이다. 아파서 걷기 힘든 동생을 무조건 꾀를 부린다고 다그치기만 했다.

마을로 들어서는 길목에 주둔군이 막아 놓은 바리게이트 앞에 섰다. 어느 누구도 통과시킬 수 없다는 것이다. 아직 적군이 남아 있을지도 모르고 치안을 책임질 수 없어 민간인 출입을 막는 일이 작전 임무라고 했다. 고향을 찾아 들이닥치는 사람들을 돌려보내고 있었다.

코뚜레에 피가 흐르는 송아지 고삐를 잡고 선 만삭의 젊은 아낙, 갓 젖 떨어진 아기를 등에 업은 열두 살 계집아이, 여섯 살 남자아이가 서로 손을 잡고 읍내로 들어선 것이다. 다리 옆 동리입구로 들어서는 길목에도 군인들이 차단막으로 막아 놓았다. 막다른 길에 선 우리 가족은 갈 곳도, 갈 수도 없다. 어머니가 몰래 옆길로 가려고 하자 호루라기를 불면서 쫓아왔다.

"아직 안 됩니다!"

우리를 막아선 미군 헌병이 한국군과 같이 와서 지휘봉으로 밀쳐냈다. 그들은 어머니 배를 가리키면서 의견을 교환하는 듯 알아들을 수 없는 말로 옥신각신했다. 헌병들이 우리 가족을 보며 진퇴양난인 모양이었다.

어머니는 다리 건너 마을을 바라보며 '저 집이 우리 집'이라고 손가락으로 가리켰다. 나는 의아했다. 우리 집은 산모롱이를 두 번이나 지난 곳에 있었기 때문이다.

한국군과 미군 헌병이 언성을 높이며 뭐라고 하더니 이쪽으로 걸어왔다. 한참을 망설이다가 결심한 것 같았다. 우리를 막아선 군인은 다시 한 번 어머니 배를 보더니 길에서 아이를 낳으면 더 큰 일이 벌어질 것 같아선지 샛길을 터 주었다. 어머니는 후에 자신의 기지(奇智)로 집으로 올 수 있었다고 말하곤 했다.

"거짓말을 하려니 가슴이 벌렁거렸지만 아이들을 생각하니 별수가 있나? 너희들을 살리려고 위기 앞에서 태연할 수 있었지."

30리 길을 걸어온 우리 가족은 집으로 돌아갈 수 있었다. 금의환향(錦衣還鄕), 이보다 더 좋을 수 없는 따스한 집으로.

*

한 달이 조금 넘어 돌아 온 관곡리는 너무나 많이 변해 있었다. 집 마당에는 낯선 사람들이 우글거렸다. 북쪽에서 남으로 내려오다가 길이 막혀 이곳에 머문 피란민들이다. 전쟁은 민족을 뒤죽박죽 섞어 놓았다. 천근만근 같은 발자국을 한 발짝 한 발짝 사력을 다해 도달한 집은 북쪽에서 내려온 피란민들이 차지하고 있었다.

마루에 짐을 풀자마자 어머니는 마당으로 내려가 주위를 살펴보았다. 마당 한구석에 파묻어 놓은 쌀가마니는 동이 났고, 김장김치도 남아 있지 않았다. 그들이 다 해치웠다.

그들이 말했다.

"쿵쿵 몇 번 땅을 쳐 보면 공명음이 들려요. 굶어 죽을 수는 없고 쌀이 묻힌 곳은 알 수 있다고, 아무리 머리를 써서 숨겨도 다 알 수 있다고…."

뒷간 옆 잿더미 속에 파묻은 쌀이 있다는 것을 알았지만 남겨 두었다고 했다.

양심이 남아 있다는 이야기인지 아직 그곳까지 손댈 처지가 아니었는지는 모르겠다.

여하튼 급히 안방을 비워 준 대로 쉴 수 있었고 그들이 남겨 준 쌀로 연명할 수 있게 되었다. 당분간 피란민 덕에? 굶기를 면하게 된 것이다.

그때였다.

"엄마!"

수동이 얼굴의 핏기를 잃어가며 의식을 잃어가고 있었다. 온몸이 불덩어리였다. 누워 있어도 고통스러울 텐데 열병을 앓으며 30리 길을 걸었고, 그 고통이 얼마나 견디기 어려웠을까 생각하니 목이 메었다. 어머니와 나는 동생이 빨리 쫓아오게 하려고 갖은 협박을 다했던 것이다.

무리한 강행군으로 기진한 동생은 집에 오자마자 정신을 잃었고, 그 후 깨어나지 못하고 세상을 버렸다. 동생은 장티푸스를 앓으면서도 사력을 다해 어머니와 나를 놓치지 않으려고 집까지 걸어온 것이다.

"내가 어리석어 너를 죽게 했구나!"

어머니는 동생 얼굴을 쓰다듬으며 통곡했다.

"조리만 잘 했어도 살릴 수 있었을 것을!"

어머니는 자신을 책망하며 가슴을 쳤다.

홍 씨 아저씨가 언제 돌아왔는지 집으로 찾아왔다. 아저씨 말에 의하면 길 가다 폭격에 맞아 죽거나 굶어 죽을 것 같아 마음을 돌렸고, 객사할 바엔 집에 앉아 죽는 것이 나을 것 같아서 집으로 돌아왔다고 했다.

어머니는 죽은 동생을 끌어안고 언 땅에 묻을 수 없다고 울었다. 하지만 언제까지 그러고 있을 수는 없었다. 다음날 아침 아저씨가 가마니를 뜯어 동생의 시체를 둘둘 말아 지게에 지고 뒷동산으로 갔다. 그리고 양지바른 쪽에 묻었다.

"이왕 이렇게 된 것, 운명이라고 여기고 고정하세요. 아무리 쓰다듬어도 소용없어요."

옆에 피란민 가운데 누군가가 홍 씨를 거들었다.

"오죽하면 죽은 아들 불알 만지기라는 말도 있잖아요."

어머니의 가슴앓이는 계속되었고 아이 얼굴이 떠오를 때마다 몸이 비틀렸다.

죽음과 생명의 탄생이 순간적으로 한 곳에서 일어났다.

어머니는 충격으로 곧 바로 앓아누웠다. 아들을 잃은 고통으로 공황 상태가 되었고, 삶의 의욕을 잃고 쓰러진 것이다. 정신적인 고통과 영양실조에 걸린 어머니는 난산이었다. 전쟁 중이라 산파도 없었고 고스란히 고통을 감수할 뿐, 어떻게 해 볼 방도가 없었다.

피란민 아주머니의 도움으로 정신을 놓는 진통 끝에 어머니는 아버지를 빼닮은 아들을 낳았다. 나는 어머니가 살아난 것이 신기했다. 아기는 아무것도 모른 채 평온해 보였다. 전쟁은 살아남기 게임인 것 같았다. 그때부터 나는 생계를 위해 밭에서 파와 냉이와 배추 뿌리를 주위다가 산모를 도와야 했다.

집에 돌아온 보름 후 아버지가 돌아왔다. 죽은 동생에 대한 이야기에 눈물을 쏟았다. 어디에 항거할 곳도 없었다. 아이의 죽음을 인정해야 했다. 그 후 아버지는 잠든 갓난아기가 배냇짓을 하며 방글거리는 것을 보고 웃음을 되찾았다. 무사히 귀가했다는 안도감과 아들을 얻은 기쁨이 슬픔을 지우고 있었다. 새로운 생명에 대한 기대가 죽은 아이에 대한 미련을 잠시 밀어 둔 것인지 몰랐다.

이제 아버지의 귀환으로 모든 시름이 해결될 것이다. 방 안은 따뜻했으며, 어머니는 태어난 아기를 보고 웃었고, 아버지도 환한 얼굴로 그동안의 어려움을 견뎌 낸 어머니 노고를 위로했다. 나는 마음의 짐을 벗었다.

어설픈 가장 노릇에서 벗어났고 다시 어린이로 돌아갈 수 있었다. 가족을 위한 모든 책임을 아버지에게 반납했고 나는 자유의 몸이 되었다.

우리 집에 함께 살다가 떠난 피란민들에게서 중공군 이야기를 많이 들었다. 무작정 남쪽으로 피란 가다가 중공군이 들이닥치는 바람에 길이 막혀 더 이상 갈 수 없어서 빈집을 찾아 들었는데 그곳이 바로 우리 집이라고 했다.

중공군은 진군할 때는 피리를 불면서 내려온다고 했다. 나는 이해할 수 없었다. 자신들의 존재를 숨기고 기습작전을 해야 할 텐데, 여봐란 듯이 행군하면서 피리라니!

중공군, 그들의 무장은 초라했다. 장대에 쌀과 장작을 매달아 어깨에 메고 있었는데 하얀 누비 방한복을 입고 방한모를 쓰고 있어서 군인이라기보다 순박한 이웃집 아저씨 같다고 했다. 중공군 칭찬이 자자했는데 그동안 중공군에 대해 가졌던 선입견과는 달랐단다. 하얀 방한복에 새하얀 천막 천으로 위장한 중공군이 밀려왔을 때 사람들은 모두들 겁을 냈지만 불미스러운 일은 일어나지 않았다고 한다.

중공군은 민간인과 한방에 머물기도 했는데 손끝 하나 건드리지 않고 오히려 자기들이 민간인에게 피해가 가지 않도록 틈새를 만들어 한쪽 구석에서 자고 떠났다고 했다. 그들의 군기는 엄정했는데 마오쩌둥이 '조선에 가서는 나무 한 그루, 풀 한 포기, 더욱이 여자와 어린이는 다치게 하지 말라'고 엄명했기 때문이라고 했다. 어찌되었건 그들이 민간인을 괴롭히는 일은 기억에 없다고 했다.

2부

가능한 것과
불가능한 것

전쟁의 슬픔

　전쟁은 교착상태였다. 한 달쯤 지났을까. 동네 어귀 공동묘지 근처 밋밋한 보리밭에 유엔군이 천막을 치고 진을 치기 시작했다. 보리 싹이 제법 푸릇한 기운이 도는 이른 봄이었다. 처음으로 말로만 듣던 흑인을 보았고 얼굴이 빨간 군인도 보았다. 얼굴이 붉은 사람은 영국군인, 조금 검은 사람은 터키군인이라고 했다. 터키? 지구상에 갖가지 피부색을 가진 여러 인종이 살고 있음을 직접 목격하는 셈이다.

　피란민들이 거덜 내고 간 자리엔 아무것도 남아 있지 않았다. 일을 하고 양식을 얻을 길도 없는 처지였다. 미군은 한국인을 앞세워 집집마다 일할 수 있는 사람들을 차출했고, 지게에 멍석을 지워 데려갔다. 그들은 막사를 짓는 작업에 노동력이 필요했는데 현지인들을 기용해 해결했다. 민간인들은 그들이 원하는 대로 협조했다. 아버지는 미군이 주둔할 진지를 구축하는 노력봉사에 동원되었다.

　멀리 눈 쌓인 들판과 겨울 햇빛 사이에 커다란 키에 국방색 군복을 입은 군인들이 지나다니는 것이 보였다. 그때 아버지를 비롯해 이웃 아저씨들은 유엔군에 불려가 잡역을 하고 양식을 얻어 왔다. 아버지는 엷은 웃음을 지으며 말했다.

"죽으라는 법은 없는 모양이여. 양식을 얻어 다행이여."

유엔군인지 미군인지 구별하기가 어려워 우린 그냥 미군이라고 불렀다. 아버지가 사역에 동원된 후 집에 새로운 먹을거리가 생겼다. 아버지가 들고 온 상자 안에는 닭튀김, 밀가루 반죽 남은 것 등 모두 처음 보는 것들이었다. 가장 신기한 것은 밀가루 반죽 덩어리인데 솥뚜껑에 기름칠을 안 해도 들러붙지 않고 노릇노릇하게 익혀지는 것이었다. 고소한 부침개는 밥 대용으로도 좋았고 반찬과 함께 먹어도 어울렸다. 저녁때면 아버지를 기다면서 손에 들고 올 새로운 음식을 기다렸다.

눈 쌓인 산꼭대기에서 햇빛이 시리게 반사되는 어느 오후 유엔군 부대에 불려가 일하던 아버지가 아랫마을 사람을 시켜 급한 전갈을 보내왔다.

"너네 아버지가 당부하는디, 얼른 옆집 순분네로 피하라고 하더라!"

그는 그러고는 숨을 헐떡이며 자기 집으로 급히 사라졌다. 우리 집은 윗방 가미사마(일본 신주)가 있던 자리에 미닫이문을 달아 옷장으로 쓰고 있었는데 어머니는 여차하면 그 속으로 숨으면 된다고 태연했다. 젖먹이 아기를 집에 두고 가야 한다. 데리고 가면 순분네 눈이 가로 찢어지곤 했다.

순분네는 우리 집과 같은 적산가옥이라도 구조가 달랐다. 다다미 마루 밑에 방공호가 있었는데 인공(人共) 시절 순분 삼촌도 그곳에 숨어 있어서 의용군에 끌려갈 화를 면했다는 곳이다. 아버지는 분명 말했다. 순분네로 가라고. 그곳이 안전하다고.

어머니는 화롯불에다 아버지가 미군부대에서 가져온 밀가루 반죽을 떼어 내어 부치고 있었는데 반죽에서 기름이 흘러나와 방안에는 냄새가 진동했다. 만약에 미군이 아녀자를 겁탈하러 온다면 금방 알아챌 것 같았다. 어머니는 옷장에 숨을 작정만 하고 태연히 마저 부쳐야 한다며 꾸물거렸다. 나는 마음이 급했다.

"엄마! 순분네로 가랬잖아!"

그제야 뜨거운 솥뚜껑을 내려놓고, 뜨거우니 손으로 만지지 말라고 하고는 우물 옆 울타리로 넘어갔다. 순분네와 같은 우물을 사이에 두고 사용하기에 울타리를 조금 터놓고 들락거렸다.

순분네 부엌문 여닫는 소리가 들리자마자 잠긴 사립문 열리는 소리가 들렸다. 키가 큰 미군이 긴 팔로 사립문을 넘겨 고리를 풀었다. 한국군을 앞세우고 검은색 피부의 미군이 마당에 들이닥쳤다. 집 안으로 들어선 군인은 군화를 신은 채 안방을 거쳐 윗방으로 들어가더니 곧바로 옷장을 열었다. 만약 아버지 말을 안 들었다면? 나는 가슴을 쓸어내렸다. 미군들은 무어라고 지껄이더니 밖으로 나왔다.

미군은 쪼그리고 앉아 있는 내 머리를 쓰다듬었다. 나는 고슴도치처럼 몸을 말았다. 이제라도 일으켜 세워 키를 잴 것만 같아서 겁이 났다. 들리는 소문에 의하면 여자애들을 일으켜 세워서 M1 소총으로 키를 재어서 총보다 크기만 하면 욕보인다는 말을 들었기 때문이다. 욕보인다는 말이 어떤 행위를 두고 하는 말인지 몰랐지만 어른들까지도 두

려워하며 소곤거리는 말투로 보아 엄청나게 무서운 일임에는 확실했
다. 총이 얼마만큼 큰 것일까? 아버지의 지게 작대기만 할까? 막연하
지만 내 키가 총 길이와 같을까 봐 겁이 났다.

고개를 무릎 사이에 묻고 숨을 죽였다.

'빨리 가 버려라. 빨리!'

왜 엄마를 따라가지 못했을까. 무서워 따라가고 싶었지만 마루 밑이
좁다고 했던 기억에 그럴 수 없었다.

저녁에 아버지가 돌아와서 어머니에게 말했다.

"미국말이라 못 알아들었지만 미국 군인들끼리 여자사진을 돌려보며
킬킬대며 웃더군. 옆에 한국군 통역장교에게 슬쩍 물었더니 지나는 말
로 알려주더군. 목숨을 걸고 싸우러 온 우리들이니 '여자들에게 서비스
를 받아도 되지 않겠는가?'라고 말했단다. 킬킬 웃으며 이야기하는 품
새가 마을로 내려가 일을 저지를 것 같아 급히 사람을 보냈지."

다행히도 이번엔 화를 면했지만 번번이 때를 가리지 않고 들이닥치
는 그들을 피하기는 어려웠다. 하루 이틀도 아니고 순분네 비좁은 다다
미 밑 방공호에 언제 또 그들이 들이닥칠지도 몰랐다.

하지만 걸핏하면 순분네로 피신해서 차디찬 마루 밑 흙바닥에서 지
낼 수는 없는 일이었다. 젖먹이 아이를 데리고 가야 했다. 순분네는 아
기가 울어 자기도 들킬지 모른다며 노골적으로 싫어했다. 아기가 칭얼
대자 어머니는 급히 젖으로 입을 막았다. 하지만 아기는 젖도 물지 않
고 다리를 버둥대며 칭얼거렸다. 아기에겐 칙칙한 습기가, 어두컴컴한
공간이 싫었던 것이다.

262

이미 지난밤 새터마을 처녀가 겁탈을 당했다는 소문이 들리던 때였다. 미군들이 필요한 물품을 구한다는 명분으로 마을로 들어서면 주민들은 숨죽인 채 긴장하곤 했다. 처녀뿐 아니라 유부녀도 가리지 않고 닥치는 대로 저지른다고 했다.

뛰는 놈 위에 나는 놈이 있다고 갖가지 묘안에도 들켜서 당했다는 말도 들렸다. 마을 사람들은 머리를 맞대고 묘안을 짜내기도 했다. 장롱을 앞으로 당겨 놓고 벽 공간 뒤로 숨었다가, 천장 틈새를 살펴보는 바람에 들켰다는 말도 있었다.

순분네는 들은 풍문을 전하면서 흥분했다.

"코쟁이들은 어리숙해서 자세히 모르는 일을 한국 놈 앞잡이가 일일이 찾아내서 곤욕을 치렀다는구먼. 앞잡이 놈들은 쳐 죽여야지!"

전쟁의 상흔은 많은 사람들 가슴에 못을 박기도 하고 죽음으로 내몰기도 했다. 그즈음 마을에 슬픈 사건이 있었는데 유엔군에게 겁탈 당한 처녀의 자살소식은 한동안 마을 사람들 마음을 음울하게 했다.

유엔군 부대와 가까운 아랫마을에 장티푸스를 앓는 처녀가 있었는데 열이 많이 나서 미리 광 속에 숨어 있을 수 없었다. 정 급하면 그때 숨으려고 했다. 포대기를 덮고 자리에 누워 있었다. 병자여서 미군들의 위험 범주에서 벗어나 있다고 어른들도 관심을 두지 않았다. 어느 날 누군가 미군이 온다고 소리치고 갔다.

처녀는 급히 부엌으로 뛰어가서 나뭇단 옆 쌀 한가마니가 들어가고도 남는다는 큰 항아리 안으로 들어가서 앉으려고 하다가 짚으로 만든 항아리 뚜껑을 놓치고 말았다. 짚방석을 줍는 순간 사립문 앞에 인기척이 들려왔다.

미군들은 허리께쯤 닿는 사립문 위로 팔을 넣어 잠긴 갈고리를 풀고 안으로 들어섰다. 집 안으로 들어선 군인 2명은 방으로 들어가 이불 속에 손을 넣어 보고는 부엌으로 갔다. 부엌에서 비명에 가까운 울음소리가 들려왔다.

그 후 처녀는 남자만 보면 살려 달라고 엎드려 기었는데 온 마을에 그녀가 욕을 당해 실성했다는 소문이 돌았다.

처녀를 좋아해서 아침저녁 울타리 앞을 기웃거리던 윗골 총각은 그 후 얼씬도 하지 않았다. 그녀가 총각을 만나러 찾아간 날, 그 총각이 울면서 흙벽을 주먹으로 치더라고 했다. 다음날 아침 처녀가 동네 가운데 있는 우물에 빠져 죽었다고 했다. 사람들은 아무리 물맛 좋기로 소문난 우물이지만 수명이 다한 것 같다고 했다. 상서롭지 못한 일이 일어난 우물을 그대로 둘 수 없다는 의견이 나왔다. 우선 우물부터 메우고 보자고 했고 모두 찬성했다. 그리고 우물을 메워 버렸다.

그런데 이상한 일이 일어났다. 메워진 우물에서 계속 물이 흘러나왔다. 빨간 황토 사이로 배어 나오는 붉은 물이 그녀 눈물인 것 같아 우물을 지나가는 사람들은 시선을 돌려야 했다. 그녀를 죄인 취급한 마을 사람들, 더러운 여자라는 듯 흘끔거리며 수군댄 모든 사람들이 그녀를 죽게 한 공범자인 셈이다. 전쟁은 사람만 죽고 사는 것이 아니라 사람의 인격도 훼손하도록 강요했다.

침 묵

　김동혁과 의형제이며 혁명 동지였던 최기욱은 새신랑이다. 최기욱
의 아버지는 일정 때 순사였다. 해방이 되자 사람들이 몰려가 기욱 아
버지를 납치해서 거적때기로 덮어 놓고 삽과 곡괭이로 두드려 팼다. 최
기욱 어머니(평산댁)는 머리가 터져 피를 철철 흘리는 남편 옆에서 통
곡했다.

　"일본 순사라지만 아무도 몰래 독립군 군자금을 얼마나 댔는데! 이
리 매질을 당하다니 이런 억울한 일이 있나!"

　남편은 그 후 시름시름 앓다가 세상을 뜨고 말았다.

　남편을 잃은 평산댁은 하소연할 곳도, 하소연할 사람도 없어 억울했
다. 사람이 무서웠고 세상이 두려웠다. 섬 어디에 있다는 고향을 떠나
이곳 용인에 자리를 잡았다. 최기욱 어머니는 사내대장부라는 별명이
붙을 정도였다. 잡화를 머리에 이고 다니며 장사해서 아들과 함께 땅마
지기를 장만했다. 외아들 기욱을 중학교만 마치게 했고 더 이상 공부를
시키지 않았다. 많이 배우면 화근이 생긴다고 믿었기 때문이다. 남편
을 대신해서 집안의 대를 이을 기둥인 아들이 남편의 전철을 밟을지도
모를 일이고, 아버지 원한을 풀겠다며 나설 수도 있었다. 평산댁도 남
편 한을 풀고 싶은 마음이 굴뚝같았으나 단념했다. 아들이 조용히 아들
딸 낳고 살아가길 바랐다.

　최기욱은 책과 씨름하더니 기어이 사회주의자가 되었다. 아버지의
친일은 그 당시 상황에서 지식인이라면 겪지 않을 수 없는 일이었다.
독립운동을 하러 만주나 연해주로 떠나는 게 더 쉬웠을 것이다. 국내에

남아서 일본 순사를 하면서 독립군을 도우는 게 더 합리적이라 판단했으리라. 만주로 독립운동 하러 떠난다면 가족은 어떻게 하나? 데려간다면 이 땅은 어떻게 하고? 최기욱은 아버지가 이런 고민 끝에 조선 땅에 남았을 것이라 추정했다.

최기욱은 해방 직후 우후죽순처럼 나타나 독립운동을 했다고 자처하는 가짜들, 그들의 위선을 밝혀내고 싶었다. 세상을 바로잡겠다는 정의감이 불타올랐다.

최기욱은 한동네 살게 된 김동혁과 형님 동생으로 의형제를 맺고 지내는 사이였다. 그에게서 책을 빌려 보고 사회주의에 대한 동경을 하게 되었다. 지금은 어머니가 원하는 대로 마차를 끌면서 천민으로 살고 있지만 언젠가 평등한 사회가 오면 비상하리라 다짐했다. 인민공화국이 들어서자 그는 기꺼이 자청해서 협조했다.

인민군이 물러가고 국군이 들어오자 최기욱은 잠적했다. 그가 인민군에 입대하여 낙동강 전투에서 전사했다는 말이 떠돌았다. 그의 어머니는 온 동네가 떠나가도록 통곡했다. 그 무렵 최기욱은 집에 숨어들었다. 기욱 어머니가 아들이 죽은 것처럼 위장술을 부리는 바람에 주민들은 그렇게 믿었다. 마을 사람들은 시어머니를 따라 며느리도 과부가 되는 걸 보고 과부도 집안 내력이 있는 것 같다고 수군거렸다.

기욱 어머니는 며느리를 딸로 여겼다. '우리 착한 애기'라고 불렀다. 동리사람들의 삐딱한 시선은 홀로 된 며느리를 잡아 두려는 처사라고 말이 오갔다. 시어머니를 두고 갈 사람이 아니라고 했고 예쁘고 착한 젊은 여자가 홀로 늙기는 아깝다고 했다. 모두들 순한 며느리를 칭찬했다.

전사했다는 아들이 마룻장 밑에 숨을 곳을 만들어 놓고 숨어 있다는 사실이 뒤늦게 알려졌다. 기욱의 처는 마을에서 이름이 날 정도로 미인이었다. 과부가 되었다는 말에 호시탐탐 노리는 사내들이 수두룩했다. 주변을 맴돌며 기회를 노리던 동네 건달이 최기욱이 집에 숨어 있다는 걸 눈치 채고 기욱 처를 협박했다.

"경찰서에 알리면 끝장인 줄 알지?"

"뭘 알려요?"

"시치미를 떼기는! 내가 다 알고 왔는데, 히히히….."

"뭘 다 안다는 거예요?"

"네 서방 말이다. 집에 숨어 있다며?"

"아….."

기욱 처는 급했다. 시어머니는 장사를 나가서 돌아오지 않았고, 시어머니에게 알려 고민하게 할 일도 아니고 시간도 없었다.

"살려 주세요!"

"맨 입에?"

건달은 싯누런 이빨을 드러내며 이죽거렸다.

"남편이 도망치게 눈감아 주신다면 뭣이든 하겠어요."

"뭣이든 한다고 했지?"

"예… 예….."

"네 입으로 뭣이든 한다고 했으니 겁탈은 아니야!"

건달은 그렇게 외치고는 벌건 대낮에 기욱 처를 덮쳤다. 성급한 그는 입맞춤이니 애무(愛撫)니 하는 사전절차도 생략하고 기욱 처의 가랑이 틈에 송이버섯 모양의 수컷을 쑤셔 박았다.

마룻장 밑에 숨은 기욱은 아내와 그 사내가 벌이는 수상한 기미를 알아챘다. 그놈을 죽여 버리거나 자수해서 감옥으로 가는 것이 편할 것 같았다. 비겁하게 목숨을 구걸하고 있는 자신이 한심했다.

의도가 어디에 있든 더 이상 아내의 얼굴을 바라보고 싶지 않았다. 이제야 세상을 제대로 읽을 수 있을 것 같았다. 개인의 힘으로 역사를 거스를 수 없다는 사실이었다.

'내가 할 수 있는 유일한 선택은 목숨을 버리는 것 아닌가? 어머니와 아내 덕택에 매일 아침 눈을 뜰 수 있었고, 희망이 없이도 생명을 연장했었지. 밤에 잠깐 아내 방에서 다리를 뻗고 누웠다가 새벽이 되면 고개를 들지도 못하는 마룻장을 들치고 밑으로 내려가는 지긋지긋한 지하생활, 이제 끝내야겠다!'

최기욱의 마음속에서 슬픔의 피리가 울렸다. 자신의 인생은 땅 밑에서 보낸 생쥐들에 불과했다. 쥐들의 거친 발바닥이 지나가면 따가웠다. 몸을 놀이기구 삼아 쥐들의 놀이터가 되었다. 겨우 쥐들과 살려고 발버둥치는 자신은 사람이 아니었고 두더지와 다를 바 없었다. 대낮인데도 음습한 지하는 쥐들의 천국이었다. 쥐들의 숫자가 엄청나게 불어나고 있었다. 더 이상 견디기 어려웠다. 진절머리가 난다. 오늘 나는 세상을 떠난다.

그가 남긴 마지막 일기에는 이렇게 적혀 있었다.

희망 없음의 침묵, 그것은 무서운 것이었다. 나는 추상적인 분노에 흔들렸지만 핏속부터 그런 것은 아니었다. 그래서 나는 평온했고 어떠한 의지도 없었다. 내 여자가 나를 기다린다는 것이 나에게는 중요하지

268

않았다. 다른 사람을 만나러 밖으로 나가든, 아니면 집 안에 있든 내게는 동일했다. 나는 마치 단 하루도 살아 보지 않은 것 같았고, 행복하다는 것이 무엇을 의미하는지 전혀 모르는 것 같았다. 할 말도 없고, 주장할 것도 부정할 것도 없고, 간섭할 것도 없고, 들을 것도 없고, 줄 것도 없고, 받을 준비도 되어 있지 않았다.

내 어린 시절이 있었던 것 같지도 않았다. 하지만 내 마음속에서 나는 추상적인 분노로 흔들렸으며, 상실된 인류를 생각했고, 고개를 숙였고, 또 비가 내렸으며, 마루 밑에 깔아 놓은 멍석으로 물이 들어왔다. 초겨울이 되었고 러시아 혁명 기념일이 다가왔다. 우리는 이날을 어떻게 기념할 것인가. 세계 무산(無産) 계급의 대혁명 분화구는 1917년 11월 7일 북국 러시아에서 폭발했다. 이 혁명의 불꽃은 전 세계를 향해 정복 착취당한 계급에게 재생의 환희를 알려주는 동시에 제국주의 열강에게 필연적인 최후를 선고하는 것이었다.

기욱 어머니는 며느리의 태도로 봐서 무슨 일이 있었음을 직감했다. 며느리는 키가 늘씬하고 특히 눈이 예뻤다. 커다란 눈이 호수처럼 맑았다. 그런데 슬픈 눈이 말하고 있었다. 기욱 처를 협박한 사내는 며느리를 연초공장에서 일하도록 주선해 주었다. 기욱 어머니는 놈에게 약점을 잡혀 꼼짝을 못하는 며느리를 이해하려고 노력했다.

그런데 엉뚱한 일이 벌어졌다. 며느리가 연초공장 놈과 어울린다는 소문이 나더니 덜컥 임신한 것이다. 시어머니는 동리사람들의 비아냥거림에 화를 냈다.

"나도 혼자 살아 봐서 아는데, 젊은 여자가 혼자 살 수 있느냐고?"

되물으며 두둔했다. 동리사람들은 기욱 어머니를 착하다고 했다. 며느리를 딸처럼 돌보기는 어려운 일이라고 이구동성으로 칭찬했다.

그러나 아무리 딸이라고 말했지만 며느리였다. 기욱 어머니는 며느리 배가 불러오자 표정이 냉정해졌다.

"기욱이 댁이 배를 움켜잡고 집으로 들어갔으니 빨리 가 보세요."

기욱 어머니는 진통으로 배를 잡고 구르는 며느리를 보고 입술을 실룩이며 사경(死境)을 헤매도록 놔두었다. 그동안 시어머니 생활을 책임져 온 며느리였다. 아들 대신 딸을 얻었다는 말은 위선이었다. 같은 여자로서 며느리에게 모질게 하면 안 된다는 사람도 있었고, 딴 남자의 애를 밴 며느리를 어떻게 사랑할 수 있느냐며 동정하는 사람도 있었다. 대담한 척, 며느리를 이해하는 척했어도 인간의 본성은 어쩔 수 없었을 것이다.

며느리가 낳은 아기는 사산되었다고 한다. 아기를 낳자마자 시어머니가 죽였을지도 모른다는 추측이 나돌았지만 보지 않았으므로 모두들 입을 다물었다. 며느리는 불륜으로 생긴 아이라 산후 조리는 엄두도 내지 못했고 그 여파로 시름시름 앓았다.

한동안 며느리가 보이지 않았다. 평산댁은 더 이상 며느리를 잡고 살 수 없음을 깨닫고 개가(改嫁)를 권했다. 다행히 일이 성사되어 서울로 시집갔다는 소문이 퍼졌다.

그녀는 재가를 해서도 시어머니에게 생활비를 보내 주었다. 가끔 친정처럼 시어머니를 찾아왔는데 예전 모습을 되찾았고 여유로워 보였다. 그런데 3년도 채우지 못하고 시어머니 옆으로 돌아왔다. 평산댁은 폐병이라는 몹쓸 병에 걸려 자신을 찾아온 며느리를 딸처럼 보호했다.

서울에서 큼직한 자가용 승용차에 아내를 싣고 내려온 재혼한 남편은
당부했다.

"요양원에 데려다주려 하자 이곳 어머니에게 가겠다고 해서 왔습니
다. 건강을 되찾게 해 주세요. 부탁드립니다."

그러면서 남자는 빳빳한 현금뭉치가 든 금일봉을 놓고 갔다.

평산댁은 폐병 말기인 며느리에게 개구리를 잡아 먹이고 보약을 해
먹였다. 그러나 차도가 없었다.

나는 언젠가 가을볕을 쪼이며 툇마루에 앉아 있는 그녀를 본 적이 있
다. 사립문 틈으로 보았는데 그녀는 예쁜 그림 같았다. 핏기 없는 하얀
얼굴에 무표정한 모습이었지만 천사얼굴이 저렇게 생겼을 거라 짐작했
다. 순백(純白)의 아름다움에 넋을 잃고 쳐다보았던 기억도 난다.

평산댁은 어느 날 숨을 거둔 며느리를 안고 슬피 울었다. 며느리와
재혼했던 남자는 다른 여자와 재혼했다는 소문이 들렸다. 하지만 그녀
를 잊지 못했는지 그녀가 숨졌다는 소식을 듣고 내려와서 장례를 치르
고 갔다고 한다.

검정 고무신

수수께끼

남편이 납북되고 혼자 남은 작은어머니는 농사일이 벅찰수록 심술궂어졌다. 피란민 중 박 씨 성을 가진 남자가 농사일을 거들고 있었는데 사람이 믿음직해 보이고 용모도 준수했다. 잠깐 전쟁을 피해 있으려고 남으로 내려왔다가 고향으로 돌아가지 못한 실향민이었다.

"고향으로 갈 때까지만 봐 주면 안 되겠는가?"

그가 아버지 부탁을 거절하지 못한 것은 그도 생존을 위한 거처가 필요했기 때문이었다. 그는 아버지 의도대로 작은집의 농사일을 거들어 주게 되었다. 그는 황해도에서 문전옥답(門前沃畓)이 있는 지주계급의 아들이라고 했다. 곧 고향으로 돌아가게 될 줄 알았던 박 씨는 종전(終戰) 소식이 없자 눈물을 흘리고 다녔다. 외양간을 치울 때도, 거름통을 나를 때도 손등으로 눈가를 문지르며 훌쩍였다.

그러나 아버지 마음은 편했다. 자신의 농사일도 벅찬 마당에 동생 농사까지 돌볼 시간이 없었다. 무엇보다도 착실한 사람을 만난 것이 고맙고, 동생이 없는 집 농사일을 도와주는 황해도 박 씨가 고마웠다. 무보수 일꾼이 생긴 것이다.

마을에선 작은어머니와 박 씨의 관계에 관심이 쏠렸다. 황해도 박 씨가 자기 일처럼 지극한 정성으로 작은어머니 일을 돕는 게 수상하다는 거였다.

"새경을 받는 것도 아니고… 묵묵히 황소처럼 일하는 것을 보니 그렇고 그런 꿍꿍이속이 있겠지?"

"그려, 그려! 곧 염문(艷聞)이 터질 터이니 지켜보면 재미있을겨!"

혼자 된 여자들은 일손이 모자라서 황해도 박 씨 같은 사람이 있다면 얼마나 좋을까 하고 부러워했다. 성실해서 탐을 냈다. 심지어 새경을 넉넉하게 주고라도 꾀어내고 싶어 했다.

홀아비들은 작은어머니의 미모에 마음이 끌렸고, 젊은 과부의 독수공방(獨守空房)을 궁금해 했다.

"나라면 자신 있는데. 오금을 못 피도록 밤일을 해 줄 수 있어!"

이런 종류의 헛소리를 해대는 홀아비들이 득실거렸다. 그들은 속마음을 농담으로 얼버무리다 보니 진짜 욕심들이 생겼다. 한참 부부의 정을 알 나이인 30대 과부와 동년배 홀아비끼리 서로 돕다 보면 정분이 난다는 쪽과 그렇지 않을 거라는 쪽으로 갈려서 시끌시끌하다가 내기까지 걸었지만 기우(杞憂)였다.

박 씨가 미련해서가 아니었다. 그가 열심히 일하는 것은 이북에 있는 아내와 아이들 생각을 잊기 위해서였다. 하늘이 자신의 가족을 돌봐주기를 바라고, 무사하기를 바라는 기도하는 마음이었던 것이다.

작은어머니는 인공치하에서 겪은 고통으로 성격이 꼬여 있었다. 충직한 박 씨에게 살갑게 대하지 않았을 뿐 아니라 그가 하는 모든 일을 트집 잡고 미워했다. 무조건 이북사람이라는 이유로.

"못된 이북 놈!"

나는 어른들의 비밀을 분석하는 데 흥미를 가졌는데 작은어머니를 두고 동네 사람들의 수군거림이 귀에 들어온 것은 그 무렵이다. 미자 언니 어머니와 그렇고 그런 사이라고들 했다. 아버지는 홀몸이 된 제수 씨에 대한 갖가지 소문에 대해 묵비권을 고수했다. 뜬소문에 신경 쓸 필요가 없고 근거도 없다는 거였다.

하지만 동네 사람들에게는 이미 비밀이 아닌, 공공연한 비밀이었다. 동리 남자들은 낄낄대며 두 과부가 어떻게 밤일을 하는지 궁금하다고 했다. 미자 언니는 수철 엄마(작은어머니)를 가리켜 '그 여우'라고 불렀다.

"물론 넌, 네 작은엄마이니까 그 여우 편이겠지?"

"아냐."

내 대답에 미자 언니가 눈살을 찌푸렸다. '나도 밥맛이야' 하려다 입을 다물었다. 내가 밥맛없어 하는 이유는 정 진사의 조카 정지훈 때문이다. 지난겨울에 관곡리로 왔는데 정 진사가 전쟁 통에 죽은 동생의 아들을 양자로 데려왔다고 했다. 처음 보았을 때 나는 환희를 떠올렸다. 수려한 용모에 말없는 침묵이 나를 매혹시켰다. 귀여운 구석도 있었고, 우리는 친하게 지냈다.

274

그런데 정지훈이 작은어머니 집을 드나든다는 걸 알고부터 기분이 사나워졌다.

작은어머니와 미자 언니의 엄마에 관한 소문은 같은 여자라서 모두들 그냥 넘어갔다. 하지만 정지훈은 달랐다. 남자인 그가 문제다. 아버지는 남녀가 유별하다고 불안한 눈치였다. 물론 나도 그런 정지훈을 이해하기 어려웠다. 초등학교 학생 딸까지 있는 여자를 좋아한다는 건 어떤 이유에서건 불결했다.

어느 날 미자 언니를 만났는데 '그 여우'보다 미련곰퉁이 같은 자기 엄마를 보면 숨이 막힌다고 했다.

미자 어머니는 작은어머니보다 다섯 살 위인데 남편을 병으로 잃고 농사일을 하며 살아가고 있다. 지게도 지고, 똥장군도 짊어지고, 궂은 일을 마다하지 않았다. 힘든 일을 했어도 쾌활해서 외로움과 무관한 사람으로 보였다.

겨울이 닥치자 미자 엄마는 자신의 집보다 작은어머니인 수철네 집부터 걱정했다. 미자는 엄마 고생을 보는 게 안타깝다가도 수철네 주려고 나뭇짐을 지고 가는 것을 보면 속이 터진다고 했다.

"우리 엄마가 지게 진 것 너도 봤지?"

미자 언니의 고민은 절실해 보였다.

"힘줄이 불거져 장딴지가 휘청거리는 걸 보면 한심해. 저런 바보가 있나 하고. 아버지 몫까지 하는 엄마를 안타까워했지만 지금은 달라. 나무 지게를 지고 가는 걸 보는 내 마음이 어떨 것 같니?"

미자 언니는 작은어머니에게 사랑을 쏟는 자신의 어머니를 한심해

했다.

"명절 때 두부를 해도, 우리만 먹으면 콩 반 말만 해도 되는데 한 말 씩이나 해서 나를 잡아. 엄마 혼자 콩을 갈게 할 수가 없어서 맷돌질을 거들게 되고 밤새 불린 콩을 갈려면 팔이 떨어져 나간다니깐. 그리고 제일 분한 것은 아버지 제사 때였어. 막내 여동생이 엄마 치마꼬리를 잡고 졸졸 따라다녔어. 나는 그 마음을 알겠는데 엄마는 못 본 척하고 그 여우한테로 갔단다. 말이 되니? 나는 엄마와 함께 자고 싶어 하는 막내를 쳐다보기가 민망했는데 엄마는 그걸 왜 모르는지 도통 이해가 안 가."

미자 언니는 허공을 향해 삿대질을 하며 화를 냈다. 나는 미자 언니를 위로한답시고 동네 소문을 전했다.

"사람들이 그러는데 네 엄마도 외로운가 보다고 하더라."

"누가 그따위 소리를 씨부리는 거야?"

"외로운 여자끼리 언니, 동생 하면서 다정하게 지내는 게 뭐가 어때서?"

"······."

아버지는 같은 여자끼리 살을 맞대고 사는 것이 아이를 두고 재가하는 것보다 낫다면서 한숨을 쉬었다.

동리사람들이 어떻게 생각하든 미자 언니의 엄마는 작은어머니에겐 없어서는 안 될 존재인가 보았다. 동병상련(同病相憐)의 공통점이 있는 외로운 여자들이다. 남편처럼 자신을 좋아해 주고, 외로움을 이해하고, 서로 보듬어 주며 의자매로 공생하게 된 것이다.

나도 미자 언니의 고민을 이해한다. 미자 언니만큼 속이 상했다. 그러나 내 고민은 다른 곳에 있었다. 나는 미자 언니에게 정지훈 오빠 이야기를 하지 않았다. 내 마음이 들킬 것 같았기 때문이다. 사랑은 움직이는 거라고 했던가? 어릴 적 희망이 커가면서 수시로 변하듯 내 사랑도 이동하고 있었다.

그런데 미자 언니도 정지훈 오빠를 좋아하면 어쩌지? 갑자기 고민이 생겼다. 미자 언니가 정지훈 오빠에 대해 한 말이 마음에 걸렸던 것이다.

미자 언니가 말했다.

"어떤 남자도 그처럼 아름답게 느껴진 적은 없어. 구부러져 올라간 긴 속눈썹을 부끄러운 듯 내리깔고 있지. 매끄러운 볼과 빨갛게 물든 입술이 여자보다 아름답지 않니?"

미자 언니는 마치 그가 눈앞에 있기라도 하듯 강렬한 눈빛이었다. 나는 그날 밤 잠을 이루지 못했다. 며칠 후 나는 정지훈 오빠에게 물었다.

"수철 엄마나 미자 엄마와 함께 있는 게 좋아?"

"응. 편해."

그는 짧게 대답했다.

정지훈은 엄마 사랑이 그리운 모양이다. 두 아주머니의 보살핌을 받는 것이 즐거운 것 같다. 공동의 연인처럼 절묘한 관계가 이루어지고 있었다. 정지훈은 수철네 집을 스스럼없이 드나들고 수철과도 잘 어울려 놀았다. 정지훈을 아직 어리다고 여겼는지 아무도 의심하지 않았다.

미자 언니는 정지훈이 두 늙은 여우들 사이에 있어서 만나 볼 기회도 없다고 투덜거렸다. 정지훈은 두 아줌마 앞에서 어린 왕자라도 된 듯 어리광을 떨었고, 두 사람은 재롱둥이인 그를 귀여워했다.

검정 고무신

작은어머니 집 댓돌엔 검정고무신과 작은아버지의 구두가 나란히 놓여 있는데 작은어머니는 누구도 신발엔 손도 못 대게 했다. 어쩌다 아들 수철이 엄마 고무신을 가지고 장난치면 즉시 달려들어 엉덩이를 때렸다.

작은어머니에게는 남편의 핏줄인 아이가 중요한지, 치수도 꼭 맞는 21문짜리 고무신을 사다 준 남편 선물이 더 중요한지 구분이 가지 않았다. 보호자가 있다는 표시이기도 하고, 당신을 기다리고 있다는 잊지 못하는 마음을 고무신을 보면서 달래는지도 모른다. 아무튼 검정고무신은 남편이 건재해 있을 거라는 믿음 때문에 소중하게 간직하고 있는 상징물이리라.

작은어머니의 일과는 까만 고무신을 닦아 댓돌에 세워 놓는 일이다. 그렇게 함으로써 남편이 돌아올 것을 믿고 있다. 남편이 있을 때처럼 윗목 벽걸이에 바지가 그대로 걸려 있다. 남편이 외출했다가 훌훌 벗어 걸어 놓고 옆에 와서 잠들 날을 기다리며, 그 벽에 시선을 둔 채 한숨 쉬는 그녀….

작은아버지가 돌아오지 않은 후 작은어머니는 주위 사람들에게 무서운 존재가 되었다. 언제 터질지 모르는 폭탄 같았다. 언젠가 내가 작은집 마루에서 뜰로 내려오면서 가지런히 놓인 고무신을 밟은 적이 있다. 그때 작은 어머니는 벌컥 화를 내며 고무신을 옷소매로 털어 내는 것이었다.

278

"그깟 고무신 밟았다고 그렇게 화낼 일이야? 못됐어!"

나는 집에 와서 엄마에게 불평했다. 나는 분을 참지 못해 말을 이었다.

"신지도 않을 신발을 왜 닦기만 해? 신주 단지보다 더 중한가 봐."

어머니가 대꾸했다.

"작은엄마에게 특별한 의미가 있어서야. 나도 처음엔 몰랐는데 이제 알겠더라. 남편이 사다 준 고무신은 신는 고무신이 아니야. 마지막일지도 모르는 고무신이기 때문이기도 하고, 남편의 존재를 확인하는 의미도 있을 거야…."

간절함이 닿았는지 작은아버지에 대한 새로운 소식이 들려왔다. 아버지는 수소문 끝에 이북으로 끌려가다가 탈출했다는 사람을 찾아갔다. 그는 작은아버지를 기억하고 있었다. 경찰서 안에 함께 있었고 수원 본청으로 넘겨졌을 때도 함께 있었다고 했다.

"2인 1조로, 팔이 묶인 채 밤에는 행군하고 낮에는 산 속에 숨어 지내며 북으로 갔어유. 미아리 고개인지 어딘지 몰라도 연천, 가평을 지나 험한 산길만 찾아 걸었기 때문에 그곳이 어디인지도 모르겠슈."

작은아버지는 평양 근처까지 갔고 그때까지는 살아 있었다고 했다. 인솔하던 인공 간부가 재촉했다는 것이다.

"동무들 이젠 다 와 가고 있소. 하루만 행군하면 평양에 도착할 거요."

밤이 되어서 조명탄과 함께 폭탄이 떨어졌고 모두들 목숨을 부지하려고 여기저기 숨었다. 그 틈새에 묶인 줄이 풀려 골짜기로 혼자 굴러 떨어졌고, 그들은 낙오된 사람이 어떻게 되었는지 확인할 사이도 없었다고 한다. 그들은 나머지 일행을 수습해서 급하게 떠났다고 했다.

"어떻게 고향에 돌아오게 됐는지… 살아서 온 게 기적 같아유. 그때 생각만 하면 가슴이 답답해유."

남자는 한숨을 쉬었다.

"아무튼 이장호 선생은 평양까지 무사했고, 살아 있을 거유."

실망이 가득한 작은어머니는 남자의 탈출 경위를 듣고 나서 더 큰 절망에 빠졌다.

옆에서 작은아버지의 근황을 듣던 나는 작은어머니를 쳐다보지 못했다. 그러니 작은어머니는 오죽할까? 왜 작은아버지는 그 사람과 같은 조가 되지 못했을까.

생사의 갈림길에서 살아올 수 있었던 그의 생명을 지켜 준 힘은 무엇이었을까. 지킬 수 있는 생명과 버려질 생명의 차이는 누가 주관하는 것인지? 운명은 산 자와 죽은 자로 갈라놓았다.

작은어머니의 한(恨)이 담긴 노래는 〈단장의 미아리 고개〉였다.

미아리 눈물고개/ 님이 넘던 이별고개
화약연기 앞을 가려/ 눈 못 뜨고 헤매일 때
당신은 철사줄로 두 손 꽁꽁 묶인 채로
뒤돌아보고 또 돌아보고/ 맨발로 절며 절며
끌려가신 이 고개여/ 한 많은 미아리 고개.
아빠를 기다리다 어린 것은 잠이 들고
동지섣달 기나긴 밤 북풍한설 몰아칠 때
당신은 감옥살이 그 얼마나 고생하오
십년이 가도 백년이 가도 살아만 돌아오소
울고 넘던 이 고개여/ 한 많은 미아리고개.

작은어머니는 초겨울이 닥쳐올수록 베잠방이만 걸친 채 떨고 있을 남편, 추위에 떨며 끌려갔을 남편 생각에 잠을 잘 수 없다고 했다. 눈만 감으면 줄줄이 엮여 걸어가던 사람들이 눈앞에 선하다고 했다.

늘 안방 앞쪽 댓돌에 나란히 진열해 놓은 고무신이 닳고 있었다.

너무 닳아선지 검은 고무신이 끈적이며 코가 무너지고 형태가 허물어졌다. 작은어머니는 고무신에 감자 녹말가루로 화장도 시켜 보았지만 그때뿐이었다. 고무신이 녹아내리자 작은아버지의 흔적도 고무신처럼 될 것 같은 불길한 낌새를 느꼈다. 어느 누구도 불길한 예감을 말할 수 없었으며, 생각 자체도 지워야 했다.

고무신이 상하는 것이 날씨 때문에 산화된다고 누군가에게서 들었는지 작은어머니는 남편 구두와 자신의 고무신을 신문지에 싸서 장롱 깊숙이 보관했다.

독수공방 외로움을 달래며 보듬어 안고 있던 선물, 작은어머니에게 까만 고무신 한 켤레로 남은 남편의 흔적, 땅을 밟고 서라는 신발은 제기능을 잃고 있었다. 작은어머니는 자신이 죽으면 시신과 함께 검정고무신을 관 속에 넣어 달라고 했다.

미자 언니

그 즈음 미자 언니와 나는 작은어머니 일로 가까워졌다. 미자 언니는 초등학교를 끝으로 학교를 중단해야 했다. 더구나 우리는 가난한 집안 살림을 도와야 할 맏딸이라는 공통점을 갖고 있었다. 소작인이던 아버지가 사라진 미자 언니네. 아버지의 부재는 가난이라는 말과 동일했다. 6·25 전쟁 발발 다음해 봄엔 춘궁기를 견디는 것이 과제였다. 그때는 여러 피란민 아이들은 가슴뼈가 온통 드러난 채 배만 불뚝해 걸어 다녔다.

전방은 전쟁 중이고 시국은 여전히 불안했다. 내가 직접 내 눈으로 유엔군을 본 것은 여름 방학이 끝나고 2학기가 시작될 무렵이었다. 어느 날 등굣길에서 그들과 마주쳤는데 처음 보는 자동차들과 어마어마한 장비들로 중무장한 채 국도를 따라 북으로 이동 중이었다. 비포장 벌거숭이 길에 황토 먼지가 구름을 일으키며 그들이 지나갈 때까지 길섶에 내려선 우리는 콧구멍을 틀어막으며 캑캑거렸다.

그 후속부대의 일부가 학교에 주둔했다. 불타버린 학교에 미군의 도움으로 천막이 쳐졌다. 교실바닥에 가마니가 깔리고 학교 수업이 시작되었다. 미군의 구호품이 도착했고, 아이들은 껌이나 초콜릿 맛을 알기 시작했다.

마을길에는 군데군데 미군 지프차가 보였고 미군들이 활보했다. 미군들은 가끔 학교에 와서 운동장에서 노는 아이들에게 추잉껌이나 초콜릿을 주기도 했다. 미군은 키도 컸고 팔도 길었다. 높이 쳐든 손에는 껌이 들려 있었고, 그 밑에는 아이들이 새까맣게 매달려 있었다. 뒤에는 다른 미군이 아이들 사진을 찍었다.

주위에 몰려든 아이들은 손이 닿지도 않은 높이에 있는 껌을 잡으려고 껑충껑충 뛴다. 그러면 그들은 낄낄대며 서로 보고 재밌어한다. 아이들이 포기하고 돌아서려고 하면 초콜릿 든 손을 내려 아이들 손이 닿을까 말까 하는 정도로 내렸다가 아이들이 달려들면 다시 팔을 높이 쳐들며 약을 올린다.

전쟁으로 거지꼴이 된 땟물이 줄줄 흐르는 가난한 어린이들을 가지고 놀린다. 손에 든 초콜릿과 껌을 저만치 던져 놓으면 아이들이 비둘기가 모이를 쫓아 몰려가듯 동그랗게 모이면 또 사진을 찍었다.

선심을 베풀 듯 초콜릿이나 추잉껌 몇 개를 높이 쳐들고 선 미군들을 보면 가진 자의 오만을 보는 것 같았다. 그것은 잔인한 일이었다. 구름같이 모여든 또래 친구들을 보면 나는 창피했다. 사진 찍히는 것이 싫었다. 우리의 가난한 모습을 영원히 가둬 놓을 것이다. 그리고 자신들이 이렇게 가난한 나라를 도왔다고 자랑할 것이다.

어느 날 미자 언니가 내 버짐 핀 얼굴을 들여다보더니 무언가 건네주었다.

"이것 씹어 봐."

미자 언니가 준 것은 껌이었다. 하얀 껌에 빨간 고무가 들어 있어 씹으니 빨간 풍선껌이 되었다. 밥 먹을 때는 상머리에 붙여 놓았다가 다시 입에 넣고 씹었다. 잠들 때까지 입속에, 그것도 며칠씩 반복해 씹었더니 껌은 탄력을 잃고 잇 사이에 들러붙었다. 퍼져 버려 역할이 끝나게 된 것이다.

사명을 다한 껌은 마지막 역할이 남아 있었다. 전쟁 중 모든 어린이의 얼굴은 온통 허연 버짐투성이이다. 버리는 것이 아니라 이마, 눈썹 속, 볼, 얼굴에 긴 버짐에 붙였다가 떼어내면 빨간 껌에 하얗게 묻어나오는 물질이 각질제거에 특효였다. 눈썹 안에 버짐을 떼어 내려고 껌을 붙였다가 떼는 과정에 버짐은 해결되었지만 눈썹까지 묻어 나왔다. 한쪽 눈썹이 몽땅 뽑히는 바람에 짝짝이가 되어 울었다. 껌이 지나간 자리는 피가 맺히도록 빨개졌지만 매끈해지기는 했다.

6 · 25 다음 해에도 여전히 농촌은 가난했다. 보릿고개에 허기를 메울 수 있다면 영혼이라도 팔 수 있을 것 같았다

"너 배고프지? 맛있는 밥을 먹을 수 있게 해 줄까?"

나는 '어디서?' 하는 표정으로 미자 언니를 쳐다봤다. 외할머니 댁에 가면 맛있는 밥을 마음대로 먹을 수 있다고 했다. 그러면서 작년 가을에 놀러 갔을 때 외숙모가 해 주었다는 밤밥 이야기를 했다.

울타리 너머 밤나무에서 알밤이 떨어진 것을 외할머니가 모아 놨다

가 외손녀가 왔다고 별식으로 밥을 해 주었는데 햅쌀에 밤을 넣은 밤밥이 최고라는 것이다. 거기다가 계란찜, 두부젓국찌개와 배추겉절이를 밥 위에 얹으면 얼마나 맛있는지 모른다고 했다.

눈앞에 밥상이 어른거렸다. 놋그릇 반상기에 고봉으로 담은 하얀 햅쌀에 노란 밤이 섞인 밥, 새우젓으로 간을 한 두부찌개, 파가 송송 들어간 계란찜, 그리고 강된장에 풋고추가 자글자글 끓는 뚝배기, 빨갛게 고춧가루를 뒤집어쓴 배추겉절이가 꿈결처럼 다가오고 배가 터지도록 먹고 싶었다. 한 상 가득 차려진 밥상! 수저만 들면 다 먹어 치울 수 있을 것 같았다.

언니가 말하는 동안 나는 꿀꺽꿀꺽 침을 한 대접은 족히 삼켰을 것 같다.

전쟁 전 여름방학 때 미자 언니 외갓집에 간 적이 있었는데, 그때 '양반집 밥상은 이런 것이구나!' 하고 생각했다. 미자 언니는 그때 정갈한 밥상을 지금도 기억하고 있다. '미자 언니네 외가는 잘사는 집인가 봐'라는 말을 물어볼 필요도 없었다. 그곳에 가면 맛있는 밥을 먹을 수가 있다는 말에 은근히 기대가 되었다.

미자 언니 외숙모가 두 사람에게 손님상처럼 밥상을 차려 주었는데 외할머니가 옆에서 많이 먹으라고 밥숟가락 위에 반찬까지 놓아주었다. 나는 부러운 눈으로 미자 언니를 바라봤었다.

집으로 돌아갈 때 외숙모가 빵을 구워 주었는데 처음 보는 신기한 방법이었다. 이스트와 소다를 넣어 만든 밀가루 반죽을 가마솥에 물도 없이 기름칠만 해서 붙여 놓고 불을 땐다. 불을 얼마큼 땠는지는 몰라도 솥뚜껑을 열자 빵이 두 배로 커져 있고, 가마솥에 바닥에 노릇하게 구워져 있었다. 우리는 아침밥을 먹고도 빵을 또 먹었다. 그리고 하나씩 나눠 준 빵을 손수건에 싸 들고 오면서 시오 리 길을 힘든 줄도 모르게 걸어왔다.

외할머니 댁에 놀러가겠다고 미자 언니가 말했을 때 언니 엄마는 허락하지 않았다. 아직은 전시인데 다 큰 계집애가 나다니면 안 된다고 딸에게 두말도 못하게 잘랐다.

"할머니가 돌아가신 마당에 예전 같지 않을 거다."

극구 말렸다. 미자 언니는 외숙모가 있는 한 모른 척하지 않을 거라 기대했다.

"수미야! 같이 가자."

미자 언니는 어른들 모르게 가려고 하다가 아무래도 혼자 가는 게 겁이 났는지 같이 가자고 했다. 미자 언니는 어머니가 알면 혼낼 거라고 했는데 그건 나도 마찬가지였다. 어른들은 말만 한 계집애들이 번죽거리며 싸다니지 말라고 했다. 계집애들은 익은 음식이라고 했던가? 어쨌든 마음대로 나다니지 못하도록 단단히 일렀다.

엄마 얼굴이 떠올랐지만 나도 모르게 고개를 끄덕인 것은 예전에 먹어 본 그 밥상이 눈에 어른거렸기 때문이다. 내가 말을 안 했어도 미자 언니는 알아차리고 내게 말했다.

"걱정하지 마. 둘이 가면 괜찮아."

우리는 특별히 갈 데도 없었고 소풍삼아 외갓집에 가자는 미자 언니 말에 동조했고, 정갈하게 차린 밥상을 받을 것이란 희망이 있었다.

춘궁기여서 아침이면 나물밥, 저녁이면 멀건 나물죽으로 끼니를 때웠다. 어른들은 아이들을 굶기지 않고 보릿고개 넘길 일을 걱정했다. 물로 배를 채웠으니 밤중에 소변 볼 일만 생기게 된다. 초저녁에 요강이 꽉 차 버려서 새벽에 앉으려면 엉덩이에 오줌이 철렁하고 닿지만 그대로 일을 봐야 한다. 어느 누구도 한밤중에 요강을 비우러 나가기 싫어했으므로 아침이면 윗목에 놓인 요강 근처 바닥이 오줌으로 질퍽해져 있었다.

우리는 떠나기로 계획을 짰다.

며칠 후 길을 떠났다. 미자 언니는 산길로 가는 지름길을 잘 알고 있었다. M1 소총보다 키가 큰 미자 언니와 소총보다 작은 나, 두 사람은 되도록 큰길에서 멀리 벗어난 길로 개울을 끼고 걸었다. 미자 언니 외갓집으로 가는 길. 시오 리 길을 손잡고 걷지만 아무 일도 없었다.

반쯤 갔을까? 알아들을 수 없는 말이 뒤쪽에서 들렸다. 곧이어 미군 2명이 앞을 막아섰다. 커다란 초콜릿을 들고 우리에게 손짓했다. 우리는 고개를 흔들었고 도망치려고 오던 길로 되돌아서서 뛰기 시작했다. 숨이 가빠지고 이마에서 땀이 흘러내렸다. 처음부터 이상하게도 그들은 미자 언니만 쫓아왔다. 아! 미자 언니는 키가 크다는 점을 잊었던 것이다.

그들은 나를 어린이로 알았던지 내가 도망치는 것을 보고도 거들떠보지도 않았다. 나는 재빨리 숲 속으로 뛰어들어 숨었다. 미자 언니만 잡혔다. 겁에 질려서 울지도 못하고 미군을 쳐다봤다. 2명에게 저지당하자 사색이 되어 한 발짝도 움직이지 못했다.

미군은 영어로 열심히 뭐라고 지껄이더니 그중 1명이 개울가 미루나무를 등지고 서서 미자 언니를 끌어당겨 양팔을 뒤로 모아 깍지를 끼듯 서 있었다. 다른 한 명은 바지춤을 내리더니 발버둥치는 미자 언니를 향해 달려들었다. 서 있는 자세로 격렬하게 출렁이기 시작했고, 놈의 등짝이 심하게 흔들렸다.

앞에서 잡고 있던 놈이 차례가 오길 기다렸는지 쓰러지려는 미자 언니를 일으켜 세워 놓았으나 허물어져 내렸다. 두 놈은 풀밭에 엎어진 미자 언니를 내려다보고 낄낄 웃더니 미자 언니를 바로 눕히고 앞에 있던 놈이 엎어졌다. 그리고 출렁였다.

미군이 차례로 숨을 헐떡이는 동안 나는 온몸이 얼어붙는 것 같았다. 심장이 와들와들 욱신거리며 쑤셔 왔다.

시간이 얼마나 지났는지 두 놈은 보이지 않았다. 눈물도 흘리지 못하고 쓰러져 있는 미자 언니에게 달려갔다. 미자 언니는 엉금엉금 기어서 개울가로 가 주저앉았다. 개울물에 앉아 소리 없이 울었다.

계속 다리 밑으로 피가 흘러내리는 걸 보고 미자 언니 상처를 짐작했다. 피를 닦아 내려 해도 마땅한 게 없었다. 주위를 둘러봤더니 소 처녑처럼 생긴 수건이 눈에 띄었다. 더럽혀진 놈들이 버리고 수건이었다.

그것을 개울물에 빨아서 미자 언니의 피를 닦아냈다. 울음 끝에 딸꾹질을 계속하는 미자 언니 옆에는 초콜릿과 커다란 상자 뭉치가 놓여 있었다.

나는 초콜릿 상자를 옆에 끼고 미자 언니를 부축했다. 미자 언니는 엉금엉금 기어서 집으로 돌아가야 했다. 잘 걷지도 못하고 배가 아프다는 미자 언니와 승강이를 벌이며 땅거미가 지나서 미자 언니 집까지 바래다주었다. 내가 미자 언니네 사립문을 나서자 미자 언니의 비명 소리가 들렸다. 어머니가 매질을 하는 모양이었다.

"다 큰 계집애가 어딜 쏘다니다 이제 와! 바빠 죽겠는데 동생이라도 봐 줘야지. 언제 철따구니가 들래?"

'응응 아!' 하는 미자 언니가 흐느껴 우는 소리가 가슴을 때렸다.

그 후 미자 언니는 혼자서 앓았다. 내가 병문안을 가도 침울한 낯으로 모로 누운 채 입을 열려고도 하지 않았다. 미자 어머니는 딸이 왜, 얼마나 아픈지 모르는 모양이었다. 눈코 뜰 새 없이 바쁜 농사일로 아이들을 돌봐야 하는 일로 큰딸의 변화를 알아챌 여유도 없었다. 아마도 단순히 생리통인 줄 알고 넘어갔으리라.

그 후에도 나는 몇 번 미자 언니를 찾아갔다. 위로가 아니라 그냥 같이 울고 싶었다. 집에 돌아온 나는 언니가 준 일기장을 펼쳤다.

나는 전쟁이 끝나고 나서 지금까지 날이면 날마다, 밤이면 밤마다 악몽 같은 기억 속을 헤매고 다닌다. 멀쩡한 맨 정신으로 길 한가운데 알몸으로 서 있는 환영(幻影)은 수시로 몰려와 몸서리치는 공포를 느껴야 했다. 현실이나 꿈속이나 목을 매는 상상이 계속되었다. 그러나 모진 목숨을 버리지 못하고 있다.

미자 언니의 결혼식 전날 초저녁 무렵, 동리에 '함진아비'가 들어왔는지 '함 사세요!'라는 소리가 울려 퍼졌다. 미자 언니는 친구가 없다. 신부친구 역할을 내가 해야 했다. 사립문 앞에 함재비가 도착했고 밖은 시끄러웠다. 노란 명주 저고리에 빨간 치마를 입은 미자 언니는 멀리서 함재비가 도착하는 광경을 쓸쓸하게 바라봤다. 눈부시게 아름다웠지만 행복해 보이지는 않았다.

함재비가 돌아가고 툇마루에 앉아 달빛을 본다. 중천에 떠오른 달이 아침 밥상보다 더 커 보인다. 달이 밝아 미자 언니의 흔들리는 눈빛이 눈에 들어온다. 신부의 빨간 치마와 노란 저고리 앞가슴이 흔들리는 것 같았다. 툇마루 끝에 앉아 두려움에 떠는 미자 언니 손을 잡아 주었다. 이따금 가을바람에 몸을 떠는 뒤란의 대나무 숲이 쏴아 하고 바람을 안아다가 마루와 앞마당에 쏟아 놓았다.

"아무에게도 말하지 않겠지? 부탁이야."

미자 언니는 슬픈 목소리로 내게 속삭였다.

나는 고개를 끄덕였다. 내가 따라 나서지 않았으면 그런 일이 없었을 텐데 내 죄 같기도 했다.

결혼식 날. 신부단장을 곱게 한 미자 언니가 가마에 오르고 안마당은 인파로 붐볐다. 마당 여기저기 깔아 놓은 멍석 위 음식상 위에는 조무래기들이 들락거렸다.

후에 미자 언니 소문이 들렸는데 다행스럽게도 시댁에서 착한 아내이고, 착한 며느리여서 칭찬이 자자하다고 했다.

그 밖의 사실들

1952년 우리 가족과 함께 역경을 겪은 부룩송아지는 특별했다. 어미 배 속에 있을 때부터 6·25 전쟁을 겪고, 1·4 후퇴 때 어미를 잃었으며 생사고락을 같이한 가족이다. 그 부룩송아지가 자라서 어미 소가 되었다. 그 소가 산기(産氣)가 있는 것이다.

우리 집은 비상사태에 돌입했다. 부랴부랴 외양간을 치우고 고운 볏짚을 깔아 놓았다. 암소는 산기가 있어도 끙끙대지도 못하고 고통을 견디고 있다. 아프다는 말도 못하고…. 말 못하는 짐승을 헤아려야 한다는 어른들의 말이 실감난다. 큰 몸뚱이를 뒤척이며 붉은 눈은 겁먹은 채 몸부림만 치고 있는 것이다.

아버진 가마니를 뜯어 외양간 문을 가려 놓았다. 소가 안쓰러워 쓰다듬어 보지만 소는 고통으로 어쩔 줄 몰라 하며 눈만 까뒤집고 있다.

드디어 허연 양수를 뒤집어쓴 채 뭉툭한 덩어리가 자궁 밖으로 내밀리고, 몸통이 나올 차례다.

"이놈아! 힘을 써 봐!"

아버지도 끙끙대는 소 옆에서 같이 산고를 치르고 있었다. 아버지의 다급함에 보답이라도 했는지 소가 힘을 쓰자 허연 덩어리가 짚 위에 툭 하고 떨어졌다. 송아지가 암놈인지 수놈인지 확인할 겨를도 없다.

소와 고통을 함께해 온 아버지는 어미만이라도 살아 있기를 간절히 바랐다. 아직 숨소리가 거친 것으로 봐서 죽지 않고 살아 있다. 마음을 알아준 하늘이 고마웠다. 아버지는 잠시 안도의 한숨을 쉬었다.

그런데 예상이 빗나갔다. 어미 소는 옆으로 누운 채 새끼를 핥아 주 지도 않고 그대로 누워 있다. 대개의 경우 어미 소는 새끼를 낳자마자 일어나 새끼에 묻은 양수와 태(胎)를 삼킨다. 이제 새끼와 함께 딸려 나올 태만 보면 된다. 태가 나오면 어미가 그 태를 삼키고 새끼에 묻은 허연 양수를 핥아 주는 것이 상식이다. 그런데 태도 나오지 않고 새끼 를 내버려 둔 채 소가 꼼짝을 못하는 것이다.

새끼가 버둥거려도 그대로 두고 다시 눈알이 튀어 나올 것 같이 용을 쓴다. 깜짝 놀란 아버진 기어코 어미 소가 죽는구나 하고 얼굴이 시커 멓게 되고, 절망하는 순간 뭔가 이상했다.

"여보 빨리 와 봐!"

다급한 아버지 외침에 외양간 근처에 서성거리던 어머니가 득달같이 거적을 들치고 고개를 들이밀었다. 어미가 걱정되어 귀 기울여 숨소리 를 점검하고 엉덩이도 두들겨 봤으나 꿈쩍도 안 하더니 다시 뭔가가 쑥 나오고 있었다. 잠시 후 덩어리 하나가 볏짚 위로 툭, 하고 떨어졌다.

"와! 쌍둥이다!"

아버지의 환희에 찬 모습이 눈에 들어온다. 생명은 그냥 얻어지는 것이 아니라 고통을 동반하고서야 얻게 되는가 보다.

새벽이 오고 있었다. 아버지는 자신이 새끼를 낳은 듯 땀으로 흥건한 얼굴과 손을 씻었다. 손에 물기를 툭툭 털어 내며 어떤 일이 닥쳐도 해 낼 자신이 있다는 눈치다. 수의사가 왔어도 어려울 상황인데 자신이 해 낸 일이 대견했다.

아버지는 사립문 기둥에 금줄을 내걸었다. 장하게 버텨낸 소에 대한 성의 표시이자 최소한의 예의였다. 뒷동산에서 소나무 줄기를 잘라 금줄에 끼우는 아버지 손이 급했다. 새끼줄에 끼울 숯, 솔가지를 끼우는 손, 얼굴은 보이지 않고 허연 이만 보였다.

금줄은 곧 효과를 냈다. 급히 꽈 만든 굵은 새끼줄 사이에 숯덩이와 청솔가지가 가지째 꿰어져 있는 사립문 앞에서 마을 사람들이 고개를 갸웃거리며 물러갔다.

"또 딸이야?"

"금줄 한번 튼실하군!"

"아하! 이 집 암소가 암송아지를 낳았나 보군!"

"사람도 싱겁기는 … 송아지 낳았다고 금줄 매는 사람은 처음 보는군."

지나가는 동네사람들이 집 앞을 기웃거리면서 한마디씩 던졌다. 아버지 친구도 뒤숭숭한 시국을 걱정하며 어떻게 되어 가는지 알아보러 찾아왔다가 사립문 앞에서 고개를 갸웃거렸다.

"이 씨가 신났겠군. 전번에 안사람이 아들 낳았을 때 아들 턱으로 술을 진탕 얻어 마셨는데…. 또 술을 얻어 마실 일이 생겼군!"

어미 소와 새끼들은 무사했다. 아버지는 툇마루에 풀썩 주저앉아 곰방대에 담배를 채운다. 아버지 눈에 주름이 잡히고 입꼬리가 올라간다. 이가 쏟아져 나오고 얼굴 전체에 웃음을 매달고 있었다.

불꽃놀이

1952년. 전쟁은 지리멸렬한 상태였다. 그 와중에 추석이 다가왔다. 아이들은 갈대 잎을 엮어 사자놀이를 했다. 앞에서 기운이 센 아이가 머리를 사자처럼 휘두르며 으르렁거린다. 어른들은 대견해했다. 집집마다 돌아다니며 먹을 것을 달라고 하면 서슴없이 웃으며 대접했다. 아이들은 송편, 부침개 등 차례 음식을 얻어 사자잡이 손에 든 바구니에 넣어 동네 한가운데 있는 느티나무 아래에 모였다. 그 음식을 나눠 먹으며 축제를 열었다.

동리 어른들도 그날만큼은 마음껏 술에 취해도 되는 날이었다. '더도 덜도 말고 추석만 같아라' 하는 말을 실감하는 때였다.

전쟁이 2년차에 접어들고 정전회담 국면으로 전환되면서 소강상태의 국지전으로 바뀌었고, 서로 유리한 고지를 점령하려고 사투를 벌였다. 전선은 탈환과 재탈환을 거듭하고 있었다. 그러나 전방과 다르게 후방은 평온을 되찾은 듯 계절은 바뀌고 있었다.

공포가 몰아쳤던 세상은 잠시 틈에 작은 평화가 찾아왔다. 전쟁터에도 꽃이 피고 생물이 자랐다. 흉년이 들어 걱정이라고는 했지만 세상은 돌고 설은 그런대로 풍성했다. 우리들 세상은 축제를 즐기는 민족인 것 같았다. 정월 대보름 '휘영청' 밝은 달을 처음 본 날이기도 했다.

나는 그 달을 보며 소원을 빌었다.

'전쟁이 나지 않도록 해 주세요!'

달 가까이 가려는 욕망 때문에 남자아이들은 뒷동산에 올라가 불꽃놀이를 벌였다. 깡통에 끈을 달고 밑엔 구멍을 내서 휘둘러 원을 그린다. 숯불이 번쩍이며 하늘을 나는 것 같았다. 잠시도 가만히 있지를 못하는 남자아이들이 마을로 내려와서 들판을 돌기도 했다. 논두렁 밭두렁에 불을 놓아 한 해 풍년을 기원하는 행사다. 쥐불놀이로 여기저기서 불들이 날아다니고 아이들의 고함소리로 분위기가 고조되었다.

아버지는 날이 어둡기도 전에 나를 위해 불꽃놀이를 준비했다. 개울가 갈대와 잡풀로 엮은 불놀이 물건이 앞밭에 기다랗게 누워 있었다. 멍석을 만 것처럼 굵은 기둥은 내 나이만큼 13개로 묶어져 있었고 그 옆에 있는 동생 것은 짧았다.

큰딸인 내 것부터 불을 붙이고 앞부분을 잡고 휘휘 돌렸다.

"너도 이리 와서 한쪽 끝을 잡아라."

재촉한다. 아버지 성화에 마지못해 다가서면 아버지는 맨 끝을 내 손에 쥐어 준다. 그리고 자신은 불이 붙고 있는 윗둥지 부분을 잡고 주문을 외운다. 아마도 자식들의 무병을 빌었을 것이다.

한때 〈불놀이야!〉라는 노래가 유행했는데, 나에게는 지금도 아버지가 불놀이의 원조인 셈이다. 보리밭에서 13살 먹은 딸을 위해 전쟁에서 살아남아 감사하다고 하면서 불놀이를 하게 해 주신 아버지 손이 커다랗게 다가온다.

강변에서 불꽃놀이를 볼 때면 그 옛날 정월 대보름 때의 아버지 모습이 떠오른다. 이 세상에 단 하나뿐인 내 불꽃은 다시는 볼 수 없을 것이다. 창공을 향해 부서지는 불꽃 폭죽소리와 와! 하는 함성과 함께 터지곤 해도 나는 그때 아버지와 함께했던 불꽃놀이가 더 찬란했다고 믿는다.

사춘기를 지나면서 생각이 많아졌다. 전쟁의 소용돌이 속에 너무 일찍 철이 들었던 것이다. 전쟁이 사람들에게 비겁함을 배우게 했고, 세상이 호의적이지 않았다는 걸 알기 때문이다. 내가 딛고 선 출발선은 아주 불리한 위치였다. 집안은 늘 적당히 속수무책일 만큼 가난했고, 내 순결한 영혼은 밤이면 불나방처럼 가난의 불빛으로 스며들었다.

언제부터인가 김환희에 대한 그리움이 뜸해지더니 내 시야에서 사라졌다. 모두들 빨갱이라면 치를 떨었고, 그런 그를 가슴에 품는 일도 죄책감이 들었다. 죽었을지도 모르는 그 한바탕의 꿈인 듯 잊었다.

나는 호의적이지 않은 내 삶에 집착하면 할수록 상처의 내압을 견디지 못하리란 것을 알았다. 가끔 허겁지겁 빌려온 문학전집을 읽거나 쓸데없는 공상에 내 자신을 맡길 뿐 변화는커녕 절망뿐이었다. 그저 시간이 후딱 건너뛰어 지나가 버렸으면… 하는 바람이 전부였다. 그러면 뭔가가 되어 있겠지. 10년 후라도 좋다. 그때쯤이라면 이 지긋지긋한 감옥 같은 고치를 뚫고 눈부신 날개를 달고 날아오르리라!

중학교 건물을 짓는 어수선했던 공사장, 가서 보니 어느새 석조로 외장공사를 하고 있었다. 이제 저 학교에서 공부할 수 있다니! 저절로 공부가 잘 될 것 같았다. 새 건물은 공사가 더뎌서 보기만 했고, 천막 교실에서 중학교를 마쳤다.

고등학교로 진학했고, 내부공사를 완성하지 못한 교실에서도 우리는 기뻤고 건물이 자랑스러웠다. 그것도 잠시, 시멘트 교실바닥에 눌러 붙은 잔유물 흙과, 공사하다 떨어진 잡동사니를 치우는 일이 우선이었다. 오전수업을 마치면 늘 잡일을 해야 했다.

우리가 할 일은 운동장을 만드는 작업이었다. 마구 파헤쳐 있던 구덩이를 흙으로 채우고, 남은 흙더미는 비탈진 땅에 평형을 유지하게 했다. 그러니까 운동장을 고르게 하는 것과 동시에 넓혀야 했다. 한쪽에 아무렇게나 쌓인 흙은 가마니 양 끝에 나무를 끼워 만든 운반구에 흙을 퍼 담고 앞에서 뒤에서 들고 운동장 끝에 붓는 일이었다.

우리가 졸업할 무렵에 운동장이 완성되었고, 새 울타리도 교문도 완성되었다. 운동회가 열렸다. 가장행렬과 농악대 릴레이가 펼쳐졌다. 그것을 마지막으로 졸업식이 닥쳐왔다.

*

윤상현은 인민군이 패하자 조선인민유격대(남부군)에 합류했다. 그러나 이것은 남쪽으로부터의 추격과 북쪽으로부터의 버림을 받게 되는 남부군의 최후의 시작이었다.

8월 18일 남부군은 지리산 거림골과 중산리골 어귀를 가로막는 경찰과의 사흘간의 격전을 끝으로 윤상현은 거림골로 들어갔다. 1952년 7

월 이후 1년 1개월 만에 다시 돌아온 지리산이었다. 지리산에 돌아온 제 2병단 대원들을 격려했다.

정전소식을 알았을 때 마지막까지 항전할 것을 다짐했지만 분위기는 침울했다. 군경 토벌대에 쫓기던 생존자들은 죽을 각오가 되어 있었고 이 겨울을 넘기는 자는 진짜 영웅이라고 했다. 하지만 여성들과 환자들은 하산할 수밖에 없었다. 더러는 하산을 거부하고 끝까지 투쟁할 것을 다짐했다. 모든 굴욕을 참고 목숨을 부지해서 후세를 기약하자고 했다.

그중 끝까지 귀순을 거부한 사람도 있었다. 격전 중 부상을 당한 동지가 말했다. 북조선 수령을 대신해 윤상현을 향해 거수경례를 했다.

"대장 동지! 수류탄을 주십시오. 오랫동안 어려운 치료를 해 주셔서 고맙습니다."

할 말을 잃은 동지들은 뒤로 돌아섰다. 잠시 후 언덕에서 폭음이 울렸다. 동지들은 그 폭음을 향해 거수경례를 하고 그 자리를 떠났다.

윤상현은 눈보라 치는 산마루에 서서 첩첩산중 연봉을 바라보았다. 겨울은 이별을 고했다. 양지바른 무덤 사이에 앉아 옆을 보았다. 나무는 알몸이 되었고 자연에게 스스로를 방치한 채 견디고 있었다. 진회색 인조털 반코트 속으로 들어온 추위가 뼛속까지 엄습했다.

그는 현대사에 있어 가장 '고독한 혁명가'이자 '외로운 방랑자'였다. 남미의 '체 게바라'에 비견된 인물이었다. 하지만 그의 최후도, 그의 행적도 묘연한, 아무도 몰라주는 외로운 방랑자였던 것이다.

그가 비극적인 길을 걸어간 것은 스스로의 선택이었다. 북한과 남한에서 버림받은 것이 아니라 스스로 방랑자가 된 것은 아닐까? 소시민으로서 만족할 수 없는, 태어날 때부터 사명감을 가진 불행한 사나이였다.

국군 제 5사단의 빨치산 소탕작전이 끝난 1954년 2월, 전후 7년간에 걸친 총성이 멎고 남한의 산악에는 평화가 돌아왔다. 남한 빨치산의 처절한 역사는 그 2월로 영원히 끝난 것이다. 그날 그들이 내동댕이친 총검은 녹슬어 흙이 되고 산마루 골짝에 버려진 주검들은 흙조차 남기지 않았다. 지리산에 떠도는 뜬구름 속에 모든 것은 무(無)로 돌아간 것이다.

그 후 마을에서 그의 소식은 더 이상 거론되지 않았다.

그리고 남은 이야기들

할머니는 불타버린 읍내 약국터에 텐트를 치고 그곳에 정착했다. 작은어머니의 시퍼런 분노에 치를 떨던 할머니에게는 '출(出) 애굽'이었다. 살아남은 자들은 그런대로 제 할 일을 하며 생계를 꾸리고 제 자식을 위해 전력투구하며 살고 있다. 삶은 멈추지 않고 계속되는 법이다.

"같은 동무끼리 담배 정도가 무슨 문제냐고."
삼촌은 김동혁에게 동무라는 호칭에 대해 해학처럼 우스개로 넘긴 사실을 재미있어 했다. 김동혁에게 한 방 먹인 줄 알고 웃었단다. 하지만 권력을 가진 '갑'에게 '을'은 이길 수 없었다. 김동혁이 느끼는 괘씸죄에 불을 지른 격이었다. 인민군에 지원하라는 명령이 떨어졌고 얼마 후 징집되어 끌려갔다.
낯선 곳, 전선에 배치되면 백병전이 이루어지고 본의 아니게 인민군으로 오인되어 국군의 총알에 맞는 경우도 생긴다. 그렇게 되면 개죽음

당할 것이고, 산다고 해도 이북으로 끌려갈지도 몰랐다. 지금이 아니면 도저히 살아남을 수 없을 것이라고 판단하고 폭격이 퍼붓는 틈을 타 도망쳤다.

천신만고 끝에 살아남았지만 집에 그대로 눌러 앉아 있으면 영원히 탈영병이란 누명을 쓸 것이고, 명예회복을 위해서라도 본대(本隊)로 복귀해야 했다. 본대에서 성분 검사를 거쳐 최전방에 투입되었다.

1951년 그해 여름은 잔인했다. 연천에는 6월과 7월에 장맛비가 퍼부어댔다. 비옷을 입고 있어도 어느새 왕모기가 비옷을 뚫고 들어와 물어 댄다. 미군 2개 사단 병력이 교대로 투입되어 중공군 3개 사단과 접전을 벌였다. 감제고지를 뺏고 뺏기는 죽음의 전투는 밤과 낮의 구분이 없었다.

미군 사단장은 고지를 점령한 다음 방어선을 확보하기 위해 불모고지를 중심으로 고지들을 지켜야 했다. 중공군과 백병전으로 맞서 싸웠다. 새벽부터 아군 포화가 공격 목표지점을 때리고 세이버 전투기의 폭격이 시작되는 아침이면 증강된 공격대가 고지점령 목표를 향해 올라갔다.

작전에 투입될 부대는 잠시 예비진지로 돌아와 병력과 장비를 보충하고 다음 진지에 투입된다. D-day 전야. 밤새껏 장엄한 분위기가 이어졌다. 〈어메이징 그레이스〉(Amazing Grace)를 따라 부르는 병사들의 노랫소리는 가슴속을 헤집어 놓았다.

다음날 새벽 미명(未明), 완전무장을 갖추고 일렬로 지점을 향해 발걸음을 옮기는 병사들 기분은 장엄했다. 사단 헌병들이 현장에 출동하여 독전하며 병사들의 전열이탈을 차단하고 있었다. 한국군이 전방에 배치되고 뒤이어 미군이 이어서 적진을 향해 진격한다. 국방군 미군 할 것 없이 전열이탈을 하는 병사가 생길 수 있기에 미리 독려했다. 사기를 부양시켰다.

"반드시 승리한다. 미군 보병부대원들은 듣도 보도 못한 나라에 와서 목숨을 담보로 하는 전쟁을 원하겠는가."

고지들은 모두 까까중 대머리처럼 벌거벗겨지고 나무는 물론 풀 한 포기 남아 있지 않았다. 반복되는 융단 폭격과 탄막 포격 그리고 백병전을 치르면서 고지의 표면은 사막처럼 변해 버려 엄폐는 물론 은폐조차 할 수 없는 벌거숭이 그 자체였고, 전사자가 늘어났다. 밤이 되었다. 적군의 척후병과 정찰대가 인계철선을 건드렸는지 깔아 놓은 지뢰가 터졌고 뒤따라 조명탄이 오르자 총소리가 하늘을 찔렀다.

결국 감제고지는 아군의 수중에 들어왔고, 그 이듬해인 1953년 7월에 휴전이 성립되었다.

격전지에서 살아남은 삼촌은 휴전이 되자 전역 명령을 받았다. 국가는 냉혹했다. 개전 초기 임진강 전투에서 낙오된 것을 '탈영'이라고 했고, 인민군에 강제 입대 당했다가 탈출했음에도 '부역자'로 몰렸다. 어쨌든 군인정신 결여로 '부적합인'으로 분류되었다. 자진해서 국가에 기여하고자 한 삼촌에게 잘못을 뒤집어씌운 것이다.

그가 낙오된 것은 어쩔 수 없는 상황이었지 탈영이 아니었다. 무엇보다도 인민군에 끌려갔다가 탈출한 것은 용감한 일로 칭찬을 받아도 모자랄 일이다. 비겁한 국가보다 더 용맹스러웠으며 정의로웠다. 그럼에도 불구하고 많은 불이익을 당했다.

삼촌은 제대하고 술로 세월을 보냈다. 읍내사람들은 군대에 갔다 오더니 사람이 이상해졌다고 수군거렸다. 사사건건 상관을 욕하는 것으로 시작해 시니컬한 허무주의자가 되어 갔다. 친구들 사이에 '철학자'라는 별명으로 불렸고, 저희들끼리 있을 때는 '미친놈' 또는 '개똥 철학자'로 불렀다.

무용담으로 호기를 부리지만 어머니 앞에선 달라진다. 낙오병 시절 움막에서 만난 여자이야기를 하면서 울보가 되었다. 할아버지가 하던 약방을 이어받아 그럭저럭 평범한 시민이 되었다.

삼촌 이태호는 국가를 상대로 욕설을 퍼붓는 것으로 하루를 시작한다. 북한이 침공했다는 뉴스를 볼 적마다 '미친놈들!'이라고 일갈(一喝)한다. 적과 대치한 마당에 정부는 무엇을 했으며 국민을 담보로 정권유지에만 신경을 쓴 것 아닌가? 적의 침공을 막아 내지 못한 책임에 대해 아무도 묻지 않았고, 국가는 언제나 무죄였다.

창군멤버로서의 기개는 사라지고 좌절과 분노만 남았다. 술만 들어가면 잠꼬대처럼 국가에게 욕을 하는 것으로 억울함을 호소하곤 했다.

"부질없는 의협심이었다!"

이렇게 울부짖으며 자조했다.

살아남은 전우가 몇 사람이나 될까? 아마 열손가락도 다 꼽지 못할 게다. 그때 죽었더라면 명예라도 얻었을 것을…. 하기야 죽을 고비도 여러 번 넘겼고, 차마 눈뜨고 볼 수 없는 험한 꼴도 수없이 보아 왔다.

한창 전투가 치열할 때 강원도 어느 산골짜기에서 적의 포위를 벗어나지 못해 무더기 죽음을 당한 꼴도 보았다. 고성능 폭탄을 퍼부어 팔은 팔대로 다리는 다리대로, 말하자면 분해가 되어 버린 몸뚱이가 흙먼지와 함께 하늘로 튀어 오르는 것을 불과 몇 야드 밖에서 장시간 지켜보기도 했다.

돌격전으로 어떤 고지를 점령하고 보면 미처 옮기지 못한 시체가 그대로 버려져 있고, 그중에 어떤 병사는 아직 숨이 붙어 있어 손을 내밀고 물을 달라고 했다.

내가 쏜 총탄에 몇이나 쓰러졌는지 모르겠으나 잠복대기하고 있다가 조준을 하고 발사하면 나무토막처럼 나뒹굴어질 때는 야릇한 흥분이 절정에 이른다. 이런 심정, 수렵가들은 이해할까? 직접 적과 대치해 보지 않은 사람은 납득이 가지 않을 것이다.

인간의 생명이 나무토막이나 돌조각으로밖에 보이지 않았던 내 전력(前歷)을 돌이켜 볼 때가 있다. 어쩔 수 없지 않은가? 내가 쏘지 않으면 상대방이 나를 쏠 테니까. 이렇게 간단히 체념해 버릴 수도 있고, 또 시일이 지나면서 희미한 기억만 남기고 사라질 때도 있다.

국가 위정자들의 안일한 정책으로 유망한 청년의 앞길을 망쳐 놓았던 것이다. 국가가 국민을 지키지 못해 저질러진 일의 책임을 개인에게 물어 칼질한 셈이다. 진급이 불가능함은 물론 인공에 협조한 불순분자로 낙인 찍혀 장교의 꿈을 버릴 수밖에 없었다. 휴전이 되자 불명예제대를 권고 받아 군복을 벗었다. 지금껏 아무 보상도 없다. 창군멤버로서의 자긍심은 사라지고 억울함으로 대체되었다.

각종 도박사건을 보더라도 알 수 있는 일이다. 도박을 부추겨 놓고 그것에 현혹된 국민만 처벌한다. 사행심리를 부추긴 국가에 가장 큰 책임이 있는 것 아닌가.

아침 신문을 펴들다가 어느 판사의 판결문을 보고 쾌재를 불렀다.

"바로 이거야!"

전쟁도 도박이다.

판결문에서 '피고인의 도박 개장 행위가 사회적으로 부작용을 초래했더라도, 실질적으로 도박 개장과 관련해 복권, 경마, 경륜, 카지노 등의 사행사업에 앞장서는 국가의 손으로 피고인을 중죄로 단죄하는 것은 정의롭지 못하다고 밝혔다. 국가가 벌이는 사행사업과 개인의 도박장 사업의 사회적 위험성을 구분하는 태도는 수긍할 수 없다'라고 판결했다.

전쟁에서도 같은 잣대로 재기를 바라는 희망은 오래전에 버렸다. 이제는 아들이 좋은 대학에 들어갔고 행정고시를 거쳐 공무원이 되었다. 국가에 피해만 당했다고 억울해하던 입을 막은 것은 고급 공무원이 된 아들이었다.

고모 이창희

행방불명이던 고모는 1952년 여름 군복차림으로 할머니를 찾아왔다. 할머니 얼굴에 주름이 하나 펴졌다.

고모는 할머니의 가장 아픈 손가락이었다. 딸이 부역자로서 고문당하는 것을 본 할머니의 가슴은 찢어졌고, 누구보다도 똑똑한 딸이 망가져 가는 것을 본 것은 물론이고 언제 죽을지 몰라 전전긍긍하던 딸, 딸을 지켜 낼 수 없을 것 같아 가슴 졸이며 산 세월이었다. 죽음 직전에 딸을 만난 할머니는 지금 죽어도 여한이 없다고 했다.

　고모를 구한 것은 방 순경이 아니라 할머니였다. 그간에 베푼 친척에게 방 순경을 딸려 보냈던 것이다. 방 순경이 아니면 그곳까지 갈 수 없는 상황이라 덕을 보긴 했다. 방 순경은 고모를 친척집으로 데려다주고 떠났고, 고모는 그 친척 딸로 위장해서 함께 남쪽으로 피란가게 된 것이다.

　고모가 밤새도록 할머니에게 그간의 일을 털어놓았다. 살아남을 수 있었던 사연을….

　친척집에는 아들만 둘 있었는데 딸 역할을 고모가 맡았다. 큰아들은 결혼해서 아내가 있었다. 이웃에 사는 며느리 친정, 사돈과 함께 남쪽으로 가기로 되어 있었다. 그 집은 며느리 아래로 아들이 있었다. 고모는 친척집 아들을 오빠라고 불렀고, 며느리 사돈도령을 아제라 불렀다. 두 집안이 어떤 사연이 있는지는 몰라도 서늘한 기운이 느껴졌다.

　용인읍내에서부터 출발해서 고림리, 양지를 지나고 백암께로 들어서자 친척집 오빠가 사돈총각을 불렀다. 두 사람은 친구 사이였다. 주춤거리며 옆을 흘끔거리다가 사돈총각인 아제는 마지못해 따라나섰다.

　그 김에 소변이 마려워 잠시 가족들이 쉬는 사이 산속으로 들어가 일을 보려는 순간, 총소리가 났다. 사돈총각인 아제는 그 후 보이지 않았다.

　산에서 내려온 친척 오라버니는 아무렇지도 않게 담배를 피웠다. 사돈 할머니가 눈에 핏발이 선 채 물었다.

　"우리 시운이는? 왜 혼자 내려와?"

"몰라요."

고개를 외면한 채 딴청이다. 말은 냉정한 것 같은데 담배에 불을 붙이는 손이 떨리고 있었다.

"각자 다른 곳으로 가자고 했어요."

그 말을 들은 사돈인 아지매의 눈에는 시퍼런 불빛이 뿜어져 나오고 있었다. 옆에 와서 소리 죽여 물었다.

"넌 알지? 똑바로 말해! 저놈이 우리 시운이를 죽였지?"

고모는 어금니를 물고 다그치는 아지매 눈을 보지 못하고 고개만 저었다. 그동안 몸담았던 의리로 봐서 본 대로 말하고 싶었지만 너무 무서웠다. 그 오빠의 총에서 불이 나는 것을 봤기 때문이다. 우익 좌익과 상관없이 개인적인 감정으로 죽이고도 무사했던 것이다. 전쟁은 이념만 갖다 붙이면 살인도 묵인되었다.

고모는 무서워서 더 이상 같이 갈 수 없었다. 다음날 안성에 있는 친척을 찾아간다고 말하고 그들에게서 벗어났다. 그들은 이천으로 간다고 했다.

피란민 행렬을 따라 걷고 또 걷다 보니 도착한 곳은 대구였다. 눈에 번쩍 띈 것은 여군모집 포스터였다. 물론 합격했다. 가장 절실한 먹을 것을 해결해야 했고 자신의 신분을 세탁할 필요도 있었다. 고모가 들어간 곳은 CIA 부대 군속이라고 했다.

그 후 고모는 CIA 정보국에 근무하던 장교와 결혼했고, 임신을 하자 제대해서 평범한 주부로 남매를 낳았다. 아들이 미국 유명 대학을 다닌다는 소식을 들었다.

B-29 폭격기를 향해서 미제 놈들이라고 주먹질을 하던 고모 모습이 떠오르자 웃음이 나온다. 고모의 과거 생각, 행적은 어디로 날려 보냈을까 궁금했다.

"윤상현 선생님이 없었다면 고모 인생이 달라졌겠지요?"

"그의 존재 자체로 삶의 방향, 새로운 삶도, 새로운 시대도, 미래에 대한 희망도, 정신적인 힘도 모두 허망한 일이라고 생각한다. 그도 피해자의 한 사람일 뿐이야."

"젊은 날 추억도 사라졌다고?"

"그 당시 내가 선택한 것이고 최고의 기쁨을 맛보기도 했으니 후회도 원망도 소용없는 일이야. 그땐 그게 나였고, 지금 오류를 인정하는 나도 나이니 부정할 수 없는 일이야. 생각할 틈도 없이 긴급한 시류에 휘말린 셈이니 운명이라고밖에 할 말이 없어. 하지만 자신의 선택이 옳다고 믿는 것은 낭만적 허위라고 봐. 이제야 깨닫게 된 사실이지만 욕망은 자신의 내면에서 나왔다기보다 타인의 욕망에 편승해 급행열차를 타려고 한 점을 인정한단다."

갑작스럽게 고모가 품은 이념에 대해 알고 싶어졌다. 역사가 모르고 지나간 개인의 역사는 누가 증언해 줄까? 우리 가족사(家族史)에 대한 이야기를 남겨야 한다는 사명감이 솟구쳤다.

친척 행사에 참석해 들은 이런저런 소식은 대단했다. 고모의 아들, 딸이 진학한 명문 학교가 부러움의 대상이었고, 고모가 똑똑하니 당연한 결과로 여겨졌다.

근황을 묻는 나에게 고모는 자식과 손자 자랑에 얼굴에 화색이 돌면서 열심히 설명했다. 아주 열심히…. 지금 큰손자가 미국의 어느 대학에서 강의하는 교수라고 했다.

"서울에서 일류대학을 나와 독일에서 박사학위 받았다는 큰딸은 요즘 뭐해요?"

독일 박사인 큰딸은 한국에 와서 그림을 그린다고 했다. 큰딸은 이야기가 있는 그림책을 여러 권 출판했고 그 계통에선 꽤 알아준다고 했다. 거기에 덧붙여 외손자가 천재라고 자랑을 했다.

"화가라면 고모를 닮았나 봐요."

"그렇다고 봐야지. 요새 아이들은 자유롭게 자라서 그런지 창의성이 뛰어난 것 같더구나."

"네 소식도 들었다. 우리 조카님께서는 역사에 남을 가족사를 증언해야지. 그런 역할을 맡을 조카님이 존재하는 데 대해 감사한다."

고모는 눈 주변이 촉촉해지며 내 손을 잡는다. 나는 고모의 맑고 깊은 눈을 응시하며 조심스레 물었다.

"고모, 인간은 무어라고 보세요?"

"글쎄. 수시로 변하는 존재 아닐까. 내가 인공 때 죽었으면 빨갱이였고, 죄를 짓다가 죽으면 영원히 죄인이겠지. 그러나 지금 하느님의 딸로 감사하며 살고 있으니 지금껏 살아 있다는 자체가 신의 배려라고 믿는다. 철없던 시절 잠시 판단 오류로 인해 평생 부모님 속을 썩인 것이 마음에 걸리고, 그 때문에 그분들을 위한 기도로 일생을 산다고 해도 과언이 아니란다."

고모는 미술 전시회를 마치고 나서 쓰러졌고, 그리고 곧 유명(幽明)을 달리했다. 고모의 탄생과 마지막 죽음은 신의 배려인가. 고모의 꿈인 전시회를 마치게 해 주고 나서 하늘로 데려간 것이다. 신은 죄 없이 살아갈 수 있는 고모를 지상에서 이미 연옥(煉獄)의 유황불로 고생시킨 벌에 대한 답례를 깍듯이 치른 게 아닐까.

나의 고모, 열정과 재능이 출중한 이창희는 현대사에서 한 획을 긋고 떠났다. 국가가 저지른 죄를 국민이 받아야 했던 운명적인 사건, 6·25 전쟁에서 한을 품은 여인의 삶을 겪어야 했다. 타의에 의해 어처구니없게도 죄인이라는 꼬리를 달고 일생을 견뎌야 했던 고모, 그의 부음을 듣는 순간 대한민국의 가장 불행했던 역사의 한 페이지가 사라진 것이다.

고모의 딸이 내게 낡은 노트를 주면서 말했다.

"어머니가 언니에게 주라고 했어요."

고모는 투병 중에 가끔 정신이 들기라도 하면 이북 정권에 속지 말라고 외쳤다고 했다. 한으로 뭉친 삶이었고 자식들에게라도 그들의 실체를 알려주고 싶어 했단다.

낡은 일기장을 받아 든 나는 커다란 짐? 사명감을 내 평생에 짊어질 것을 예감했다. 고모는 조카인 내게 기대를 걸었던 모양이다. 그랬다. 나는 마음속으로 고모 이야기를 써 보고 싶었다.

언젠가 고모에게 했던 말이 기억난다.

"내 꿈은 소설가가 되는 것이에요."

고모는 내가 자신의 파란만장한 일대기(一代記)를 쓰겠다는 의미로 받아들였던 모양이다. 고모와 내가 공유한 시간들, 12살 이후 순백의 죄 없는 사람들이 갑자기 뒤섞인 진흙탕에 엎어지고, 또 사라져 간 사연을 기록하리라. 그들의 영혼을 위로하리라. 나 또한 강렬한 빛 샤워를 받은 날의 기억을 떨쳐 버릴 수 없다. 그 기억을 기술(記述) 하리라.

나는 전쟁에서 순간의 선택으로 인간 운명이 비틀리는 과정을 숱하게 보았고, 그들의 영혼을 위로하기 위한 씻김굿을, 피 어린 발자취를 기록하는 것이 나의 소명이라 깨달았다. 역사도 팽개친, 기억되지 않는 슬픈 영혼들이 나를 도와주면 둔필(鈍筆)이 신필(神筆)로 바뀔 것으로 믿는다.

시간, 기억, 그리고 기록

시간은 불가역적이다. 시간은 결코 방향을 선회하지 않으며 그것이 지나간 자리에는 흔적이 남는다. 모든 기억들이 멀리 떨어져 있는 그 순간에, 어떤 사람이 내 말을 들어줄지 궁금해 하면서 나는 쓰고 있다. 쇠락하는 것, 소멸되어 가는 것, 잠기는 것, 그리고 잊어지는 것에 대해 애정과 관심을 견지하고 있다. 그리고 이러한 중심에는 불가역적인 시간에 대한, 그리고 글쓰기에 대한 자의식(自意識)이 놓여 있다.

전쟁은 우리 삶에 '불행'이라는 질풍을 불어넣고 일상을 뒤흔든다. 우리가 할 수 있는 것은 아무것도 없다. 어떤 선택도 허락하지 않고 무자비한 파탄으로 몰고 간다. 인간이 저지를 수 있는 온갖 패악(悖惡)을 저지르고, 배신하고, 누군가 살아남기 위해서는 누군가를 쓰러뜨려야 한다. 최선이라고 잡은 패가 최악의 패였음을 알았을 때는 이미 불행이 다가왔고, 너무 늦었거나 목숨을 잃은 후다.

전쟁에서 살아남은 나는 많은 사람들의 불행을 보았고, 그들의 피 맺힌 절규를 들었다. 이 소설은 그들에 관한 이야기다. 그들의 죽음을 기록하는 것이 내가 해야 할 몫이라고 믿었다. 억울한 영혼을 위로하기 위한 지노귀굿을 벌이는 심정으로 책을 썼고, 이제 그들을 역사의 증언대에 올리고자 한다.

작품을 쓰는 내내 그들이 내 귓전에 속삭였다. 부디 억울함을 벗겨 달라고. 기억해 달라고. 이제 나는 전쟁으로 생명을 잃은, 지금껏 역사의 한 줄도 기록되지 않고 사라져 간 많은 민초들의 숨은 이야기를 알리고자 한다. 억울한 영혼들을 위해…. 초혼(招魂)하여 만사(輓詞)를 바친다.

그들은 거대한 무대에서 내려온 퇴역 배우, 그것도 기억하는 이 없는 공간에 사라져 갔다. 내 가족들, 부모와 동생, 삼촌과 고모, 작은집 식구, 그들에 대한 내 기억은 열려 있어 불멸의 존재로 남아 있다.

시간은 모든 것을 잠식한다. 그럼에도 불구하고 나는 계속 쓰고 있고, 아프게 기억하고 기록하려 하고 있다. 잊힌 물줄기 하나가 공원 한 구석에서 솟아오르고 있음을, 그리고 누군가 숲 속의 빈터와 길들을 돌보아주기를 바라면서.

출판을 흔쾌히 수락하신 나남출판 조상호 회장님, 미려한 책으로 탄생시킨 이필숙 디자인실장님과 편집자 김민경님께 감사드린다.

2015년 8월 20일 (음력 칠월 칠석)
이정은

314